ちくま文庫

高峰秀子ベスト・エッセイ

高峰秀子
斎藤明美 編

筑摩書房

高峰秀子ベスト・エッセイ　目次

［喜］

［哀］

［学］

［敬］

高峰秀子ベスト・エッセイ

喜

志げの兄嫁であるイソのお腹に、四人目の子供が宿ったとき、志げは「子供欲しさ」の一念で函館へ飛び、「生まれてくる子供を養子にしたい」と兄にせがんだ。つまり、養子の予約である。兄夫婦は、生まれてくるのがまた男の子だと決めていて、いとも簡単にそれを許した。

志げは子供の誕生日を指折りかぞえて待ちわび、「生まれた」の知らせを聞くや函館へスッ飛んだ。赤児は兄夫婦の意に反して女の子であった。志げは喜び、その子に自分のかつての芸名であった「秀子」という名をつけた。

ところが、兄夫婦の態度が急変した。はじめての女の子である。可愛くなった。いざ、志げが連れて帰るという段になると、言を左右にしてなかなか赤児を渡さず、志げが帰京の当日には、とうとう兄の錦司が秀子をおぶったまま雲隠れをしてしまう始末であった。せめて二歳か三歳になるまで手元に置いて育てたいと言うイソの言葉に、志げは仕方なく一人で東京へ戻った。

二年経ち、志げはふたたび「秀子」を引き取りに函館へ渡った。が、既に秀子は家中のアイドルになっていた。志げにしてみれば、名前までつけた「自分の子供」であり、「生まれる前からの約束」だから連れて帰るのが当然であると主張し、両親にしてみれば、「約束はしたけれど、はっきり契約書をかわして子供をやると言ったわけではない」と頑張り、またまた、すったもんだの末に、例によって秀子を背負った父親の姿は消え、志げはすごすごと東京へ戻るのだった。

私の生まれた家は「マルヒラ・砂場」という、そば屋料亭であった。一階は広い土間に椅子、テーブルが並び、畳敷きの上がり框《がまち》の正面が二階の小座敷、大広間に通じる広い階段であった。帳場格子の内側には小机が据えられ、そこが女将であるイソの座であった。

昭和三十二年、徳田秋聲《とくだしゅうせい》原作、成瀬巳喜男《なるせみきお》監督『あらくれ』の映画化のあるシーンで、丸まげに縞柄の衣裳でセットの帳場机の前に座ったとき、私は突然、隙間風がしのび入るように生母イソを思い出したことがある。けれど、帳場に座った母の見目形《みめかたち》がどのようであったかは全く記憶がない……。

夜になると「マルヒラ・砂場」に、賑やかに芸者連が入る。私はその芸者連に連れられて二階の客間へ上がって行く。

三味線の音や嬌声かしましい酒席に、乳臭い人形のような子供を連れ込む、というのは変な趣向だが、なにしろ田舎のことでもあり、おなじみの客たちへのひとつのサービスだったり、あるいは、私は芸者連のおもちゃだったのかもしれない。とにかく、私は毎晩あっちの座敷こっちの広間へとタライまわしにされたことをハッキリとおぼえている。

雪が降っていた。たぶん店じまいのあとだったのだろう。一階には父と母のほかにだれもいなかった。いたずら盛りの私は、当時「料理マッチ」と呼ばれていた二十センチ四方ほどの大マッチの箱から、てのひら一杯のマッチ棒をにぎり出すと、箱の横腹にすりつけた。パッと音を立てて燃え上がった火は、箱に引火して大爆発を起こし、私の綿入れの着物は瞬時にして炎にくるまれた。とたんに父親がスッ飛んできて私を横抱きにすると、雪の道を病院へと走った。

眉毛や頭髪はすぐに生え揃ったが、左の頬の上には十歳になるまで火傷のあとがうっすらと残っていた。

東京の志げが、「ヒデコノコトデソウダンアリ　イサイメンダン」という電報を函館のイソから受け取ったのは、私が生まれてから三年後のことである。「今度こそ約束通り秀子を養子にくれるらしい」と待ちかまえていた志げの眼の前に現れたのは、お目当ての秀子ではなく、母親のイソ一人であった。イソは、志げと秀子の養子縁組をはっきり断りに来たのである。

アタマにきた志げは、大喧嘩の果てにイソを函館に追いかえし、志げは私との養子縁組をついに諦めた。しかし、運命は石蹴りの石のように、あらぬ方へ飛ぶ。函館に戻ったイソは間もなく持病の肺結核が悪化して入院した。抗生物質などなかった当時、結核といえば「死病」そのものであった。生母の顔すら記憶のない私なのに、女中に連れられて母イソの病室へ行くたびに母の枕元にある「生卵」を呑むのがとても楽しかったことは、いまでも忘れていない。幼時の記憶というものは、酔っぱらいのようにひどく断片的だが、正体は確かなものである。私が故郷函館に、いまでも抱いている思い出は、火傷と芸者と、母の死だけである。

母イソが亡くなったのは、私が四歳も半ばのころだった。「お母さんにお別れしなさい」と言われて奥座敷へ入った私の眼に、おそろしい光景がとびこんできた。座敷の真ん中に大きな桶が安置され、その中に母の首が浮いていたのである。当時の函館では、死者を納めるのに座り棺を用いていて、座った死者の周りには白布を詰めるから、私にはまるで首だけが浮いていたように見えたのである。私はおびえて泣き叫び、喪に来た志げの腰にしがみついた。それからというもの、私は志げが手洗いに立っても袖にすがってちょっとも離れず、夜も志げに抱かれて眠った。こうして私の母は、生母から養母へと、ごく自然にオーバーラップしたのであった。

妻のイソを失った錦司は私、秀子を実妹の志げに、秀子の弟、孝市郎を亡妻イソの妹に養子にやったが、まだ長男実、次男政二、三男隆三と三人の子供が残っていた。父力松と義母ハツの間にも、文子、巴、てつ子、幸子という四人の子供があり、奉公人を入れると大変な大世帯であった。ハツにはもともと世帯をきりまわす才覚はなく、錦司は間もなく父の命でツョという女性を後妻に迎えた。そしてツョは二人の女の子を産んだ。当時の日本では「生まれるだけ産む」のが当然であったというけれど、それにしても滅茶苦茶で、平山家はまるで幼稚園さながらになった。

家庭内には年中、いざこざが絶えず、ハツの苛立ちはもっぱら後妻のツョに向けられたらしい。ツョはついに自分の産んだ二人の女の子を連れて平山家を去り、間もなく錦司も単身、家を飛び出して、同じ函館の旅館の板前として住み込んでしまった。錦司は、豪放そのもののような父力松とは正反対に、意気地がないほどに小心な性質であった。

その小心者の錦司が、三人の子供を置いてまで家を出た、ということは、彼にとって父や義母へのせい一杯の反抗の表現だったのか？　動物は追いつめられた時、嚙みつくか逃げるかのどちらかを選ばなければならないが、彼は彼なりに「一人になって自由に働いてみたい」と思ったに違いない。

板前になった彼は、同じ職場で働いていたマツという女性と、今度は初めて「自分の意志」で結婚した。そして三人の子供を引き取り、やっと手に入れた喫茶店を経営したり、力松の持ち店の一つ「和平食堂」を手伝ったりして平安な日々を迎えた。しかし、錦司という男は終生、運のない男であった。昭和九年三月「二万六百六十七戸」を焼く大火で、家も店も、家財道具一切を失い、一家は身ひとつで寒風の中に放り出された。錦司は函館に見切りをつけて、家族五人、洞爺湖の料理旅館にふたたび板前として移り住んでしまった。

錦司と私の養母志げは兄妹であったから、その後も錦司と私の付き合いは続いたが、彼を父と呼んで暮らした記憶もなく、「私や弟を他人にくれてやった無責任な父、勝手な男」という印象だけが残っていて、「実父への愛情」はいたって希薄、とくに「会いたい人」ではなかった。いや、私が彼を懐かしく思ったり、会ったりすることは、むしろタブーでさえあった。

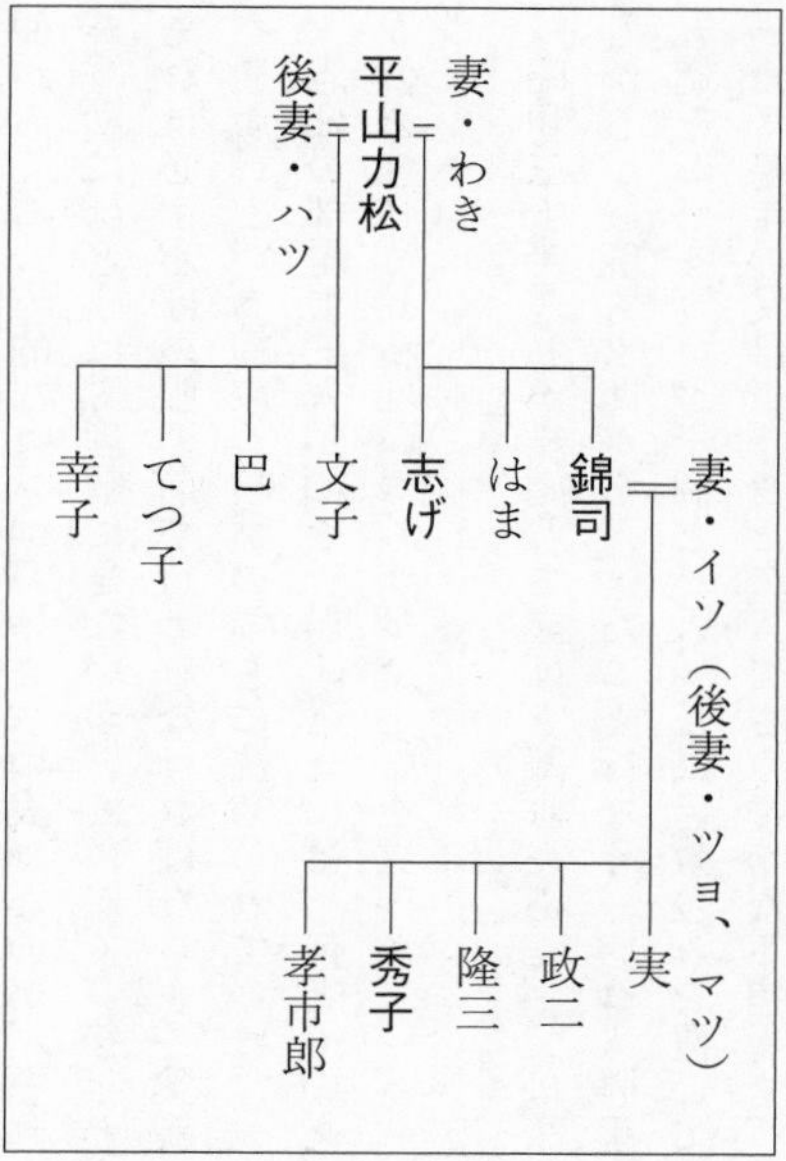

志げは兄を愛し、私を愛してくれたが、どういうわけか父錦司と秀子がことさら親しむのを強く警戒した。生《な》さぬ

仲からくる一方的なコンプレックスの表れなのか、それとも実の父娘への嫉妬であるのか、私にはどうにも理解できないが、とにかく、後年わずかな小遣いを父に手渡すにも、それは必ず志げの眼の前で行われなければならず、父親への贈りものも一旦は志げの手を通す、という約束が暗黙のうちに決められていた。

志げの部屋で三人が顔を合わすときには、何ともいえぬドロドロした気配が周囲に漂うのを感じて、私はいつもサッサと席を立った。

昭和三十年、私が結婚して志げと離れたあと、父は一年に何回か私の家に遊びに来た。しかし、一度も玄関から入ったことはなく、いつも勝手口をこっそり開けて、リンゴを五個とか、ミカンが十個とか入った風呂敷包みを置いては逃げるように帰って行くのだった。晩年の父は、マツと二人でささやかな下宿屋を、渋谷の三軒茶屋に営んで細々と暮らしていた。恨みつらみも五十年近くなれば時効である。気が向くと私は、養母を通さず、封筒に現金を入れてポストに投函した。だからといって、私は父が恋しかったわけではない。

一言で言えば「私が今日、この世に存在しているのは、あの父がいたから」ということと、後添えになったマツ女の人柄の良さ、父への献身に対する感謝の気持ちの二つで、全く現実的なものである。私には「親孝行」などという感情が働いたことは一度もなかった。ミカンやリンゴに託された父親の、娘への感情は理解できないことはないけれど、それにのめり込むことは、養母に対して、やはりタブーであり、多忙な仕事にかこつけて、私は故意に父の好意を無視しつづけた。

その父も、四年前に癌で亡くなった。せめて最期くらいは「お父ちゃん」と呼んで看病するべきだったのか？　しかし、私にはできなかった。その理由をいちばんよく知っていたのは、父の筈である。許してほしい、と思う。世の中には、好きでも嫌いでもないが、なんとなく胸につかえる「気になる人」がある。父は私にとって、そんな人であった。

さて、葡萄模様のメリンスの着物に白いエプロン、口にゴムの乳首をくわえた私は、志げに連れられて函館を離れ、志げに言わせれば、やっとの思いで東京は鶯谷の家へ運ばれて来た。大きな猫が一匹いるだけで、父親になる人の姿は見えなかった。私は病弱で、いつもゼイゼイと喉を鳴らし、首に真綿が巻かれていた。ある日突然、四歳の娘の母親になった志げは私を溺愛し、私も新しい母にすぐになついた。

生母が結核であったので、私は母乳を飲まされず、牛乳と卵だけで育ったから、ここでも私の食事は小さな茶わんに盛ったアツアツの御飯に卵黄を落としたものを猫の子のようにピチャピチャと食べ、メリーミルクの罐にあけた小さな穴からミルクをチュウチュウ吸うのがおやつであった。私のニックネームは「チャン」で、すぐに近所の子供たちとも仲良くなり、北海道弁をからかわれながらも「チャン」「チャン」と呼ばれてよく遊び、東京の生活にもなじんでいった。

私が東京へ来て、初めておぼえたのは「紅屋の娘」という歌であった。

〽紅屋の娘の　いうことにゃ
　サノいうことにゃ
　春のお月さま　うすぐもり
　トサイ〳〵　うすぐもり

チャールストンというダンスが流行したのも、このころであった。だれが教えてくれたのか、私は今でもチャールストンを踊ることが出来る。伴奏は「君恋し」一点張りで、私は子供心にもこのやるせないメロディーが好きだった。

モボ、モガなどという言葉がはやり、チャップリンやメリー・ピックフォードという外国人のブロマイドを見たのも、このころであった。

島崎藤村が「夜明け前」を、小林多喜二が「蟹工船」を発表し、政界では民政党内閣が誕生し、ドイツの飛行船ツェッペリン伯号が日本へ飛んで来るなど、昭和四年の新聞はニュースに事欠く間もなかったが、子供の私にとっては馬耳東風、生まれ故郷を思い出すこともなく、東京の生活はすべて物珍しく楽しかった。

遊び疲れて、二階借りのわが家へ戻れば、ひさし髪にエプロンをつけた「母ァさん」がいる。「母ァさん」は色が白くてフワフワと太っていて、抱かれて寝るのが楽しみであった。母はそのころ人形用の衣裳を縫う内職をしていたと言うが、私には全く記憶がない。とにかく二人は四六時中、一緒であった。思えばこの何カ月間かが、生《な》さぬ仲の母娘の「束の間」の幸福な日々であった。

養父である荻野は、ときどきフラリと現れては消えた。私はなぜか彼に親しみを感ぜず、養父と母の間にも、もはや夫婦らしい情感などはなかった。養父が家の中にいるときは確実に面白くなかった。彼が当時どんな仕事をしていたのか、私は知らないが、その心はどこまでも芸能界とは縁が切れず、彼はいつも一旗あげたいと願っていたに違いない。

ある春の日、家主である階下の住人の友達で「松竹映画」の俳優であった野寺正一《のでらしょういち》の案内で、私たちは蒲田撮影所の見学に出かけた。養父と一緒に外出するのは、その日が初めてであった。鶯谷の駅から省線に乗り、蒲田で降りる。高砂香水工場の横手に沿って細い川を渡ったところが「松竹蒲田撮影所」であった。子供の私に撮影所の見学など面白い筈はなく、私は養父の背中で半べそをかいていた。

撮影所の空き地の小さな池のそばまで来たとき、私はびっくりして息を呑んだ。美しく着飾った、私と同じくらいの年格好の女の子ばかりが、六十人も一列に並んでいたのである。それは、鶴見祐輔《つるみゆうすけ》原作の『母』という映画の主役になる「五歳の女児」の審査風景なのであった。

ハンチングにニッカボッカというスタイルの、でっぷりと太った野村芳亭《のむらほうてい》監督を先頭に、十人ほどのスタッフがゾロゾロとついて歩き、女の子の一人一人のアゴに手をかけて顔を見たり、しゃがみこんで話しかけたりしている。女の子たちの後ろには、これも満艦飾に着飾った付き添いの父や母が威儀を正して整列していた。

養父は突然、私を背負ってツカツカと列の最後まで歩くと、そこへ背中の私をおろして並ばせ、自分は後ろへ引っ込んでしまった。面くらった私が、その時どんな顔をしていたか。だが、私は子供ながらにも即座に「自分もああして首実検をされるんだナ」と思った。でぶの監督は、ゆっくりと、そしてだんだん私の方に近づいて来た。私の前に立ち止まると、振り返って何かスタッフと話し合っていたが、前の方へはもう戻らず、そこで「解散」になった。列はくずれ、子供たちは付き添いの父母に手を引かれて三々五々と散って行き、私もふたたび養父の背に戻った。

思えば、その日が私の人生の「運命の日」であった。六十人もの子供の中から、幸運にもといおうか、皮肉にもといおうか、よりによって最低にショボくれた御面相の私が『母』の主役に採用されてしまったのである。採用の通知を受け取って仰天したのは、父と母だったろう。母が撮影所へ呼び出され、生まれて初めて手にする「台本」を受け取って戻って来た瞬間から、私は、好むと好まざるとにかかわらず「子役」という職業婦人(?)になってしまったのである。

「チャン」はまだ物心もつかぬ五歳だった。

ラスト・ダンス

昭和三十年三月二十六日。私は松山善三《まつやまぜんぞう》と結婚した。当時、三宅坂にあったチャペル・センターで式をあげた後、三十人足らずのお客様を迎えて、西銀座にあった「レストラン・シド」というフランス料理店でささやかな披露宴を開いた。実をいうと、レストラン・シドは、結婚の約一年ほど前に、松山善三と第一回目のデートをした場所である。つまり、私たちは第一回目のデートをしたシドを、結婚披露の会場に選んだということになる。独身の人気女優というものは不便なもので、男性と二人でやたらと歩きまわるのは、なにかとヤバイ。すぐにゴシップの種になって血祭りにあげられる。すれっからしの私は、何を言われようが何を書き立てられようがおかまいなしだが、相手の男性に迷惑がかかっては申しわけない。のっけから美味《うま》いものを食べさせて点を稼ごうとしたわけではないけれど、シドは私の行きつけの店で不安がなかった。

松山善三は、私の眼の前で居心地悪そうに座り直し、あきらかにとまどいの表情をみせていた。

「フランス料理は嫌いなのだろうか？」

と、私は心配した。私は仕事現場以外の彼を全く識《し》らなかった。年齢が私の一つ下の二十八歳だということも、たったいま聞いたばかりだった。

テーブルクロスの上に、銀色に光ったナイフやフォークが、魚用、肉用、デザート用とズラズラと並んだ。やがて料理が運ばれた。私が「どうぞ」とうながしても、彼は「ハイ」と言うだけで料理に手をつけない。私は再び「どうぞ」とすすめた。

「この料理は、どのナイフで食べるんですか？」

「?!」

「先に食べて下さい。ボク真似します」

「どれを使ってもかまわないんじゃない？　美味《おい》しく食べれば……。でも、このナイフとこのフォークみたいね」

「あ、そうですか。頂きます」

彼はさっさと食べはじめた。ナイフとフォークを取り上げながら、私は感動していた。私の胸の中に爽やかな風が吹きこむような気がした。世の中に、こんなに率直で素直な人間が居るのだろうか？　いや一人居ることは分かった。いま私の目の前で神妙な顔でナイフとフォークをあやつっているこの人、松山善三、二十八歳という男である。だからといって、いくら私が早トチリでも、

「これこそ未来のわが夫!」

などと欣喜雀躍《きんきじやくやく》したわけではない。そんなことよりも、私の脳裡にはふしぎに木下恵《きのしたけい》介《すけ》のクローズアップが浮かんだのである。

「あの師匠にしてこの弟子ありか……」。私は木下恵介が、ただでなく松山善三を可愛がっていた理由がはじめて納得できるような気がした。この、磯の香のするような、私から見ればまだ少年のような彼と、手アカがつき、コケの生えはじめたカメのような私が、とうていつり合うはずはない。が、私は新鮮な磯の香に触れただけでも楽しかった。近頃になくいい夜を持った、と私は思い、彼を新橋駅まで送って家へ戻った。

ものごとは、何事もケースバイケース。なにがなんでも突進するばかりが能ではない。なりゆきに任すという場合もある。徳川家康ではないけれど「泣かざれば、泣くまで待とうホトトギス」しかない。泣かざれば、磯の香に触れただけでもトクをしたではないか。二十九歳ともなれば、女はとかく計算高くなるものである。「三十歳で結婚を」という私の夢が、実はそれほど深刻な問題でなかった。ということは、私が、食っていける「仕事」を持っていたからだろう。

ひと休みしていた『二十四の瞳』が再びクランクインし、私はまたもやムコさん探しもへったくれもなく忙殺された。小豆島の旅館に根城を置き、木下組は、修学旅行の金比羅さんロケーションのため高松へ移動した。大石先生がうどん屋の店先で、何年か振りでマッチャンに偶然出会うシーン。マッチャンが先生の乗った船を泣きながら見送るシーン。ヤンチャ坊主のニタが大きすぎる運動靴を両手にブラ下げて歩くユーモラスなカットなどの撮影が高松で行われた。高松の旅館に滞在したのは一週間ほどだったろうか……。ある日の夕方、私は旅館の廊下で木下惠介に呼びとめられた。

「秀ちゃん、ちょっと食堂へ来てくれない？　話があるんだけど……」

夕食時間のすぎた食堂はガランとして誰も居なかった。木下惠介は私と向かい合って椅子に腰を下ろすと、「怒らないで聞いてほしいんだけどね」と、話を切り出した。

「なんですか？　先生」

「松山君がね、秀ちゃんとつき合ってみたいんですって」

「……」

「人間はボクが保証します。彼は将来必ず立派な仕事をする人間だと、ボクは信じているんです。つき合ってみてくれませんか？　松山君と」

私はただボンヤリと木下惠介の顔を瞠《みつ》めていた。どう答えたらいいのか分からなかった。木下惠介はとつぜん大きな声を出した。

「ごめんなさい、こんな話をして。バカバカしいと思ったら忘れて下さい。スターの秀ちゃんに、助監督さんとつき合えなんて、こんなこと言う人いないよね。バカバカしいよね、全く」

五、六人のスタッフが食堂へ入って来た。カウンターにも人影が見えた。木下惠介は救われたように立ち上がると、テレたような笑顔でピョイと会釈をして食堂から出て行った。部屋に戻った私の耳に、まだ木下惠介の言葉が残っていた。

「なるほど、スターと助監督か……。でも助監督であろうと小道具であろうと、そんなことは関係ない。一人の人間とつき合うだけではないか。木下先生は一人でテレていたけれど、ちっともバカバカしくはない」

翌日、木下惠介の様子がいつもとは少し違っていた。なんとなく私と視線を合わせないようにしている。昨夜の話で、私が怒っているとでも思っているのだろうか？　ロケーション撮影が終わって、ロケバスが旅館へ帰りついたとき、私は宿の玄関先で靴を脱いでいる木下惠介に呼びかけた。

「木下先生」

「？」

「昨夜の話ですけど、考えました。つき合ってみます」

木下惠介の顔がパッと明るくなった。

しかし、つき合うにもどうにも、百人ほどの集団生活の中では、松山善三と口をきくことも不可能である。せっかちな木下惠介が、なんとかして彼と私を近づけさせようとしてヤキモキしているのがこっけいだった。夕食のとき、スタッフの前で木下惠介はわざと大声で怒鳴る。

「このごろ、映画館でナイト・ショーってのがあるんだってねえ。秀ちゃん行ってみたら？　一人じゃ危ないから松山君ついていって上げなさい！　早く行きなさい！」

そこまではいいのだが、折角二人が玄関さきへ出たと思うと、そんなことは露知らぬスタッフが「俺も行ってみよう」などと言ってゾロゾロと下駄をつっかけるから、映画館へ着くころには七、八人も余計な人間が増えてしまう。ロケ隊が小豆島へ戻ってからも、木下恵介はまるで仲人のように、

「松山君、秀ちゃんをボートにのせて上げなさい」

「秀ちゃんも麻雀くらいおぼえたら？　松山君に教えてもらうといいよ」

と、まるで石焼き芋屋の如く松山、秀ちゃんと連呼するから、勘のいいスタッフが気づかないはずはない。スタッフは温かく見守ってくれたようだが、それにしても、のんびりした日常と波と風と島より他にない小豆島で本当に助かった。あれが東京だったら、求めてジャーナリズムの好餌となって俎上《そじよう》にあがるようなものだったろう。

仲人といえば、私たちが結婚の決心をしたとき、松山善三は言下に「仲人は木下さんにお願いする」と言った。が、木下恵介は独身である。そこで私は以前から尊敬してい

る川口松太郎《かわぐちまつたろう》にもう一人の仲人の役を頼みたいと思った。が、川口松太郎には三益愛子《みますあいこ》という夫人がいる。仲人は一人からいきなり三人に増えて、どうしても一人余ってしまう。結果、結婚式場では、松山善三には木下惠介がつきそい、私、高峰秀子には川口松太郎がつきそったから、三益愛子は折角新調した留め袖を着たまま教会の隅っこでウロウロし、披露宴でも、メーン・テーブルには花ムコ花ヨメをはさんで川口松太郎と木下惠介が並んだから、余った三益愛子は来客用のテーブルに一人ポツンと座っている、という誠にヘンな具合であった。

私が川口松太郎に仲人になって欲しいと思った理由はただひとつ、私が日頃敬愛している人物だったからである。

川口松太郎が劇団新派にとって無くてはならぬ人だということは周知だが、私が彼と初対面をしたのは、はっきりは覚えていないけれど、演舞場の、花柳章太郎《はなやぎしょうたろう》か伊志井寛《いしいかん》の楽屋で、いまから二十五、六年も前のことだった。大江良太郎他、二、三人の助手をひき連れて芝居のダメ出しをしに現れた川口松太郎は、シャッキリとした小柄な身体をアグラに組むと、いきなり機関銃のようなべらんめえ口調でポンポンとダメ出しをはじめた。ダメ出しとは俳優仲間だけに通じる言葉だが、演技の細部にわたる演出家の注意である。その、少しカン高い歯切れのいい口跡《こうせき》は、そばで聞いていても胸のすくほど明快で、そのくせ言葉の裏にひそむ俳優への信頼といたわりが、まさに「苦労人」を感じさせた。

その後、出版記念会、その他のパーティーの席上、または文藝春秋の文士劇の楽屋、小料理屋のカウンターなどで面識を重ねるたびに、彼の心遣いの温かさ、神経の細かさ、人情の厚さなどに触れて、私はますます親愛と尊敬を感じるようになった。

川口松太郎は、生まれたときから親を知らず、左官職の養父母に育てられ、少年のころから家を飛び出して、古本屋をしたり、警察の給仕をしながら独学で英語を学び、芝の通信技術養成所に首席でパス。のち、やまと新聞の記者になって芝居に興味を持ちはじめ、小山内薫《おさないかおる》の門を叩き、作家としての道を歩み続けた。現在は芸術院会員という肩書を持つ大作家だが、少年のころから可愛がられて甘えず、叱られてメソつかず、潔くその場を乗り切る気風のよさは、川口作品一連の「信吉もの」の文章の随所に顔を出す。

「情に棹させば流される」というけれど、人一倍情にもろい川口松太郎は、さぞ流されて溺れそうになったこともたびたびだったろう。溺れては這い上がり、上がってはまた溺れ、ヌレネズミになりながら、人生の階段を一歩一歩と上がり続けたのだろう。苦労のありったけを重ねながらも、

「貧乏を貧乏と思ったことはない。貧乏しながらも、けっこう楽しんでいたよ、オレは貧乏の仕方がうまかったのさ……。例えばねえ、恥をかくのは辛いことですよ。でもさ、恥をかくまいとして鎧兜《よろいかぶと》に身を固めてキョロキョロしながら生きてゆくのはイヤだよ。

だから、恥をかいたらゴメンョってあやまって、二度ともうしないぞ、ってサ、いやでもやむをえない恥だってかくさ、なァ、そうだろう？　おまえ」と、カラカラと笑いとばす彼の表情は明るく美しい。川口松太郎は私を「おまえ」とか「お前サン」とかと呼ぶ。「おまえ」と呼ばれて、はじめて私は「ああ、川口先生と話をしているのだな」とおもう。もし「あなた」とか「高峰さん」とか呼ばれたら、さぞ気味が悪いだろう。「おまえ」と呼ばれて嬉しい人、それが川口松太郎の真髄なのかもしれない。彼はものごとにグジグジとこだわらない。つまりものごとを処理する潔さを持っている。ものごとにこだわればこだわるほど、貧乏人はもっと貧乏くさく、貧相に、みじめにみえるものである。それは貧乏を経験した私にも心あたりがあるどころか、私の敵のひとつだったともいえる。川口松太郎の潔い生きかたは、私の貴重な手本であった。

松山善三と結婚したい、と思った時も、私は、まず川口松太郎に彼を見て欲しいと思った。そしてもしも川口松太郎に「おまえ、よしときなよ」と言われたら、潔く結婚をあきらめたかどうか、それは分からないが、とにかく、私は川口松太郎の「人を見る眼」を、それほど信じていたということだろう。

『二十四の瞳』が完成したとき、私は川口松太郎に電話をかけた。

「私の選んだ人を見てくれますか？」

「あいよ、いいのが居たのかい？　とにかく連れておいでよ」

私は、私の行きつけの呉服屋へ飛び、松山善三のためにサツマ絣《がすり》の上下を注文した。当時、月給一万二千五百円の彼は、よそゆきの背広など持ち合わせていなかったからである。

川口松太郎が、

「三人でメシでも食おうや」

と、招んでくれたのは、当時NHKのすじ向かいにあった「マヌエラ」という高級ナイトクラブだった。地下へ下りる入り口はせまかったが、店の中は豪奢で、小さいダンスフロアもあり、当時人気の的だったレイモンド・コンデがクラリネットを演奏していた。片隅のテーブルから川口松太郎が「やァ」と手を上げた。ナイトクラブやキャビアやフォアグラとサツマ絣はちょっと不似合いだったけれど、松山善三は悪びれもせず、いささか緊張気味な表情で、川口松太郎と応対した。川口松太郎はブランデーのコップを片手に御機嫌だった。食事が終わったとき、

「デコ、踊ろうや」

と、川口松太郎が私をうながした。私はビックリした。川口松太郎がダンスをするとは知らなかったからである。彼と私は踊るというより、音楽に合わせてフロアの上をブラブラと歩いた。私の耳に、川口松太郎が囁《ささや》いた。

「驚いたねえ、おまえ、あの男はまるでおまえの亭主になるために生まれてきたみたいな奴じゃねえか、どこもかしこもさ、世の中うまくしたもんだ、と思ったよ、オレは」

「じゃ、結婚しちゃおうか?」

「ああ、しろしろ、あんなのはおまえ、メッタに居ないぞ、オレは賛成だな」

メッタに居ない男は、ゴワゴワのサツマ絣を肩をつっ張らせて、ダンスをしている川口松太郎と私を眼で追っていた。川口松太郎は私に一時《いっとき》も早く安心させたいために、私をダンスに誘ってくれたのだろう。私はその心遣いが嬉しかった。

世の中には「ただ、その人が存在する」というだけで、なんとなく心強く、心の支えになる人がいる。精神的スポンサーとでもいうのだろう。私の場合も、それほど親しい間柄とはいえなくても、会えば優しい心遣いを見せてくれ、親切な言葉をかけてくれる精神的スポンサーといえる人は居る。現在、国家公安委員会委員というオッカナイ肩書を持つ池田潔《いけだきよし》。評論家扇谷正造《おうぎやしょうぞう》。今日出海《こんひでみ》。そしていまは亡い文藝春秋の池島信平《いけじましんぺい》。評論家大宅壮一《おおやそういち》もそうだった。私は決して有名狂でもなく、肩書をひけらかすような人間は大嫌いだが、この人たちの、積み重ねた教養と勉学にプラスされた「心の豊かさ」に、私は心を引かれる。立派できびしい仕事を持っているから心が豊かになるのか、心が豊かだからきびしい仕事に耐えられるのか、頭の弱い私にはわからないけれど、遠くの方からこっそりと尊敬し、勝手に精神的スポンサーだと思いこんでいるだけだから、先方には迷惑もかからないだろうと、私は甘えさせてもらっている。いわゆる世間で「立派な人」「偉い人」と言われても、心に愛情のない人は、私には偉くも、立派にも見えない。そういう人はただ学問のお化けである。

話が横道にそれたけれど、私は、松山善三が川口松太郎のおめがねに叶ったことが嬉しかった。ダンスのステップを踏む足も急に軽くなったような気がした。このダンスは、たぶん私の独身最後のダンスになることだろう。そのラスト・ダンスを、精神的スポンサー、ナンバーワンの川口松太郎と踊れたことを、私は幸せだと思った。

松山善三と私は、あらためて川口松太郎邸を訪ね、仲人の依頼をするのと一緒に、図々しくも借金を申し込んだ。仕事が多ければ多いほど出銭も多い。人は信じないかもしれないが、私は全く金を持っていなかった。家や自動車を買った金も、映画の出演料から分割で引かれていたから、さて、結婚式を挙げようという段になって、財布をのぞいてみたら、私の全財産は六万五千円ポッキリだったのである。人並みに式を挙げ、披露宴の真似ごとでもしようとおもえば、どう内輪に見積もっても六万五千円ではおぼつかない。そこで、私が仲人の川口松太郎から二十万円借り、松山善三が松竹映画から二十万円借金をして、四十六万円で結婚費用の一切合財をまかなうことにしたのである。

仲人も決まり、結婚費用の工面もついて、ホッと一安心したものの、今度はかんじんの結婚式を挙げる時間の調整がつかなかった。林芙美子《はやしふみこ》原作、成瀬巳喜男《なるせみきお》演出の、藤本プロ作品、『浮雲』の撮影がひかえていたからであった。

ヘチャプリ大王

「芹《せり》、三つ葉、生姜に山葵《わさび》に牛蒡《ごぼう》に山椒、独活《うど》に慈姑《くわい》に蕗《ふき》の薹《とう》、高野豆腐や里芋も喰べたいよう」

パリのアパルトマンのソファに、小柄な身体をすっぽりと埋めた藤田《ふじた》嗣治《つぐはる》画伯は、まるで子供が暗記でもしたかのようにスラスラと並べ立てて、ニヤリと笑った。

アパルトマンの地下の物置には、常時、三越から取り寄せるという赤味噌、白味噌の大樽や大量の醬油がストックされているのは知っていたけれど、日本の野山の香気へのラヴコールがこれほどまでだったとは……。

「先生が欲しい日本の味はなァに？」などという無神経な質問をしてしまった自分の迂《う》闊《かつ》さを後悔して、私はシュンとしてしまった。

昭和二十五年に、パリではじめて藤田画伯にお会いして、以来、パリへ行くたびに美《お》味《い》しいレストランや、旅行にも連れていっていただいたけれど、いちばん楽しかったのは画伯のアパルトマンでの食事で、やはり「日本食」が多かった。

「今夜はウチでタメシだよ。鮭の塩焼きとカレーライスだ。いまから迎えにゆくから待っててよ」

と、電話が入ると、約三十分後には私たちのホテルの前に制服制帽に白手袋の運転手つきのピッカピカのクライスラーが到着する。行く先は「マルシェ（市場）」で、キャメルのコートを羽織った藤田先生を先頭に店先を物色して歩く。魚屋で生鮭を四切れ切ってもらい、八百屋で玉ネギ、ニンジン、ジャガイモと、サラダ用のレタスやトマト。エルメスのお財布からお金を出すのは藤田先生で、だんだん重くなる買い物籠を持つのは私の亭主の松山である。君代夫人の笑顔の待つアパルトマンに戻ってからは大忙しになる。

「お善は野菜の皮むきだ。お秀はサラダを作る。君代は御飯とおこうこの用意……」と、号令がかかって三コックは小さな台所に殺到し、さて藤田御大は何をするかというと、居間の真ん中で銀髪のオカッパ頭と小さいお尻をふりふり「フラフープ」をまわして遊んでいるばかりである。

「アトリエに入りきりだと運動不足になるからネー」というのがきまり文句である。食卓に並ぶ食器はすべて、御大が絵つけをしてピカソのヴァロリスの窯で焼いた逸品ばかりで、鳥や魚や子供の絵がこよなく愛らしくて楽しい。

楽しいといえば、この家のどこを見ても楽しく、電話機の横にブラ下がっている電話帳までが楽しかった。

「フランス語に弱い君代ちゃんのために」との配慮からか、八百屋の番号にはトマトやキャベツ、パン屋にはバゲット、魚屋は魚の絵というように、御大自らの手になる絵入りの電話帳で、文字通り、一目瞭然という仕掛けになっていた。

バスルームのドアには、タオルを持った女の子の絵。寝室には、男の子と女の子が並んでベッドに入っている絵。キッチンには買い物籠を抱えた女の子の絵。

リビングルームの壁一面は、パリのあらゆる職業が男の子と女の子で画かれた沢山のタイルで貼られていて、メルヘンの世界に迷い込んだような楽しさだった。

「なにしろ描くのが好きなのよ。マッチ箱でも切手の裏でも手当たり次第に絵を描いちゃうんだから」と、君代夫人は笑ったが、私の目からみると、藤田画伯は、故意に「楽しさ」を演出することで、その楽しさを楽しむことを楽しんでいるようにみえてならなかった。画伯のアトリエの無類の楽しさには、画伯の遠い過去になった、他人には想像もつかないような貧しさや辛さ、悲しさや苦しさが、炙《あぶ》り出しの絵のようにひそんでいるようにも思えてならなかった。

「君たち、センセイはもうやめてよ。なんとなくギコチなくてイヤだよ。名前なんてのは番号と同じなんだから、フジタであろうがヘチャプリであろうが一向にかまわないんだよ。これからはボクをヘチャプリって呼びなさいよ。ボクも君たちを「お善」「お秀」

って呼ぶからサ」

と言われてから私たちは、藤田画伯を「ヘチャプリ」と呼ぶようになった。ヘチャプリはパリの住人、私たちは東京の住人だから、そうたびたび会うことは出来なかったけれど、筆まめなヘチャプリはびっくりするほど沢山の手紙を送ってくれた。手紙のサインは「パリのヘチャプリ」だったり「ヘチャプリ大王」だったりで、洗礼を受けて「レオナルド」というクリスチャンネームになってからは「レオナルド・ヘチャプリ」となった。

「今度パリへ来るときは、これ、持ってきておくれ。食べたいよォ。レオナルド・ヘチャプリより」という手紙には、便箋に直径五ミリほどの、茶色の木の葉の焼き印のある葬式マンジュウが描かれていた。

ヘチャプリからの最後の手紙は、ヘチャプリの念願であったランスの教会の壁画を制作中のときのもので、

「……教会の中には足場が組んであって、ヘチャプリはいま、そのテッペンで天井画を描いている。寒いからオシッコがしたくなってハシゴを降りてオシッコにいって、やっと上がって来るとまたオシッコがしたくなるので困る。寒いけど頑張っているよ。この壁画が完成しない内は死んでも死にきれねえ……」

と、はじめて「死」という字が登場している。五尺に満たない小さなヘチャプリ、そ

して八十歳のヘチャプリにとって、教会の大壁画の制作はどんなに苦しいことだったろう。

「ハシゴを登ったり降りたりしないで、フランスの子供がオシッコをする小さなオマルを置いたらどうかしら？」

という私の手紙には、とうとう返事がないままに、ヘチャプリは八十二歳でチューリッヒの病院で亡くなってしまった。

私はいつか、ランスの「フジタの教会」を訪ねたい。そして、そのときにはヘチャプリの好きだった木の葉の焼き印のついた葬式マンジュウを持ってゆきたいと思っている。

整理整頓芸のうち

衣

「女優だから、さぞ衣裳をお持ちでしょう」と、他人《ひと》はいう。そのとおり、好むと好まざるとにかかわらず、一年三百六十五枚とまでは、ゆかなくても衣裳は私の商売道具である。けれど、私の洋服ダンスは昔から一間の押入れひとつでふえもしないし、減りもしない。一着つくれば前の一着をただちに処分するという新陳代謝方法をとっているから、衣裳がタンスのコヤシになることはないし、流行遅れの服を着なくてすむし、虫干しするほど数もない。私の整理は簡単である。

「馬子にも衣裳、髪かたち」というが、人間どんなにとっかえひっかえ衣裳ばかり着替えてもそれで美人に見えるわけではない、と私は思う。要は衣服という皮をはいだ中身の整理整頓をすることが先決問題ではないかと思う。まず外見からいくならば〝正しい姿勢と歩き方〟をマスターしなければならないと思う。私の観察するところによると、だいたい日本人百人のうちの一人くらいしか、ちゃんと歩いている人はいない。あとの九十九人の歩き方は、もう絶望的である。日本人の歩き方が、いかに貧相でみっともないかは、西洋人に比べればすぐわかるが、東洋人のなかでも最低で、歩き方と姿勢の悪さにおいては残念ながら〝劣等国民〟であるのを認めざるをえない。私は先日もハワイの街を歩いていて、向こうからひときわチンチクリンのガニマタが歩いてくるな、と思ったら、わが愛する夫ドッコイその人であったのにはギョッとした。私たち日本人の姿勢の悪さは、もちろん昔からの〝すわる〟という習慣の影響もあるのだろうが、その他にも日本人のなかに潜在する〝劣等感〟そして、足に合わない靴のせいなどの理由も大きいのではないかと思う。ことに歩き方の悪いのは男性で、肩をおとしてヒザを曲げ、上体をゆすりながら、アゴだけつき出して歩く姿は、文化国家もハチの頭もない。チョンマゲにしりはしょりのワラジばき、東海道五十三次ホイサッサのスタイルのほうが、ピッタリくるのではないかと思う。男性に比べれば女性のほうがまだマシというものの、やはり内マタぎみのヒョコヒョコ歩きではミニもマキシもお化粧も台なしで、イモネエチャンといわれても返すことばもない。

「姿勢を正す」とは佐藤さんの名文句だったが、姿勢を正せば、たしかに人の心もシャンとする。たとえば、映画やテレビに出てくる悪役や不良をみても例外なく、くわえタバコで、一方の肩を上げ、グデンとした格好をすることによって精神のユガミを形に現わしている。ある医師の研究によると、不良や犯罪者ほど姿勢が悪いという。それから姿勢に興味をもちはじめ、少年院の子供たちに正しい姿勢と歩き方の指導をしたら、みるみるうちに成績があがり精神の健全さまで取り戻した少年がたくさんいたという。

ファッションモデルじゃあるまいし、いまさら〝歩き方〟の練習なんてバカバカしいと思わずに、まず鏡に向かってまっすぐ歩いてみることだ。そして、自分の歩き方に点数をつけてみる。頭のてっぺんを糸でつりあげられ、おへそに長い棒が通っているつもりでスッスッと歩いてみると、なんとも気分がいいし、第一身体が疲れないことに気がつくだろう。そうなれば、しぜんに立ち居振る舞い、身のこなしもスマートになる。

「衣裳は着るもの、着られてはいけない」というスッキリとした姿勢こそ、着こなしじょうずになるコツ。

食

私は食いしん坊だから、うまいものさえ食べていればキゲンがいい。仕事柄《がら》、外食が多いから、家で食事をすることはめったにないが、食器だけは自分の好みのものを使って食事を楽しみたいと思っている。といっても、料理屋ではないから、やたらと食器を集めるわけにはいかないので、せめて「器」の使い方を自由に考えることで変化をつけたいと、あれこれ、ない知恵をしぼっている。

たとえば、灰皿を灰皿と決めてしまわずに他の用途を考えてみる。わが家では古い盃洗がおしぼり入れになったり、抹茶茶碗がおこうこ碗になったり、ドンブリが花器に化けたり花器がサラダボールになったりと忙しい。食器は昔から集まったガラクタがいいかげんあるのに、それでも道具屋をのぞくと、つい皿一枚、ハチひとつと買いこんでしまい、台所の戸ダナの整理がつかなくて困っている。こんなに食器がふえるのは、このごろの食べものがまずくなったからではないか、と私は考えだした。まずい料理をおおげさな食器でゴマ化すのは料理屋だけのすることではない。酒も醬油もカマボコもベトベトにあまくなり、ほとんどの食品は防腐剤入りで味が悪い。野菜やクダモノも、見かけはリッパでも風味にとぼしく、豆腐はカルキ入りの水のおかげで味気ない。

もともと、東京には料理というほどの料理もなく、地方の人間が集まってきてつくり出した田舎料理しかない。いまでも、田舎へ行くと、塩づけのおこうこに白砂糖がヤマほどかかってお茶うけに出たりする。やたらと甘ければご馳走、という貧しい感覚のそれである。だから、料理を楽しむほうは、いつのまにかジワジワと東京に進出してきた関西料理にのっとられた感じである。

それにしても、日本国にいながら肝心の日本料理は目の玉がひっくりかえるように高価で、日本人でありながら、オチオチ寿《す》しもつまめないとは不幸なことである。

その国の文化を知るには、その国の食べものを食べてみることがいちばんだというけれど、ティピカル・ジャパニーズ・ディッシュが、お茶づけやおでんくらいに代表されるとは情けないことになった。東京にはさすがに世界じゅうの料理が集まり、せまい路地まで食べもの屋がビッシリとひしめきあい、でっぱったりつぶれたりしながら、私たちの食欲をそそっている。日本人でありながら日本料理らしい料理には、サイフの中身の点で折りあいがつかず、天丼やヤキトリくらいでお茶をにごして、しかたなく他の国の食べものでおなかをふくらませているとは妙なことである。

「片手でラーメンをすすりながら仕事に精を出す。なんと日本人は勤勉であることよ」と外国人は感心するが、私は、たいていの日本人が味に無頓着なせい、つまり舌がこえていないからではないかと思う。うまいと評判される食堂には、いかにも食いしん坊らしい顔をしたお客がいるもので、いいかげんな食堂には、ちゃんと味覚オンチ然としたお客が座っているものである。

私は商売柄、よく人を食事に招くが、たいていの人はメニューを渡されても見ようともせず「なんでもけっこうです」「ボクも同じでいいです」と、たよりない声を出す。

遠慮をするというよりテンデ食べものに興味も情熱もない人間が、この世にはおおぜいいるのである。どうせ社の費用で食事することになれているから、高い安いの区別もつかず「ボクもメロンでいいや」なんて無造作にいうけれど、さてテーブルに出てきてもスプーンもつけない、では、ご馳走するほうは、まったく拍子ぬけがしてしまう。

私の観察によれば「なんでもどうでもいい」人は仕事のほうもどうでもいいらしく、すべてのことに情熱が薄いらしい。私は「食通」なんてことばはキライだし、信用もしていないが、もっと誰もが食いしん坊になって、うまい、まずい、をハッキリというようになってくれたら、そこらに売っているチクワ一本、干物一枚でも、いまよりはおいしくなってゆくのではないかと思う。うまい食べものを作るのはコックでも板前でもなく、それを食べる私たちの舌である。

住

私がなぜ、かくも無残なガンコ女になり果てたかという話は、昔、昔のその昔にさかのぼる。五歳から私は自分の働いた報酬で親子三人の衣食住をつかさどってきたのである。なんせ大人ばかりの、それも複雑怪奇ともいえる映画界で働いていると、子供ながらにいいかげんコマシャクレ、帽子ひとつ買うのにも納得のゆかないものはイヤといったらイヤだった。三つ子の魂百までとやら、私のガンコな性格は、そのあたりから今日までオンブオバケのごとく私の背中にはりついてしまったらしい。

人に迷惑をかけてはいけないが、私はガンコそのものは悪いことだとは思わない。ガンコでなければできないことも、この世の中にはあるからで、たとえば、わが家の中にある家具調度から台所のシャモジまで、もろもろの一切は、すべて私のガンコな好みでそろえたものである。新婚ホヤホヤのころ、夫が私にきものを買ってくれたことがあった。私は新妻らしく大いに感謝して夫のほっぺたにキッスなどしたが、つぎの日、その反物をかかえて、さっさとお取り替えに出かけた。なぜなら、「私の好みに合わなかった」からである。夫はさすがにあきれはて、それ以来、私にキャラメル一個すら買ってくれなくなった。いとニクラシキ妻である、とアタマへきたのだろう。わが家は商売柄、なにかと他人《ひと》さまから贈りものをいただくが、その好意はありがたく頂戴しても、その品物を飾ったり使ったりすることはめったにない。理由はただひとつ「家に合わない」からである。「せっかくの好意を申しわけない」「お金を使わせてあいすまない」と、心は千々に乱れても、私はそれらの品物を「エイヤッ」とばかりに処分してしまうのである。私とても大正生まれ「もったいない」という感情は持ち合わせてはいるが、私の「もったいない」は、なんでもかでも仕舞いこむことではなくて、もったいなければもったいないほど、何かの方法で、その好意を生かして使うという考え方である。だから、中元と歳暮の季節には、その整理で心身ともにクタクタになる。こうまでエゲツなくガンコな私を、われながら哀れに思わぬでもないが、こうまでしなければ家の中はテンデバラバラの品物でいっぱいになり、デパートの売り出しのごとくなってしまって収拾がつかない。

徹底的な整理整頓をするのは、なんと「根気と勇気と執念」が要ることだろうとつくづく思う。

「整理整頓も芸のうち」。きょうも私は、家の中から要らないものをはじき出そうとして、のみ取りマナコで家中をにらみまわしている。

卵・三題

私の生母は、北海道の函館で亡くなった。私を産んですぐに結核に罹って長く入院していたから、私は母にダッコされた記憶もないし、母の面影すらよく覚えていない。三、四歳のころ、ときどき婆《ばあ》やに連れられて母の病室を訪ねると、いつも窓ぎわに生卵の入った籠が置かれていた。結核は、なによりも滋養をとって安静にしていなければならない、「金喰い病」などといわれた病気だから、昭和のはじめ当時には贅沢で貴重品とされていた卵は、母の命の糧ともいえる栄養源だったのだろう。

私の顔を見ると、母は必ず私に生卵を一個くれた。私は卵の上下に小さな穴をあけてもらって、ちゅうちゅう、と卵を吸った。中身のなくなった卵は掌から飛び立ちそうに軽くなり、私は両手でそうっと空の卵を包んだ。母はベッドの中からニッコリとして私を瞠《みつ》めていたが、私の肩は婆やの手で押さえられていて、母に近づくことは許されなかった。幼かった私が母のいる病院へ行く楽しみは、母に会えることよりも、大好きな卵を食べられる、ということだった。

四歳のお終《しま》いごろに母が亡くなって、養母の手に移った私を、養母はメリーミルクの缶詰と卵で育ててくれた。杯のように小さな茶碗に炊きたてのアツアツごはんが盛られ、その上にポンと卵の黄身だけのせてくれるのを箸でまぜると、みるみる内に卵が煮えて半熟になって黄色い卵ごはんになる。私はそのごはんを猫のようにピチャピチャと舌でなめた。ほんとうに、美味しかった。

その養母も、もう此の世にはいない。

結婚直後の春だった。私たち夫婦はアメリカへ旅行をした。あれはたしかロサンゼルスの空港の食堂だったとおもう。なぜ朝食をとったのかは忘れたけれど、私たちは「ソフトボイルドエッグ」を注文した。卵を運んで来たのは、みるからに優しげなおばさんウエートレスだった。卵は一人前が二個で、卵を割り入れるコーヒーカップがそえられていた。私たちは行儀よく膝に手を置いて、おばさんが立ち去るのを待っていた。おばさんはチラリと私たちを見ると、優しい笑顔になってついと私のスプーンを取り、コツコツと卵の頭を叩いた。要領のいい手つきで四個の卵がつぎつぎと割られて黄身と白身が二つのカップに納まるのを、私は黙って子供のように瞠めていたが、「まるで、優しいお母さんみたいだな」と思った瞬間に、なぜか涙がこぼれそうになった。あのおばさんウエートレスは、日本人の私たちが半熟卵の食べかたを知らないと思ったのだろうか？　それとも、日本人は若くみられるから、行儀のいい兄妹とでも思ったのだろうか？　私にはわからない。どちらにしても、あの無言の親切は、いまだに私の胸の中で光っている。

ドアにノックがあり、「お早うございます」というお手伝いさんの明るい声と一緒に、朝食のお盆が運ばれてくる。仕事柄、夜の遅い私たちの朝食はベッドの中である。

お盆はひとつで、お盆の上には果汁のコップがふたつとカフェオレのモーニングカップがふたつ、夫用のバターつきトースト半枚と蜂蜜とマーマレード、そして半熟卵が三個載っていて、お盆は私たちのベッドの間にあるサイドテーブルの上に置かれる。

老眼鏡をかけて新聞を読んでいる夫の片手がのびて、果汁の入ったコップを取り上げる。冬の間はミカンが安いのでミカンのジュース。夏になると缶詰のトマトジュースに一山いくらのトマトが刻みこまれ、少量のウスターソースとタバスコソースを落としたトマトジュースに変わるのが、いつの間にかわが家の習慣になった。

私は卵の皿とカップをベッドの上に置いて、夫のために二個の半熟卵の殻を割ってカップに入れる作業に専念する。これも長い習慣であり、残りの一個が私の朝食なのもまた長い習慣である。

卵の殻は、ある日は白く、ある日は茶色く、大きかったり、小さかったり、丸かったり、細面だったり、と、いつも微妙に違う顔をしているし、卵の茹でかたも、卵の大きさやお湯の温度、時間、と、お手伝いさんのちょっとした手かげんで、ダラッとゆるすぎたり、トロリと工合がよかったり、茹で卵になったりする。茹で卵になっているときはツルリと殻をむいて塩と胡椒をまぶしてから、「ハイ、今日は遠足です」と言って夫に手渡す。これも十年一日、同じ台詞《セリフ》である。

私、卵割る人、夫、黙って食べる人……。結婚以来、こうやって私は夫のために、いったい幾つの卵を割ったことになるのだろうか。過ぎ去った、三十年という歳月が、急にズッシリとした重さで私に迫ってくるようで、私はいささか呆然となりながら、それでも相も変わらず、毎朝、卵を割り続けている。

高峰秀子の酒の肴

食べることがなによりも好きな女が、それを上回る食いしん坊の男と結婚。夫婦ともに酒飲みで、集まる人もお酒をたしなむ。主婦たるもの、酒の肴の二十や三十は頭になくては務まりません。時間のかかる、めんどうなものはだめ。買いおきのあり物で、さっと作った六点を、好きで集めた、中国の古い食器に盛ってみました。

ひき肉のレタス包み

冷蔵庫には肉と野菜が少しだけでも、ごちそうに見せる手がこれ。手巻きの楽しさが、好評です。

しょうが、にんにく、赤とうがらしのみじん切りを、サラダ油とごま油でいため、ひき肉（豚、鶏、牛どれでも）、ねぎのみじん切り、なすの角切り、その他ピーマン、しいたけ、もやし、なんでも順にいため、酒とオイスターソースで濃いめに味をつけます。熱々を、レタスに包んでいただきます。

中国風冷ややっこ

木綿どうふ一丁は、よく水をきり、深めの器に入れます。ねぎかあさつき、赤とうがらし、にんにくのしょうゆ漬け（生のにんにくでも）、搾菜《ザーツァイ》のみじん切りをたっぷりのせ、酒、しょうゆ、ごま油、辣油《ラーユ》を合わせた汁をかけます。

きゅうりの中国風あえ物

きゅうりは皮を縞目にむき、ビール瓶などでたたいて斜めにザクザク切り、しょうゆ、酒、辣油（ごま油と豆板醬《トウバンジャン》でも）、おろしにんにくを合わせたものをかけます。

ハムサンドイッチ

夫ドッコイはワイン好き。グラスも、どこかで一個だけ買ってきた夫専用です。ワインというと、えらくしゃれた肴を考えてしまうようですが、これもなんのことはない簡単料理。ただし、マスタードは本物でないと、いけません。

粒入りのフレンチマスタードとドライエストラゴンをすり鉢ですりまぜ、厚めに切ったボンレスハムにたっぷり塗り、サンドイッチにします。一口大に切り、クレソンをあしらいます。

きょうはパセリのみじん切りを入れ、ハムが薄すぎたので、三段にしました。

夫婦そろって自由業の夜型人間。夫ドッコイの仕事が一段落して、書斎から出てくるのは夜中の十二時過ぎ。それからふたりでゴキブリのごとく台所をあさり、酒宴が始まります。眠いは食べたいはの三分料理。思いつくままに並べてみました。

たいのこぶあえ

ただのさしみじゃ、つまらないし、こぶじめにする時間もなしで、考えついた即席こぶじめ風。

たい、ひらめ、すずきなどのさく取りを細く切り、市販の刻みこぶ（甘みのないもの）とあえます。器に青じそを敷いて盛り、しその実を散らします。わさびじょうゆをつけていただきます。

あさり酒蒸し

夫ドッコイの好物。日本酒にも洋酒にもいいものです。これと、あじを酢につけたものがあれば、ごきげんです。

あさりは、薄い塩水につけて砂を吐かせ、土なべに入れ、酒を適当に振りかけます。

あさりに塩けがあるので、塩味はつけません。蓋をして火にかけ、蒸し煮にします。貝の口がみな開いたら、あさつきの小口切りを散らし、土なべごとテーブルへ。

蒸し汁が特においしいので、残さず飲んでください。

菊菜と黄菊のあえ物

なんでもない一品ですが、色のとり合わせといい、いかにも秋のふぜいがするでしょう?

菊菜（しゅんぎくを秋にこう呼びます）は塩少々入れた熱湯でゆでて水にとり、かたくしぼって食べよく切ります。黄菊は花びらをむしり、塩ほんの一つまみ入れた熱湯でさっとゆで、すぐ水にとってざるに上げます。しょうゆ、酒、だしを合わせて二つをあえ、器に菊の葉を敷いて盛ります。

時間がたつと、花の色は移りにけりなで、菊の色がだめになってしまいます。早くすすめてください。

一位の箸

右手の中指に出来た夫の頑強なペンダコが、食事のときに箸を持っても痛むらしく、長年愛用していた象牙の箸が、「重い！」という一言でお払い箱になった。タコが生み出す原稿料で生活をしている、といういきがかり上、ささくれ立った安物の割り箸をお膳に載せるわけにもいかない。そこで私の「箸さがし」が始まった。デパートの箸売場には、なかなか美しい塗り箸があるけれど、箸先が辷《すべ》るので、冷や奴や麺類には工合が悪く、懐石料理で使う上等な「利休箸」は、さすがにスッキリと好もしいけれど、両端とも細まっているところがなんとなく落ち着かない。宮崎名産「ゆすの木」の箸は姿も軽さも格好だけれど、食事のたびに熱湯でゴシゴシ洗う内に漆がはげてきて貧相になってきた。

いささか箸を投げ出しかかっていた折りに、飛騨は高山の有名精進料理店で出会ったのが、「一位《いちい》の木」製の箸だった。束帯のときに右手に持つ「笏《しゃく》」と呼ばれる薄板は、この一位の木で作られる。というより、お節句の男雛が両手を重ねるようにして持っている、あのヘラのような物、といったほうがピンとくるかも知れない。

一位の箸は、まず素材の生地が美しい。軽さ羽毛の如く、歯ざわりやわらかく、まことに工合がよろしい。私はお料理の味よりも殆ど、やんごとなきといった風情の箸にみとれながら食事を終えた。箸袋に、「どうぞお持ち帰りください」と書いてあったので、やれ嬉しや、と家へ持ち帰り、夫の箸おきに載せてみたところ、奴《やつ》はいと軽げに箸をあやつりながら、何も言わない。つまりVサインの証拠である。

京都の四条河原町の近くに、「箸やったらなんでも揃うてまっせ！」といった、気どらない感じの箸屋さんがある。京都へ旅行をするたびに、ちょいと覗いてみたくなる私のヒイキの店だ。一年は五十二週。一週間に二回ほど一位の箸をとりかえる、ということになると、年間に約百膳。京都へ行くたびにこの店から箸の束を抱えて帰る。

目下、白髪に老眼鏡のわが家の内裏《だいり》様は、一位の「笏」ならぬ二本の箸で好物の小アジの酢のものなどをつつくことに懸命で、昨日の夫婦喧嘩のことなんざ、ケロリとお忘れの様子である。女房って、くたびれるねェ。

風呂敷

手さげつきの紙袋が巷に氾濫しはじめてから、それまで私たち日本人には絶対の必需品だった「風呂敷」は、トンとお呼びがなくなったようである。

いまでも、なぜか結婚式の引出物だけは風呂敷で包むけれど、ほとんどがナイロンのペラペラで、あれはあくまで包み布《きれ》であって、風呂敷と呼べるような代物ではないョ、と、私は思っている。

江戸のはじめまでは、女は湯文字、男は下帯をつけたまま入浴をしたそうで、入浴後はめいめいが布きれに包んで持ってきた新しい下着をつけ、洗った下着を布きれに包んで持ち帰ったという。また、その布きれを風呂場に敷いて、その上で身支度をしたことから、その布きれは「風呂敷」と呼ばれるようになった。その名称が、現在も生き残っているらしい。

ちょっと年配の主婦なら心あたりがあるだろうけれど、家庭用品としての木綿の大風呂敷や小風呂敷の便利調法さはこの上ないし、奥さんは奥さんらしく紫色やぼかしのちりめんの風呂敷を、娘さんは娘さんらしくピンクや紅の華やかな風呂敷を、と、風呂敷は女たちに欠かせない格好なアクセサリーのひとつでもあった。

いまは亡き、映画監督の山本嘉次郎先生は、演出をするときもボルサリノのソフトにツイードの上衣というおしゃれさんだったが、常時、脚本や資料を木綿の風呂敷にキチッと包んで小脇に抱えていた。日本人ばなれのしたスマートな美男子なのに、風呂敷包みがピタリと決って、なんともいえないカッコよさだった。

私は旅行に出るとき、必ず一、二枚の風呂敷をスーツケースに入れることにしている。アフガニスタン旅行では、ほこりよけに頭に被ったり、首に巻いて暖をとったり、砂漠の砂の上に敷いて腰を下ろしたり、と、風呂敷はメ一杯の活躍をしてくれて、有難かった。

どこの家の小引出しにも、何枚かの風呂敷がアクビをしているだろうけれど、あまり実用的でないちりめんのは小さいクッションのカバーにするとか、木綿のしっかりしたものは座ぶとんカバーにするとかして、なんとか活用してやりたいものである。

私の花ことば

優しく可憐な野の花

日本の四季の中で、私がいちばん好きなのは秋。

暑さ寒さの両方に弱い私は、一年の半分ほどを海外逃亡ときめこむが、秋だけは絶対に日本国ですごしたい。読書の秋、食欲の秋、そして女性がもっとも美しく見える秋。そのいずれも私にはメではないが、私には私なりの「秋」の楽しみがひとつある。それは花屋に秋草が入荷することだ。

すすき、りんどう、女郎花《おみなえし》、桔梗《ききょう》、刈萱《かるかや》、吾亦紅《われもこう》。どの花も優しく可憐な野の花である。

最近は、八百屋や魚屋、そして花屋にも「季節」が無くなりつつあるけれど、秋草だけは秋を待たなければおめにかかれない。

だいたい秋草は吹けばとぶような雑草のたぐいなのだから、こちらから野原へ出かけて行って朝露踏んで摘み取ってこそ楽しいので、秋草のほうから汽車に乗って都会へ出てこい、というのはヘンなのだが、世の中の風情がすべてヘンなのだから、まあ、いたしかたがない。

とにかく花屋へ馳けこんでしこたま秋草を買い狂い、そしてこれも私の大好きな李朝の大壺や大ザルや竹籠などにエッサエッサと盛りこんで、さてどうするかといえばどうするわけでもなく、ただボケーッと眺めるだけである。他人から言われなくても「バカみたい」なことは充分承知だけれど、私は「今年も秋のセレモニーが出来た」ことで満悦至極なのだから、これもいたしかたがない。

考えてみると、私は相当な花好きらしく、家中に氾濫する花器の群れがそれを証明しているようだ。でも、花ならなんでもよい、というわけではなく、例えば赤いカーネーションとかフェニックスなどの強烈さには弱い。

私の仕事は家の中よりも外の場合が多いので、いつもガックリと疲れて帰宅する。せめて家の中では花の色までしっとりと静かであってほしい、という願いがいつの間にか働いてしまうのかもしれない。

わが家の花器は秋草や茶花に似合うひなびた風情のものが多い。ふだんは棚の上にひっそりと鎮座しているそれらの花器が、秋草を迎えたとたんに生気を放ち、秋草もまたところを得たとばかりにいっそう美しさを増す。お互いがよりそって、お互いをひき立て合って「調和」が生れて「美」となる。

年がら年中、目くじらを立ててつっ走り、不調和音をがなり立てている私は、ときどきフッと心の空洞のようなものを感じることがある、なにか物忘れをしているような、もどかしいイヤな感じである。それがなんであるか私にはよく分らないけれど、そんなときに秋草をみると、とげとげしい自分の心が一瞬なごむ。秋草のひとつひとつが、あまりにも優しく、哀れなほどにこまやかな花をせいいっぱい咲かせているからだろうか？ 秋草から受ける感動が、年々薄れるどころか深いものになってゆくのは、私もまた雑草人間の一人だからだろうか、などと勝手な理屈をこねてもみるが、はっきり言えばオトシのせいだろう。今年の桔梗の美しい紫は、ことのほか眼にしみるようである。

骨と皮

平山秀子さん。あなたは、神の制定《さだめ》に従って、松山善三と神聖な婚姻を結び、神の教えに従って妻としての道を尽くし、その病む時も健やかなる時も、常にこれを愛し、これを慰め、これを重んじ、これを護り、堅く節操を守ることを誓いますか？

荘重なパイプオルガンの賛美歌を伴奏に、浜崎牧師の静かな一言一言が私の心の奥深くに吸い込まれ、純白のウエディングドレスの胸に抱きしめたカトレアと鈴蘭の花束が、フルフルと震《ふる》えた。

松山善三と私の結婚式は、昭和三十年三月二十六日の午後三時から十五分間で終わり、私はこの日から、第二の人生というべき結婚生活の道を歩きだした。男にとっての結婚はどうだか知らないけれど、女にとっての結婚は一生の一大事業である。私はまず、自分の仕事を半分にへらし、新しい生活を営むために、それまでいたお手伝いを変え、運転手を変え、ついでに私自身も変えた。実際のところ、金もなく知恵もない私は、仲人川口松太郎いうところの「メッタにない男」である松山善三を獲得したものの、冒頭の誓詞を全うするような賢妻になる自信など、ぜんぜん無かったのである。私は考えた。「利口ぶってみたところで、どうせお里が知れている。それならばせめて、家の中に年中笑い声の絶えないような、明るい家庭を、朗らかな家を作ろう」

私たち日本人にいちばん欠けているのはユーモアとウイットだという。笑いは生活の潤滑油である。私はユーモア女房に徹しようと心に決めた。人を巧みに笑わせるには、並々ならぬ努力が要る。私は、森繁久彌《もりしげひさや》や伴淳三郎《ばんじゅんざぶろう》の苦労のほどが、結婚によってはじめて理解できたわけである。演技と実生活は違うけれど、相手がいる限り、ただやみくもに自己を押し通すばかりが能ではない。それなら結婚などというシチ面倒くさいことはしなければいい。一人で暮らすほうが気楽ならそれもよし、この人と一緒に生きたいと思うなら、それ相応に努力をするのが当たりまえということだろう。古人間の私はそう考えている。

今年、昭和五十一年の三月をもって、真面目夫とユーモア女房は、満二十一年の結婚記念日を迎えた。光陰矢の如し、というけれど、まことに歳月の経つのは早い。十余年前に建て直したわが家は既にガタガタの中古となり、中身の人間二人は中古をはるかに越してポンコツ寸前になった。

二十一年前、新鮮な磯の香りを放ち、カモシカの如き脚で私を魅了した松山善三は、いまや白髪頭を振り立てて、老いたる猪の如く肥え、明眸皓歯《めいぼうこうし》をうたわれた高峰秀子もまた、虫メガネを片手にショボショボと辞書をひき、月に一度の歯医者通いでヒイヒイ言っている。

夫婦そろって五十歳という大台に乗ったのだから、めでたくこそあれ、文句を言う筋合いはないが、私たち夫婦の前方に立ち塞がるのは、如何に美しく老いるべきか、という問題と、やがて訪れる「死」を、どう始末すべきか？　という問題である。

私たち夫婦の話題に「死」が仲間入りをしはじめたのは、今から三、四年ほど前からだ。有吉佐和子《ありよしさわこ》の小説『恍惚の人』の映画化で、嫁の昭子に扮した私が、森繁久彌扮するところのおじいちゃんの世話でヘトヘトになる、というシーンを撮影中に、ふと「今日は他人《ひと》の身、明日はわが身というけれど、考えてみれば私たち夫婦も、他人ごととはいえない年ごろなんだなァ」と思ったのが、そもそものキッカケだったようである。

それでも初めのうち「死」はまだ私たちにとって遠い存在だった。会話はいつも冗談めいて、笑い声で終わったからである。それが最近では、ぐっと具体的になってきた。

私がさきにゴザったら、夫が私の骨をどう処分する気か知らないけれど、もし、夫がさきに死んだとしたら、私は夫を四角く冷たい墓石の下に埋めこんでしまうつもりは毛頭ない。そんなことをするくらいなら、わが家の庭で毎春美しい花を開く、夫の愛する白木蓮の大木の下にでも眠っていてもらうほうがまだマシである。棺の中に入れる花は、夫はコスモスがお好みのようだが、それなら夏にみまかって頂かないと困る。袷《あわせ》の喪服を着てハナ水垂らしながら東京中の花屋を、コスモス訪ねて一千里、などと考えると、今から涙が出る。私は香り豊かな花ならなんでも好きだから特別の注文はないけれど、ホンコンフラワーや真紅のカーネーションだけはパチンコ屋の開店みたいだから「イヤだぜ」と、すでに彼に通告してある。私は、愛する夫ドッコイに対して「通告」だの「獲得」だのと、世間の人からみればまことにけしからん言葉を使ったかもしれない。しかし、わが家では、その日そのときの風次第で、午前サマの彼の帰りを待ちわびて私が夕飯を食べそこなうときもあり、また彼が、仕事で遅くなった私のために夕食の膳を前にして、風呂かげんまでみながら空腹抱えて待っていてくれたりする。彼は私の秘書であり、私は彼の秘書であり、どっちが夫でどっちが妻か、判然としないのは日常茶飯である。言葉遣いにしても、「オイ、オマエ」だったり「秀サン、善三サン」だったりと変化に富んでいて退屈をするヒマもない。ヘンな夫婦といわれようがなんと言われようが、それで二十一年も過ごしてきたのだから、とやかく言われることもないだろう。夫の骨を、墓石の下に納めずに、いったいどうするつもりか？　といえば、私は生前彼が愛した李朝の壺にでも押しこんで、いつも私のかたわらに置いておく。入りきれないデッカイ骨は、もよりの引出しの中にでも蔵《しま》っておこうと思っていた。が、陶器の壺は冷たいから、低血圧の夫が寒がるかもしれない……そこで私は一念発起して、骨入れの特注をすることにした。私のようなトンマな女房を、何十年もの間、かげになりひなたになっていたわり続けてくれた大切な夫の骨を納めるからには、女房たるもの一世一代のフンパツをしなくては女がすたる。

私は、日本一といわれる木工芸術家の人間国宝「黒田《くろだ》辰秋《たつあき》」を京都に訪ね、骨壺の依頼をした。

ベイジュのトックリスエタアに、黒いウールの山袴スタイルの黒田辰秋は、私の話を聞くと少しも騒がず、静かな口調で言った。

「それで、数はお幾つにいたしましょうか？」

「?!」

あくまで夫の骨を入れることばかり考えていた私はビックリした。「イヤだね、一個に決まっているじゃないか」と思ったが、「いや、待てよ」である。私たち夫婦はいつも一緒に旅行をする場合が多い。海外旅行もたいていは二人で出かける。もしも飛行機事故などで二人一緒にオッ死ぬようなことがあったら、骨壺はやはり二個要るのだろうか？　でも、いったい、どこの誰が私たちの骨を拾いに来てくれるだろう。そこまで考えるのは取り越し苦労というものである。私は、

「ひとつで結構でございます」

と答えた。黒田辰秋がまた口を開いた。

「それで、期日は、いつまでにいたしましょうか?」

「?!」

私は目を白黒させて返答に窮した。いつまでったって、人の命ほど当てにならぬものはない。早ければよいというものでも、遅いほど結構というものでもない。

「別に、早急に、というわけでもありません」

「そりゃ、そうですな。しかし、これから適当な木を探すのですから、時間がかかりますが、早く出来すぎたらまあ……ボンボンでも入れておきになったらいいでしょう」

黒田辰秋は、この珍問答が自分でも可笑《おか》しくなったらしく、ウハウハと笑いだした。

骨入れの大きさは、夏みかんほどに決まり、彼は、かたわらの鉛筆をとってサラサラと三つの形を描いた。三つのスケッチの中で、私が気に入ったのは、筒型に六本の面をとり、面には細く螺鈿《らでん》を象嵌《ぞうがん》、全体を朱色に仕上げる、というあでやかなものだった。枯れたさび朱と暖かい木肌は、きっと夫の骨を優しく包んでくれることだろう。

私は骨壺の完成の日が待ち遠しいような、待ち遠しくないような、まことに不可思議な気持ちを味わっている。

しょせん人間は、一枚の皮をかぶった「骨」である。頭蓋骨の中の脳ミソのかげんで、バカか利口に分かれ、一枚の皮によって美人かブスかが決まる。骨は全く気まぐれだ。

たくさんの骸骨の中から、脳ミソも皮も比較的上等な松山善三とめぐり会って結婚できた私は運のいい女であった。単細胞で、正義の味方といわれる人間は、例外なく頑固だが、彼もまた老いてますます強情ガンコになり、心身の老化をゴマ化しながら仕事のオニと化している。

「五十年近くも働いたんだもの、余生はノンビリと怠けて遊ぶんだァ」

と、ダラけきっている女房の私を、夫はハッタと睨みつけて叫ぶ。

「ああ、死は目前に迫れり、いざ、もう一仕事せずにおくべきか！」

まあ、それが男というものでしょう。

ガンコと強情では私もヒケはとらない。結婚は夫婦の我慢くらべだというけれど、二十一年も経つとガンコくらべになるらしい。互いの主張は歩み寄ることなく平行線をたどり、決して交わることはない。かといってイヤイヤ一緒に暮らしているということでもなく、高級に言えば自主独立の精神を互いに認め合っているということで、俗にいえばアキラメ・ムードかもしれない。いつだったか、将棋の升田《ますだ》幸三《こうぞう》が、ニヤニヤしながら言った。

「あんたンとこのオヤジ、ラクダに似てるなァ」

私はムッとした。うちの美男の旦那の、いったいどこがラクダに似ているというのだ、コノヤロウ。

「ラクダって動物はな、澄んだ美しい眼をしているんだぞ、動物の中ではいちばん優しくて美しい眼なんだ。あんたンとこのオヤジの目玉はラクダそっくりじゃ、人間でいえば……ンまあ、高僧ってとこかな」

なぜ、それを早く言わないのか。もう少しでブッ叩いてやるところだった。しかし、言われてみれば、心当たりがないでもない。高僧は少しオーバーだが、ラクダは、じゃなかった、松山善三は、脚本を書いたり演出をする仕事より、例えば小学校のセンセイとか小児科のセンセイあたりに向いているのではないか、と思うときがある。彼の最高の美点は、誰に対しても同じように優しく、思いやりがあるところだ。

私は正直いって、この長い連載を書き続けている途中で、何度か面倒になってヒステリーを起こしたが、その私をおだて、なぐさめ、あるいは叱咤激励しながら、

「オヒデ、頑張れ！」

と言い続けてくれたのは、松山善三ただ一人だった。そういうありがたい夫に対して、骨も皮も粗末なら脳ミソも薄い私が、女房としてなにほどの内助の功も果たせなかったことが残念だ。例えば「子供」である。

私は結婚した当時、真実、子供が生まれることを怖れていた。三つ子の魂なんとやら、というけれど、私自身が五歳の時から働きに働き、子供心にも苦労の連続を重ね、「ああ、生まれてきてソンをした」と思いこんでいたことが深く原因していたらしい。子供

なんてものは徒《あだ》やおろそかに産むべきものではない、と思い、もし私のようなコマシャクれてヒネた子供が生まれたら、私は到底その子を育てる自信などないと思ったからである。そんな私の気も知らないで、夫は言った。

「男の子が六人生まれるといいな。そしたらボクはバスケットボールのチームを作るんだ」

私は驚いた。もしかしたらそのときのショックで、六人どころか一匹も生まれなくなってしまったのかもしれない。が、女として子供を産まなかったことは、子供好きの夫に対して最大の背信であった、と私は心から申しわけなく思っている。

夫は、わが家を「家庭」ではなく「二人の巣」だと言ったことがある。夫の中にある「家庭」という言葉の響きにはバタバタと家の中を走りまわる子供の足音がきこえるということなのだろう。夫は七人兄妹の三番目に生まれ、ワイワイガヤガヤと育ち、私は五人兄弟の四番目に生まれたけれど、物心もつかぬころに養女にもらわれ、しかも家にいるより撮影所ですごした時間のほうが多かったから、家庭がどんなものなのか、全くといっていいほど知らない。夫の言い分を聞きながら、なるほど、そういうものかいな、と思うけれど、あれもこれも、いまとなってはすべてが時効であり、手遅れである。今更過去を振りかえってジタバタあがいてみても、見苦しく恥ずかしいだけだろう。前を向いて進もうにも、なんせ先が知れていることだから、せめて、九ちゃんの歌のように

「上を向いて」歩くよりしかたがないではないか。

私はいま、木下惠介脚本演出の『スリランカの愛と別れ』という映画に出演中だ。私の役は、不幸な過去を持った六十歳の白髪の老女で、宝石商の未亡人である。ちょうど無法松のように、マダム・ジャカランタという彼女を恋い慕うサーバントは、五十歳のスリランカ人という設定になっている。この役は日本の俳優ではなく、現地人を採用する、と言いだした木下惠介は、現地で五十歳の男優のオーディションをした。

「秀チャン。五十歳の男はイヤですね。誰もかれもデブだったりシワクチャで、まるで夢がないよ。だから僕ね、十九歳のステキな少年を五十歳に老けさせることにしちゃった」

あまりにも奇抜なアイディアに、私はビックリしながらも、心の中では「木下惠介健在なり！」と快哉《かいさい》を叫んだ。

私は前に、木下惠介、黒澤明《くろさわあきら》、今井正《いまいただし》を評して、戦後を代表する三人のすぐれた作家と書いた。時代に反抗しながら、時代を創ろうとした彼らの才能は未だ枯渇してはいない。彼らは乱世の作家で、平穏無事を嫌った。今、再び乱世の時代を迎えて、私は、木下惠介が新しい『日本の悲劇』や『笛吹川』を作ってくれることを願い、黒澤明が『生きる』や『悪い奴ほどよく眠る』を演出してくれることを期待し、今井正が『キクとイサム』や『米』でみせた執念に希望をつないでいる。

最近の映画界は、リバイバルとかいう線に乗って「古映画」の再映に熱心である。人々の郷愁を誘うのか、それがなかなかに好評のようでもある。しかし、映画会社は古本屋や古道具屋ではない。心もあり、才能もある立派な作家たちをただ眠らせていては、恥の上塗りではないか。映画製作は莫大な費用がかかり、「値段（？）の高い演出家や役者は使えないねえ」などと映画会社は敬遠するけれど、かつてはそういう人たちのおかげで笑いがとまらぬほど儲けに儲けたこともあるんじゃないの？　と私は言いたい。

『スリランカの愛と別れ』の中で、私の扮するマダム・ジャカランタがこんな台詞《せりふ》を言う。

「インドでは、満月より十四日の月を喜ぶわ。満月は明日から欠けはじめるけど、十四日の月にはまだ明日がありますからね」

そしてまた、こんなことも言う。

「でも、人間の一生って、生まれたときから欠けはじめるのね。必ず死ぬんだから……だから、美しく生きた人だけが、〝ああ、生きていてよかった〟と思えるんだわ……私には、そう思えたことがあったかしら？」

私にとって、なんとも耳が痛く、そして恥ずかしくなるような台詞である。

私は『週刊朝日』の連載を書くに当たって「ええカッコしい」はやめて、私の恥のありったけをブチまけようと覚悟を決めた。思い出すまま、筆の走るままに書き散らした「恥」の数々を読み直してみて……私にはやはりその覚悟も浅く、筆の力も足りなく、ただ、恥の上ッ面だけ撫でたような気がして不満が残る。正直に言えば、私の歩んできた渡世の道は、もっと恥多く、貧しく、そしてみじめだったからである。

「高峰秀子の五十年」などという空恐ろしいタイトルをつけられて、私は「そんなだいそれたものが書けるものか」と、心中うろたえ、おそれもしたが、考えてみると、人生五十年にして、人間はやっと一分の真実を、それもオブラートに包んで、そっと人前に出せるということなのか。どんな人間でも、人の一生はそれぞれ一本のドラマだという。しかし、私という人間のドラマの主人公は、私ではなく実は私の母その人であった。私は渡世日記の随所で、くりかえし、母をそしり、恨み、憎み続けた。そこには一片の誇張も嘘もない。が、考えてみれば、私にこうした母がついていてくれたからこそ、逆に、私自身が発奮し、生きることへのファイトも湧いたのだろうとおもう。そして、母の狂気にも似た、理屈の通らない怖ろしい目玉が光っていたからこそ、結果的には、私自身がそれほど汚れもせずに、清潔な結婚ができて、今日のような倖せな日々を持つことができたのだろう。

いまさら母におべんちゃらを言ったところではじまらないけれど、母なりの母に、私は私なりに「かあさん、ありがとう」と言いたい。いや、そうでもしなければ、母も私も浮かばれないし、ドラマの結末もつかないだろう。

いまでも母は、依然として私を「親不孝な娘」と呼び「もっと金おくれ」とエバっている。どうやら母にとっての私は、いまだに「お金の取れる映画の女優さん」としか思えないようである。

母が言うように、彼女の年齢が「七十万年」だとすれば、娘の私の年はさしずめ「五十万年」というところか。長い間のつきあいである。そして、まだまだ続く「母と娘」の縁である。

私の口の中に、まだ「親知らず」は生えていない。

哀

つながったタクワン

〽どこまでつづく　ぬかるみぞ
三日二夜を　食もなく
雨ふりしぶく　鉄かぶと

昭和七年も終わりのころ、近づいて来る大戦争の足音の中で、初めて発売された「軍国歌謡」である。しかし、一部の日本人を除く私たちにとっては、「戦争」はまだ実感として受けとられず、遠く異国の空の下にあった。この重々しい軍歌でさえも、酒席のさざめきの中でのみ歌われていた。

戦後出版された本を読むと、日本の生命線「満蒙を守れ」という政府のやっきとなった宣伝活動も、不況にあえぐ国民には、かえって威圧感を与える結果となって、その向こうにエロ・グロ・ナンセンスといった退廃的な風潮が流れてきた、と書いてある。「涙の渡り鳥」「影を慕ひて」など、感傷的なメロディーの流行歌が人々の口から口へと流れ、政府や新聞は反対に軍国調の活字にのめりこみ、上海事変から満州事変へと戦争が拡大されるにつれて、映画界でも溝口健二《みぞぐちけんじ》監督による『満蒙建国の黎明』などが製作されるようになった。いまだに名作として日本映画史上に残る島津保次郎《しまづやすじろう》監督の『上陸第一歩』も、昭和七年の作品である。

しかし一方では、同じ監督による『嵐の中の処女』や『隣の八重ちゃん』、小津安二《おづやすじ》郎《ろう》監督による『生れてはみたけれど』や成瀬巳喜男監督の『君と別れて』など、庶民生活の機微を描きながら、身動きの出来ない社会への反抗を見せる作品もあいついで製作された。

子役の私は、エロ・グロにも軍国ものにも関係はなかったが、松竹映画の製作本数が増えるにつれてますます多忙になり、蒲田の現代劇ばかりでなく、そのころ時代劇専門の撮影所になっていた京都下加茂撮影所へも飛んで、林長二郎《はやしちょうじろう》や坂東好太郎《ばんどうこうたろう》主演の時代劇に出演した。

林長二郎と坂東好太郎は、野球でいえば王、長嶋といった両巨頭。当時の時代劇をしょって立つ二大俳優であった。私は坂東好太郎にメチャメチャに可愛がられ、撮影の終了後はたいてい彼の常宿であった「松の家旅館」へ連れて行かれ夕食を御馳走になった。同じ宿屋に彼の婚約者であった飯塚敏子《いいづかとしこ》も泊まっていて、彼女が部屋へ来ると、決まって好太郎と私が風呂の中でふざけていたり、向かい合って食事をしたりしているので、彼女はよくおかんむりになったものだった。休みの日には、運転手つきの自動車で郊外のドライブや動物園にも連れて行ってくれた。

私はこの文章を書く前に、「なぜ当時あんなに私を可愛がってくれたのですか？」と彼に電話をしてみた。すると彼は、「なぜってことはない。文句なしに可愛かったから……他に理由なんてないね」という返事が戻ってきた。子供のころの私は、そんなに可愛かったのだろうか？　今、私がだれからも憎らしい憎らしいと敬遠されるのは、可愛かった子供時代のハネかえりかもしれない。世の中スムーズにはゆかないものである。

京都での撮影が一段落すると、私は小さなチョンマゲのカツラを脱いで蒲田へ舞い戻り、当時世間を騒がせた坂田山心中の映画化『天国に結ぶ恋』、『将軍の娘』『母の愛』『十九の春』、そして喜劇『与太者と海水浴』などの出演に日夜かけもちの大車輪であった。

『与太者と海水浴』は、それまでの女優路線一辺倒の蒲田調には珍しく、若者三人組の喜劇シリーズであり、三人組の一人は、現在もなお独特な芸風で活躍中の三井《みつい》弘次《こうじ》であった。今から四十余年の昔、『与太者と海水浴』の宣伝スチールを撮るために、私は「写場」へ行って三人の若者と初対面をしたが、なぜか、小柄で目つき鋭く、いなせな、というより一癖ありげな若者、三井弘次だけが私の印象に残った。

「今までの松竹の俳優にはなかったタイプの人」だと、子供心にも感じたのだろうか？

以来、四十年余り、私は執念深く三井弘次をみつめ続けたが、彼が一歩、一歩と独特の個性を生かして「いぶし銀」のような演技者になってゆくのが、他人《ひと》ごととは思えないほどうれしかった。彼の演技に接するたびに、私は「先見の明があった」と得意になっている。彼と私は、その後も何本かの映画で共演したが、それとこれとは全く無関係で、私は彼の一ファンであり、彼の演技を見ることが楽しいのである。

私は、自分が演技をするのは、昔も今も苦手だが、上手《うま》い俳優が好きだ。テレビが茶の間に入り込んでからは、むしろ下手《へた》な俳優のほうが親近感があって人気がある、といった珍傾向があるらしいが、私は「人気はなくても上手い俳優」が好きだ。これも、私自身が俳優の端くれだということとは関係ないようで、私自身が自分の演技に酔ったり、溺れたり、のめり込んだり、つまり「俳優べったり」になれないからこそ、常時シラジラとした第三者の眼で他の俳優を眺める習慣が身についてしまったのかもしれない。

今の言葉で言えば「終始サメっぱなし」とでもいうのか。そういう意味では、私は仕事以外のすべての事に対しても終始一貫、ただ現実と二人連れで、まるでゴールのない競馬ウマの如く、何十年もの間をひたすら走り続けてきただけである。いかに生活のためとはいいながら、なんとも夢のない青春時代を過ごしたものよ、と苦笑いが出る。

『その夜の女』は島津保次郎監督の傑作だが、一週間で脚本を書き、十日間で撮影を完了した。しかも誉れは高く、伝説の映画となった。同じ監督でも私の主演映画である『頬を寄すれば』が完成された当時は、アメリカの名子役といわれたシャーリー・テンプルの映画が日本でも大人気で、外国映画の封切り館であった帝国劇場で、『可愛いテムプルちゃん』と『頬を寄すれば』の東西子役映画二本立て、という珍しい特別ロードショーが行われた。私とシャーリー・テンプルの人気は真っ二つに割れ、口さがない世間は二人の優劣を競って論じた。それから四十年余、シャーリー・テンプルは政治家となり、私は、せっせと駄文を書いている。私の負けである。

映画界の巨匠、名演出家といわれる人たちは、当然のことながら好みが強い。私は一年に十本以上の映画に出演していたが、そのほとんどの作品は、野村芳亭、五所平之助《ごしょへいのすけ》、島津保次郎、小津安二郎のものだった。そして私は、この四人の間を、「男の子」になったり「女の子」になったりして飛びまわっていた。当初から「監督中心主義」で出発した松竹映画撮影所には、各監督の個室があり、室内は監督の好みにデコレートされていて、それぞれに決まったスタッフだけが、誇りを持ってその部屋に出入りしていた。

各組のスタッフは、まるで団結した一家族のような存在だったから、勢い、仕事の上は勿論、喧嘩も仲人も借金もみんな一緒で、いい意味でも悪い意味でも、他の組と妍《けん》を競い合っていた。中でも華々しかったのは、一本の作品が完成されると「完成祝い」と称して、監督が身銭を切って五、六十人ものスタッフを引き連れ、一夜、大盤振る舞いをする習慣だった。

場所は横浜の本牧、銀座のカフエ、そして吉原などであった。このごろのように物価高の東京で、五、六十人の人間にへべれけになるほど酒を飲まれようものなら、監督は演出料から足が出るどころか、夜逃げでもしなければならないだろう。今の映画界を斜陽というならば、当時は日の出の勢い、まことに景気のよい大らかな時代であった。「完成祝い」に選ばれる場所は、およそ私のような子供には縁のないところばかりだったが、どういうわけか、私は必ず連れて行かれた。明治生まれの荒くれ野郎ばかりの中に、大正生まれのチビガキが一匹まぎれ込んでいるのは、不思議な光景だったろうに、私はいつもだれかの膝に乗せられ、特別仕立てのバスにゆられて、本牧や吉原へ繰り込んだ。いま考えてみれば、銀座や吉原の女たちが、子役の私を珍しがって寄って来るのが、大人たちの「めあて」だったのか？　私はどうやら大人たちの格好なダシに使われていたらしい。

銀座では、今の交詢社のそばの「カフエ・クロネコ」、尾張町の角の「カフエ・ライオン」へよく連れてゆかれた。店内には春には桜、秋にはモミジの造花が飾られ、手回しの蓄音器の朝顔型のスピーカーからは、当時爆発的に流行《はや》っていた東海林太郎《しょうじたろう》の「赤城の子守唄」が流れていた。ハイカラという大きなウエーブのついたヘアスタイルに、レースつきの白いエプロンをかけた女給さんたちの姿も、鮮やかに思い出される。

近代的な銀座にくらべると、吉原はガラリと変わっていて、ある地域だけが別世界を営んでいるように見え、空気までも違った匂いがした。

道の両側には二階、三階建ての「妓楼」が並び、妓楼の前には、青く細いネオンサインで縁どられた一メートルほどの、娼妓たちの全身像の写真が何十枚も並んでいた。威勢のいい男衆の声に迎えられ、黒えり姿の仲居に導かれて大広間に入る。日本髪に美しい裾をひいた女たちが続々と現れ、座敷はたちまちにして華やぐ。酒が運ばれ、御馳走が並び、三味線やタイコが鳴り出す。私がいつも感心して見とれるのは、豆しぼりの手拭いや扇子を小道具に、洗練された手踊りを見せる「幇間《ほうかん》」たちであった。

酒が入り、座が乱れはじめると、女は代わる代わる私の手を引いて、そっと座敷を脱け出し、長い廊下を歩いたり、階段を上がったりして、私を自分の部屋へ連れこんだ。息抜きをするにも、一人だけでは都合が悪かったのだろうか？

女の部屋は、賑やかな大広間の雰囲気とはまるで違っていて、ちんまりとして陰気な小箱のようであった。小さな長火鉢の前には二枚の座ぶとんが置かれ、鏡台と小ダンスがあり、小ダンスの上には決まって人形が飾られていた。女は私と向かい合って長火鉢によりかかり、私にはお菓子を、自分は煙草に火をつけたり、お茶を飲んだりした。彼女らは、今の今まで広間で嬌声をあげて騒いでいた女とはまるで別人のように見えたし、ヘンに静まりかえった部屋で、見ず知らずの女の人と向かい合っている私は、息がつまりそうだった。

女は十分も経つと、ちょいと鏡をのぞき、私の手を引いて再び広間の喧騒の中へ戻り、私はリレーのように他の女の手に引き渡されて、またまた廊下を歩いて、その女の部屋に連れて行かれる。「おいらん」といわれる彼女たちと子供の私の間に話題などある筈もなく、火鉢の横に美しい着物の裾を広げた彼女らの、私を見る心の中には、いったいどんな思いがあったのだろうか。

私は世間の子供のように小学校や動物園へは行けなかったが、カフエや吉原に出入りするうちに、少なくとも映画界の他にも沢山の別の世界があり、多勢の人たちがそれぞれに別のことを考えて生きていることを知ったようである。

もちろん、私は撮影のない日は人並みにランドセルを背負って小学校へ出かけていった。しかし、それはごくたまのことで、級友たちはヒョックリ顔を出した私に「子役」としての興味を持ってくれるだけで、友達ではなく、私にはかえってわずらわしく迷惑だったし、学科は相変わらず先へ進んでしまっていて、わたしだけがポツンと取り残された格好であった。私は学校へ行くのがだんだん苦痛になってきた。

昭和八年、私が九歳になったばかりのある日のことだった。いつものようにげんなりしながら学校から戻ると、玄関の上がりがまちに腰を下ろしている巡査と母の姿が見えた。と思った途端に、こっち向きに座っていた母の顔色がサッと変わり、眼の前の白い紙片を手早くたたんで、早口で巡査に何か囁いた。巡査はゆっくりと私を振りかえり、そのまま立ち上がって帰って行った。母はピョンとバネ仕掛けのように立ち上がると、座敷へ行き、タンスの小引き出しの中へその紙片をしまい、台所へ入ってゴトゴトと音を立てはじめた。

「なんだか様子がおかしい」と思った私は、踏み台に上ってタンスの中の紙片を取り出して広げて見た。薄い二枚折りの紙には「平山志げ。養女秀子」と細い字で書かれていた。

「なんだ、戸籍調べか」と、私はそれを元に戻そうとした。その時、母は血相変えて台所から飛び出してきた。そして叫んだ。

「見たのかいッ、お前?」

「うん、見た」

私はいとも簡単に答えた。母はとたんに腰を抜かしたように、その場にヘタヘタと座り込んでしまった。さあ、それからが大変で、「実は、お前は私の産んだ子ではない」とか「せっかく内緒にしてあったのに」とかと、涙ながらにカキくどき、まさに新派大悲劇の愁嘆場が夕食を前にして延々と続いた。私にすれば、死んだ生母の記憶もあり、自分が養女であることなど先刻承知だったから「なにを今更あらたまって」と、内心滑稽なくらいだったが、こんな場合にゲタゲタと笑うわけにもいかず、そうかといって深刻ぶってみたところで涙など出るわけもない。

「いいじゃないの母さん、私は一緒に暮らしている母さんを自分の母さんだと思っているんだから……産んだとか、産まないとか、実の母とか義理の母とか、そんなこと大したことじゃないわよ」

私は母を慰めようとして更にマセたことを言ったのかもしれない。情勢はむしろ悪化した。母のショックは二重三重とかさなり、こんな大事件の最中にケロリとして涙ひとつ見せない私に怒りを感じたに違いない。今までの泣き顔がたちまち憤怒の形相に変わり、顔面蒼白、まなじりはひきつり、手足は震えだして、完全なヒステリー状態になった。そして再び叫んだ。

「お前という子は……なにもかも知っていて……よくも、よくも！」

なにが「よくも」なのか、私にはさっぱりわからなかった。私は、母に叱られるような「悪いこと」をした覚えは一度もなかった。では、子供の私のほうから「養女に参りました。どうぞよろしく」と挨拶でもするべきだったのか？　上京当時四歳だった子供にそれをしろ、と言ってもムリな注文ではないか。私はそんなことを考えながら完全にシラけたが、母と私の、頭と胸は、イスカの嘴《はし》のように食い違っていて、どこまで行っても合う筈はなかった。

私が生まれて初めて見たものすごい母のヒステリーの発作は、文句なく恐ろしく、生命の危険さえ感じるほどであった。母のヒステリーは、その後も事あるごとにエスカレートして私をおびやかした。私はそんな母を見るのが嫌で、当然言うべきこと、言わねばならぬことも、だんだん控えるようになってしまった。ということは、母と子の心情に、「目に見えぬわだかまり」が落ち葉のように蓄積されてゆくことでもあった。人間同士の心が、それも親と子の心が通じ合わないほど侘しいことはない。

その事件以来、母はなにかというと「親」という言葉を持ち出すようになった。

「親に向かって何を言う」

「私はお前の親だよ」

それは、子供を持ったことのない女が、生《な》さぬ仲の娘に対して、というより、自分自身に向かって「母親」を定着しようとして吐く、血の出るような言葉であったかもしれない。が、言われるほうの身になると「オヤオヤ、またか」と、かえって自分が「養女」であることを皮肉られ、断定されているようで、なんとも間尺に合わない気持ちになった。母と私の心の歯車は、そんなところから、徐々に嚙み合わなくなっていったようである。

といっても、母と私は毎日親子喧嘩をしていたわけではない。相変わらず朝になれば二人揃って撮影所へ通った。冬はお互いに抱き合って暖をとり、夏はお互いにウチワであおぎ合いながら嬉々として笑った。九歳の私には付き添いが必要だったし、母もまた、私の世話をするよりほかに「生きがい」は無かったようである。

というのは、養父と母の間は相変わらず険悪で、家にいれば二人の口争いは絶えなかったし、でなければダンマリ戦術。中にはさまった私は、身の置きどころを探してウロウロするばかり。親子三人の気持ちはいつもチグハグで、家庭らしく和やかな会話や食事風景が持たれることもなく、家の中の空気はいつも重苦しく澱んでいた。

ある夜、親子三人が珍しく小さなチャブ台を囲んでの食事中であった。何を話していたのか私には覚えがないが、突然、養父と母がはげしい口論をはじめ、プイと立った母は台所へ入っていった。私も、しょうことなしに箸を置いて母のあとを追って台所へ入った。母はポロポロ涙をこぼしながらマナイタを出し、タクワンをきざんでいた。そんな母を見ると、私はつくづく母が可哀想になり、私の眼にも涙が溢れた。母が戸棚から丼を出し、切ったタクワンを盛ろうとした時、タクワンはよく切れていなかったのだろう、ジュズつなぎになって二人の間にダランとぶら下がった。二人は思わず顔を見合わせ、「エヘヘ……」と笑った。そんな時だけ、私は母の心にピッタリと寄り添う自分を感じた。

タクワンの夜以来、養父はまたまた家をあけるようになった。そして母は撮影所へ行く時、玄関の鍵を持って出るようになった。夕刻、仕事を終えて疲れ果て、空腹をかかえて家に帰りついたとき、夏ならともかく、冬は火の気もなく暗く冷たい家へ二人は手をつないで入って行ったが、なんとも侘しく、せつなかった。母は不機嫌に台所に立ち、ガスに火をつけて炭火をおこす。私はオーバーのポケットに両手を突っこんだまま、座敷の真ん中で足踏みをしていた。

「早く、明日の朝になって陽があたればいい」と、私はひたすら時間がすぎてゆくのを願うだけだった。

血染めのブロマイド

昭和十三年の九月、中国戦線で山中貞雄《やまなかさだお》が戦病死した。『人情紙風船』は彼の代表作といわれる。彼が、日本の映画界にペシミズムを持ちこんだ最初の作家だと、私は思っている。二十八歳の短い生涯であった。

翌年、「映画法」が、国家統制、検閲の道をオブラートに包んで実施され、映画界も世の中も、みるみる戦時一色に塗りつぶされてゆくのだが、十三歳の私には、そんな恐ろしい明日を見通すことも、予想することも出来なかったし、『良人の貞操・前後篇』のあと、『江戸っ子健ちゃん』『見世物王国』『南風の丘』『雷親爺』『花束の夢』『お嬢さん』『新柳桜』『虹立つ丘』『チョコレートと兵隊』『綴方教室』と、十二本の映画に、夜昼なしの強行軍で、毎日毎日が矢のように消えていった。

『見世物王国』では古川緑波《ふるかわろっぱ》と、『雷親爺』では徳川夢声《とくがわむせい》と、『新柳桜』では霧立《きりたち》のぼると、『虹立つ丘』では岸井明《きしいあきら》と共演した。相手変われど主変わらず、キリキリ舞いをしながら、二本、三本かけもちの撮影で、あっちのステージ、こっちのステージを駆けずりまわっていた。

『江戸っ子健ちゃん』は、当時『朝日新聞』に連載されて大好評だった横山隆一《よこやまりゆういち》のマンガの映画化で、健ちゃんにはエノケンの一人息子の鍈一《えいいち》が扮し、フクちゃんにはユーモア作家の愛娘、中村メイコ。私はキヨちゃんという女学生の役だった。中村メイコは当時二、三歳の赤ン坊で、クリクリ坊主に大きな早稲田の大学帽子をかぶり、絣《かすり》の筒袖に白いエプロンをかけた姿はマンガのフクちゃんそっくり。もちろん台詞など言える年でもなく、気が向いたときだけ「ふにゃ、ふにゃ」と言うほかに、ヒマさえあれば「ホムハイチ、ホムハイチ」をくり返す。

メイコのママの通訳によると、ホムハイチというのは「オムライス」のことだそうで、当時のメイコ嬢は日がな一日オムライスにあこがれていたのだから無邪気なものだった。広いオデコに八の字眉、少々張りすぎたアゴ……。男の子であれば「可愛いお子さん」ですむけれど、さて女の子として見ると「美しいお嬢ちゃん」というわけにはいかない。よせばいいのに私はわざわざママをつかまえて言った。

「ママちゃん、心配しなさんな、赤ン坊のとき不器量な子供ほど、大きくなると美人になるっていうよ」

いや、それだけならまだ許せるが、そのあともうひとつおまけがついたのがいけなかった。その後十余年の月日が流れ、メイコが花恥ずかしい娘に成長したとき、私はまたメイコのママをつかまえて、トドメをさしたというのである。

「ママごめんよ、私の勘が当たらなかった」

私は今更、言いわけをするつもりはないけれど、そんな失礼なことを言った記憶はない。が、現在、作曲家神津善行《こうづよしゆき》夫人で、女優、主婦、母親の三役をこなし、口も立ち文章も詩も書き、八面六臂《はちめんろっぴ》の才女でほまれ高きメイコ女史は、会うたびに、恨めしげな目付きで昔の話をくり返すのである。

三つ子の魂なんとやらというから、もしかしたらあながちメイコの創作ではないかも……。いや、それがもし事実だったら、私の舌禍事件のハシリともいうべきで、その後も、そして現在も、私は言わなくていいことを言い、しなくてもいいお節介をやいては人に誤解されたり憎まれたり、恨まれたりして、後悔している。

それもこれも、すべては野放図で半分デタラメな文化学院の教育のせいではある。と言っても、その文化学院に嬉々として通学したのはほんの束の間で、二年に十二本の映画出演ときては仕事の上でも限界であり、とても学校どころのさわぎではなかった。小学校時代と同じように、私の足は日一日と学校から遠ざかり、たまに顔を出しても例によって学科は進み、友だちの顔をみても名前が思い出せない始末である。折角、特注した一張羅のカシミヤのセーラー服も、洋服ダンスの隅っこにダラリとぶら下がっているばかり……。

「学校」はやっぱり私には縁のない存在だった。手鏡の中のションボリとした自分にそう語りかけ、自分で自分を慰めながらも、次の瞬間にはもうカメラの前に走らなければならない日々の連続であった。

明けても暮れても家と撮影所を行ったり来たりピストン作業をくりかえしていた十三年の四月には、「国家総動員法」という、私には何が何やら分からない、とにかくおっかない法律が公布されると同時に、綿製品は製造販売が禁止され、木綿の代用品といわれるステープルファイバー、当時「スフ」と呼ばれていた布地で仕立られた「国民服に戦闘帽」という制服の男性が巷にあふれてきた。

国民服は汚らしいカーキ色で、一度座ればシワだらけという始末であった。しかし、これ一着あれば祝儀・不祝儀、どこでも正装として認められるとかで、その普及はあっという間のことであった。

女性の方は「活動しやすい」という点が奨励されて、それまで地方でしか見られなかったモンペ姿が街にあらわれた。手持ちの着物をほどき、だれもがモンペ作りに忙しかった。袖口と、すそをゴムで縮めたモンペ姿は全くダン袋をそのまま着た格好で、いま思い出せば懐かしい気もしないではないけれど、はじめて見たときは全くいただけない代物であった。

「ええカッコしい」の映画人の中には、まださすがに国民服やモンペは見られなかった。が、新聞の紙面は、にわかに緊張の度合いを強め、左翼ばかりでなく、自由主義といわれる人々までが検挙されたり教壇を追われるなどのニュースで埋まり、街中のいたるところに一目でそれと分かる私服刑事や憲兵の居丈高な姿が目立つようになり、なんとなく不気味な雰囲気がただよいはじめた。

出征兵士を送るセレモニーも、もう珍しい光景ではなく、送る方も送られる方も、その表情には不安の色がかくしきれなかった。街角には千人針の「さらし白布」に赤い糸を通した針をそえて佇《たたず》む女性の姿が増えた。千人針は何時、だれが考え出したものか私は知らないけれど、千人の女性に一針ずつ縫って結び目を作ってもらい、兵士の腹に巻けば弾よけとしての御利益《ごりやく》がある、というおまじないであった。

死線を越えてという意味で「五銭」の穴あき銭を糸の結び目に縫いつける人もいた。迷信だ、と言ってしまえばそれまでのことだが、「一針、お願いします！」と、寄って来る女性の表情は真剣そのもので、私は一度も拒否したことがなかった。裁縫の稽古など一度もしたことのない私は、結び目ひとつキッチリと結ぶこともできなかった。が、ふかぶかと頭を下げる女性の眼には、抱きついて共に泣きたいほどに哀しげな感謝の微笑が浮かんでいた。

母の、姉の、妹の、恋人の作った千人針を腹に巻いて戦地を駆けめぐった兵士の数は、どれほどであったか。その中の、いったい何人が生きて我が家へ戻ったことだろう。戦死して、土に戻った男たちにも、それぞれの苦しみや言いたいことがあっただろうけれど、残された女たちの捨て場のない悲しみは、めぐりめぐって果ては千人針にまで恨みがこもったことだろう。

去る昭和三十八年、私は中国の北京で、当時収集された「日本軍人の遺品」を見る機会があった。その中に、血にまみれ、ボロボロになった千人針を見たとき、モンペ姿で千人針を手にした戦時下の日本女性の、暗く、そのくせ熱っぽいまなざしがふいに思い出されて、遠い悪夢の中にひき戻されるような気がした。そして、その千人針の思い出といっしょに、これも血にまみれてグシャグシャになった私の「ブロマイド」が、遠い記憶の底から這い上がってきた。

まだ物資の統制がさほど厳しくない十三、四年のころには、大陸で戦う兵士のためにせっせと「慰問袋」を作って送ることが「銃後に残された女性」のひとつの義務であった。家族や恋人のあて先を知る人はもちろん、あて先がなくとも、二つでも三つでも、慰問袋を女たちは作って送った。「慰問袋」は、さらし木綿を三十センチほどの長さの袋状に縫い上げ、中身はたいてい、手ぬぐい、石けん、アメ玉、チョコレート、お守り、煙草にマッチなどで、必ずといってよいほど女優のブロマイドを入れたものであった。私のブロマイドもおびただしい数の慰問袋に入って海を渡ったらしく、そのブロマイドを見た兵士たちから一日に何十通もの軍事郵便が届いた。

私の住所の分からぬ軍事郵便には、ただ「日本国　高峰秀子」とあり、たくさんの郵便はヒモで束ねられて、東宝撮影所へ回送されてきた。それは、みんな短い文章だったが、汗と不安と、明日の命さえも知れぬ戦場の荒々しさを伝えていた。

「行軍ノ途中、小休止。民家ニ入ツテ仮眠シヤウトスルト、天井ニ、アナタノブロマイドガ貼リツケテアル。ワレワレト同ジヤウニ、進軍途中ノ戦友ノ誰レカガ、残シテイツタモノニチガヒナイ。ハガシテ、持ツテ行カウトオモツタガ、アトカラ来ル兵士タチノタメニ涙ヲノンデ置イテオクコトニシマシタ。明日ハマタ進軍、進軍デス。……中支ニテ」

昭和十三年、近衛内閣は「国民政府を相手にせず」と声明、事実上の宣戦布告を発して、軍は徐州を占領。広東、武漢を制圧して、第二次世界大戦への道を突っ走っていた。

「慰問袋ニ入ツテキタアナタノブロマイドヲ見テ、手紙ヲ書キタクナリマシタ。タブン、ハジメテデ、最後ノテガミニナルデセウ。返事ハイリマセン」

「今日まで、貴方の写真を胸のポケットに抱きつづけてきましたが、共に戦場で散らすに忍びず、送り返します。よごしてしまつて済みません……。一兵士より」

シナ事変から大東亜戦争の終わりまでの間に、私は何百通、何千通の手紙を前線の兵士から貰ったけれど、ほとんど返事を書いた記憶がない。返事を書こうにも、相手の住所も名前も書いてない手紙が多かったからである。今、思えば、それらの手紙の一通一通は、まるで遺書のようなものであった。「日本国　高峰秀子」の七文字だけで、私のもとに届いた軍事郵便に驚くよりも、そんないいかげんなあて名で、果たして届くか届かぬかも分からない手紙をしたためる兵士たちの、やりきれなく、うつろな寂しさを思うと、あの膨大な数の軍事郵便を、なぜ大切にしまっておかなかったかと悔やまれる。

私には、身内から戦死者を出した経験はないけれど、私のブロマイドを抱いて、たくさんの兵士が北の戦地を駆けめぐり、南の海に果てたことを知っている。

慰問袋から飛び出した私のブロマイドは、いつも歯をむき出してニッコリと笑っていただろう。兵士たちは、私の作り笑いを承知の上で、それでも優しく胸のポケットにおさめてくれた、と思うと、私はまた、やりきれなさで身の置きどころがないような気持ちになる。おそらく、私の映画はもちろんのこと、私の名前さえ知らぬ農民兵士の手にも、ブロマイドは渡ったことだろう。彼らは、どこの馬の骨かわからない、見ず知らずの少女の顔を背嚢《はいのう》にしょって幾百里も歩き、そして死んでいった……もし、そうだとしたら、何と悲惨な青春ではないか。

「モシ、万ガ一ニモ生キテ内地へ帰レタラ、アナタニ似タ女ノ人ヲミツケテ、結婚シタイトオモヒマス」

という手紙が圧倒的に多かったのをみても、彼らは決して喜んで死地に赴いたわけではない。戦後出版された『農民兵士の手紙』や『きけわだつみのこえ』を読むまでもなく、私には私なりに、おぼろげながら兵士たちの気持ちを想像することができた。

ある日、大阪から一通の重い封書が届いた。中には半紙に包まれた私のブロマイドが一枚、それも血と泥に汚れて色が変わり、よれよれになったブロマイドが同封されていて、「戦死した一人息子の遺品の中にありました……」と、涙ながらの筆のあとに、私への感謝の言葉が長々とそえられていた。

封筒の裏には住所と名前がきちんと記されていたけれど、私はどうしても返事を書く気になれなかった。私はその日のことを、昨日のことのようにはっきりと覚えている。忘れることは出来ない。いま私に書けるのは、それだけである。

北京で見た日本兵の遺品の中には、寄せ書きのサイン入り日章旗や、つぶれた飯ごう、さびた鉄カブトや成田山のお守り札もあった。遺品を納めたガラスのケースの前にぼんやりと立ちつくしていた私に向かって、案内の中国人は、はっきりとした日本語で言った。

「どうぞ、気にしないでください。あの戦争は、私たち中国人の長い歴史の中の、ほんの小さな黒い点だったと思うのです。小さな黒い点にいつまでもこだわっていては、進歩も発展もありません。私たち中国人と日本人は、これからさきの五百年も千年もの将来の平和に向かって、仲良く手を組んでゆきましょう……」

五百年も千年も……などという言葉がスラリと口から出る中国人の息の長さ、というか、その粘りの強さ、「時」というものへの私たちとは全く違った認識に、私はあらためてびっくりもし、感服もした。けれど、私たち日本人が、その言葉を額面通りに受け取って過去の汚点に頬っかぶりをしていいものだろうか？　血染めのブロマイドは、今につながる私たち日本人の悲しみであると同時に、中国民衆の悪夢と悲しみでもあったはずである。

戦後、旧満州から引き揚げ、映画、テレビ界を通じて、この人の右に出る役者はいない、といっても言いすぎではない、私の尊敬する森繁久彌から、私はこんな話を聞いた。

「旧満州のわが家でね、ある日ペンキ屋を呼んで汚れた家の中を真っ白に塗りかえたんだ。半日ほどして、ペンキが乾いたその壁にうちの子供が鉛筆でイタズラ書きをしやがった。俺はカーッとして子供の頭をブンなぐって怒鳴った。するとね、親しくしていた中国の友人が、森繁サン、チョット、コッチヘキテクダサイ……って俺を呼ぶんだ。俺は何事かと思って友人の立っている窓際のところへ寄って行くと、彼はこう言ったネ。森繁サン、アナタハコドモガ、ラクガキシタトイッテ、オコッタケド、遠クハナレテ見レバ、白イヨ。ラクガキナンカ、キニナラナイヨ」

私はこの話が好きだ。いかにも中国人らしく悠々として、広大な大地に生きる民族の心が躍如としているからである。

中国大陸に散った無数の私のブロマイドは、日本の兵士たちに鉄砲の下をくぐる勇気を与えたのか、あるいは祖国への郷愁、母や恋人や姉妹への恋慕をつのらせたのか、私は知らないけれど、一枚のブロマイドでさえ、戦争に利用されたという事実は、忘れることが出来ない。「遠クハナレテ見レバ、白イヨ」では済まないのである。

ヨレヨレの国民服に戦闘帽、格好ばかりの奉公袋を手にして、連日連夜あわただしく出征して行く兵士たちとすれちがうようにして、中国戦線からは「白衣の勇士」つまり、傷病兵が続々と内地へ送還されてきた。その中に私の親戚に当たる千駄ヶ谷の、私の祖父平山力松の長男巴もいた。景気のいい戦時ニュースとはうらはらに、頬はこけ、ユーレイのようにやつれ果てた巴は、家に帰りついたとたんに精も根も尽きたというように病の床についてしまった。男手といっては年老いた力松と病人の巴だけの千駄ヶ谷の家族の生活は、母が私の月給を運ばなければ、にっちもさっちもゆかなかった。

成城の私の家にも居候が増えた。満州へ渡った平山実の弟で、私には二番目の兄に当たる隆三、当時十六歳が、北海道から、これも大学を卒業するまでという約束で転がり込んできたのである。

隆三とは五年間も同じ屋根の下にいたというのに、私には不思議なことに全く記憶がない。当時の私にとって、家は単に疲れた身体を横たえる「寝床」にしかすぎず、だれがどこにいようがいまいが、関りあうヒマもないほど仕事に追われていた。私は「金銭製造機」以外のなにものでもなかったのである。

この年の八月、私は、山本嘉次郎《やまもとかじろう》演出の『綴方教室』に出演した。この映画は、ブリキ屋の娘である豊田正子《とよだまさこ》が綴方に書いた生活記録で、出版されると同時にたくさんの人々の反響を呼んだ。貧しい家の、貧しい記録であったが、少女豊田正子の眼は生き生きと、その貧しさの背後にある世の中の不平等に向けられていた。彼女と私の貧しさは、はた目から見れば大きな違いがあったかもしれないけれど、私もまた、その不平等を荷物に背負わされた、貧しい少女の一人であった。

勲章

人間、生まれてから死ぬまで、ただのんべんだらりと「食っちゃ寝」をくり返し、単なるウンコ製造機で終わる人はいないだろう。

人の一生には必ず波があり、嵐も山坂も壁もある。ある人はそれを試練と呼び、ある人はそれを苦労と呼ぶ。しかし、どんなに不幸な人間にも、それなりに「花の時代」といえる時期があるのではないか、と私は思う。たとえその花が他人《ひと》から見れば取るに足らないほどささやかな、忘れな草であろうとタンポポであろうと、花は花で変わりはない。

人は老いて、ふっと我が来《こ》し方《かた》を振り返ってみたとき、かならず、闇夜に灯を見たような、心あたたまる経験を、自分も幾つか持っていることに気づくだろう。それがその人の「花の時代」である。商売が成功して大金ガッポリも、ノーベル賞で勲章ピッカリも、花だろう。が、私の場合でいうならば、優れた人間に出会った時期をこそ、私の花の時代と呼びたい。一口に、優れた人間といっても、具体的に説明はできないけれど、

たとえて言えば、

「この人と同じ時代に生きられたことは、自分の幸せだった」

と思える人のことだろう。

私はたまたま女優という職業を持ったばかりに、人に会う機会が多く、ほとんど偶然のチャンスから大勢の上等人間に出会うことができた。いままでこの連載の中に現れた名前だけでも、谷崎潤一郎《たにざきじゅんいちろう》、志《し》賀《が》直哉《なおや》をはじめ、新村出《しんむらいずる》、杉村春子《すぎむらはるこ》、小津安二郎、成瀬巳喜男、木下惠介、と枚挙にいとまがない。もちろん、世間から「先生」と呼ばれ、勲章ピカピカの著名人ばかりではなく、市井の片隅にまぎれてロクな報酬にも恵まれず、それでも立派な仕事をし、人間的にも優れた人々を、私は大勢知っている。その大半は、私の長い女優生活の仕事の上の仲間だが、私はそういう優れた人たちに見守られていたことを、一緒に仕事が出来たことを何よりの誇りと思っている。

昭和五十年十一月十二日。肌寒い秋晴れの午後、世田谷のある小さな寺でささやかな告別式があった。門からのびた細い石畳の両側には、不似合いなほど大きい花輪が立ち並んでいた。花輪の送り主は、三《み》船《ふね》敏郎《としろう》をはじめ、スターの名前が多かった。花輪は大きく豪華だったが、告別式そのものは地味すぎるほどに淋しいものだった。私がお寺に着いたとき、本堂には読経の声が流れ、葬儀が行われていた。私は境内に立ったまま、ぼうっとして読経を聞き、しらじらとしている自分の心に納得させようとして繰り返し、呟いた。

「脳出血、急死、五十八歳……」

読経が終わって、弔詞がはじまった。同じ三船プロで働いていた助監督でもあろうか、顔は見えないが、まだ若い声だった。

「小林重雄《こばやししげお》さん……いや……やっぱり重ちゃんと呼ばせてもらいます。……重ちゃん、あなたは、なんでとつぜん居なくなっちゃったんですか？……若い僕らを置いて……僕たちは明日から、だれを頼りに……だれにものを聞いたらいいんですか！……」

その声がとつぜん途切れ、絶句はこみ上げる鳴咽に変わった。

「重ちゃん」こと小林重雄は、急死する二日前の十一月十日まで、三船プロダクションの床山《とこやま》をつとめていたが、それ以前は東宝映画撮影所の床山に籍をおく、日本一のメークアップマンだった。昭和十二年、私が松竹映画から東宝映画に移ったときから、重ちゃんは結髪部の隣の床山にいた。二十歳の当時から小太りで無愛想で、口数の少ない重ちゃんは、いわゆる「かつら屋」というイメージとは一風変わったタイプで、年がら年中、黙々としてカツラのネットに一本一本、毛を植えていた。後に彼の口から聞いた話では、彼の本来の志望は「かつら師」ではなく「映画監督」であったという。だれよりも沢山の映画を見続け、だれよりも映画のテクニックを識《し》り、趣味は読書と水泳という映画青年であったという。彼はカツラを作り、女優のつけマツ毛を作ることもうまかったが、人手の足りないときにはだれも及ばぬほどの優秀な助監督をつとめ、その豊富な経験と知識はポッと出の新人映画監督を震撼させたものだった。床山という職業は、時代劇のチョンマゲや日本髪のカツラを作り、現代劇ではつけヒゲや、眉毛を植えたり、黒い頭髪を白髪に染めたりする仕事を受け持っている。仕事魔の重ちゃんは、昔ながらの床山の仕事だけではあき足らなかったのか、外国映画の扮装の技術に刺戟されたのか知らないが、ピンセットやニス、ドーランなどの床山道具のほかに、何本かの面相筆、硯、墨などを用意して、老け役俳優の顔にシワを描き、細かいシミをうがち、歯にはおはぐろをつけて虫歯にみせかけるなどと、メークアップマンの仕事に手をつけ出した。いわゆる、床山の仕事からは百歩も二百歩も前進、飛躍した仕事であった。

重ちゃんは朝の八時には必ず出勤した。小太りの体にハンチングをかぶり、腰のポケットに台本をはさんだ彼の姿を待ち構えている俳優たちは、新しいまつ毛を作って欲しさに、つけヒゲを貼ってほしさに、「重ちゃん、重ちゃん」と叫んで彼を取り囲んだ。いや、もてるのもてないの、引く手あまたとはこのことであった。重ちゃんはハンチングをぬぐ間もなく腕まくりをして、口に面相筆をくわえて、まるで難病をなおす名医の如く、一人一人の俳優のメークアップに専念した。彼の指先は丸っこく、いつも温かだった。

私が主演した『あらくれ』のお島のささくれ立った眉を、『放浪記』の林芙美子の下がり眉を、毎日毎日描いてくれたのも重ちゃんだった……。

若い助監督の弔詞は、まだ続いていた。

「重ちゃん、あなたは仕事が忙しくて、まだ一度も奥さんと旅行したことがないって言っていたじゃありませんか……。いつか奥さんをどこかへ連れていってやりたいって、口癖のように言っていたのに、なぜ、こんなに急に、みんなを置いてきぼりにして、いなくなっちゃったんですか……」

置いてゆかれたみんなの中には私も入っていた。

私は重ちゃんに特に面倒をかけた、懐かしい二本の映画を思い出した。昭和三十五年度の木下惠介作品『笛吹川』と、三十七年度の松山善三作品『山河あり』で、二本とも松竹映画だった。『笛吹川』の私の役は十八歳から八十五歳。『山河あり』の役は二十歳から五十歳。ともに女の一生ものだった。私は二十九年の木下惠介作品『二十四の瞳』で四十五歳までの老け役を演じたことがあるけれど、八十五歳の役は生まれてはじめてである。メークアップにも自信がなかった。なにがなんでも重ちゃんの腕を借りないことには不安でたまらない。私は松竹と契約をするとき、

「小林重雄を、東宝から借り出すこと」

という条件を出した。私のわがままが通って、彼は小太りの体をせっせと大船の松竹

撮影所まで運んで来た。

「重《シゲ》の奴、いったいどうやって私の顔を八十五歳の老婆に仕立てるつもりだろう?」

私の胸は期待でワクワクしていた。メークアップテストの日、重ちゃんはカバンの中から丸い罐を取り出した。なにやら透明な固い油のようなものが入っていた。

「これなァ、プラスチックや」

重ちゃんはそう言いながら、ネットリとしたそのプラスチックなるものを私の顔一面に五ミリほどの厚さに盛り上げた。茶墨で影をつけ、パウダーを叩いた。そして細い竹ベラを手にして私の顔をジッとみつめた。やがて彼はその竹ベラで、まるで彫刻家のように一本、一本と、私の顔にシワを彫り出したのである。

「ロケが多いさかいな……。シワ描いても太陽の光で飛んでしまうんや……」

出来上がった八十五歳の私の顔を見た木下惠介と楠田カメラマンが、一瞬ギョッとなって棒立ちになった姿が、私はいまでも忘れられない。

余談になるが、『笛吹川』が封切りされたとき、ある人が、私に向かって言った。

「『笛吹川』、観たんですけど、高峰さん出ていませんでしたよ」

「あらやだ、お婆さんが出ていたでしょう? あれ、私です」

「ええっ? あのお婆さんが? ヒェーッ……」

そのくらい、重ちゃんのメークアップは巧妙だった、ということである。

『山河あり』は、官約移民としてハワイへ渡った日本人労務者の三代にわたる年代物であった。共演は小林桂樹《こばやしけいじゅ》、田村高廣《たむらたかひろ》、久我美子《くがよしこ》。それぞれが、それぞれの環境にしたがって老けてゆかなければならない。私はまた重ちゃんを口説き落としてハワイのロケーション先まで引っ張って行った。私は主演の他に、全キャストの衣裳監督の仕事も受け持っていた。ロケーションから帰ると、演出部から明日の撮影シーンの予定が出るのを待ち、ホテルの部屋でアイロンをかけたり、汚しをかけたりした衣裳をひっかついで、ホテル中を駆けめぐって、それぞれの俳優の部屋へ届ける。制限された数少ないロケスタッフは、一人で三人分、五人分の仕事をしなければ間に合わなかった。結髪のさかいちゃんはいつのまにか洗濯係りと炊事係りとなり、床山の重ちゃんは移動車を押し、水にもぐって撮影用のボートを誘導した。日がな一日、灼熱の太陽の下で走りまわってクタクタになったスタッフが寝静まったころ、重ちゃんと私はドッコイショ、と一山の衣裳をベランダにかつぎ出す。移民当時の一世が砂糖キビやパイナップル畑で労働していたころの扮装は、古い写真を参考にしたり、ハワイ在住の一世に聞いたりして、それらしい衣裳は揃えてはみたものの、新品なので感じが出ない。重ちゃんと私はヤスリや軽石で衣裳をこすったり叩いたりして、ボロを制作する作業に時間を忘れた。私が手にマメを作り、「手が痛いよう」と悲鳴をあげても、重ちゃんは黙々として軽石を放さなかった。

「あの重ちゃんは、もういない……」

本堂では最後のお別れが終わったらしく、棺のフタがカツン！　カツン！　と釘づけにされる音が響いていた。私は両手で耳を塞いだ。

やがて私の目の前に霊柩車が止まり、重ちゃんの棺が本堂から下ろされて運ばれて来た。私は思わず手をのばして棺に触れた。私の涙は自分でもビックリするほど、とめどもなく溢れた。霊柩車の向こうに、長身の黒澤明監督が、ぼんやりと立ちつくしていたのが目に入った。『酔いどれ天使』『用心棒』『どん底』……重ちゃんは黒澤明作品にとってもなくてはならぬ人だった。

いま、こうして重ちゃんの想い出を綴っていても、私の胸は、重ちゃんを失った口惜しさと悲しさでいっぱいだ。なぜ、こんなにも重ちゃんが懐かしく、重ちゃんとの別れが辛いのか、私にはわからない。それはたぶん、仕事仲間の中でも、彼が直接、私の顔に指を触れた、という特別の人だったからかも知れない……。重ちゃんは仕事に夢中になると、ベロッとなめた指先で私のハナの頭をこすったり、自分の唾で面相筆についた墨を薄めては私の眉毛を描いた。私の顔には重ちゃんの息がかかり、鼻と鼻がくっつきそうな距離に、重ちゃんの顔はいつもあった。

重ちゃんが乗った霊柩車を見送ってから幾日か経ったある日の朝刊に、おめでたい秋の叙勲の記事が出ていた。勲章を受けた人々の名前がビッシリと並び、叙勲者の喜びの言葉が、笑顔の写真がのっていた。私の脳裏に、また重ちゃんの血色のいい丸顔が浮かんだ。

「重ちゃんの名前は無い……。重ちゃんこそ、とびきり上等な勲章にふさわしい人だったのに……」

しかし、もし重ちゃんが勲章を貰うことになったとしたら、重ちゃんはたぶん、ニタッと笑ってこう言ったに違いない。

「オレ、勲章なんてもン、要らんなァ……」

「そうね。少しヘソ曲がりでテレ屋の重ちゃんは、きっと勲章なんか要らないってゴテたかもしれないね。だってさ、重ちゃん自身が、日本映画界が誇る立派な勲章そのものだったもの……。勲章が勲章を貰っちゃヘンだよね」

でも、本当のことを言うと、私はやっぱり、重ちゃんが、ムクれたような、困ったような顔をして勲章を貰う姿が見たかった。

職場では日本一のメークアップマンであり、若い人たちにとってはよき先輩であり、家庭においては実直なよき夫であり、三人の娘さんを大学にまで入れたよき父親であった重ちゃんが、別の世界に旅立つ日、その下積みの功績に対するなにひとつのご褒美も持たずに早くも出発してしまったことが、私にはじだんだを踏むほどに口惜しい。

重ちゃん、聞こえますか？　重ちゃんにお世話になった私たち、何十人、何百人という俳優の、

「重ちゃん、ありがとう。おつかれさまでした」

という声が。

小さな棘《とげ》

「ピンポーン!」と、インターホンのチャイムが鳴った。

「ハイ、松山です」

「宅急便でーす」

「ありがとう、少々お待ちください」

私は、玄関に出る前に冷蔵庫から冷たい缶入りのお茶と紙おしぼりを取り出す。お中元の季節には一日に何回も宅配便が到来するが、ワインのセットやそうめんの大箱を抱えて表に立っている配達のアニさん方は、例外なく汗びっしょりである。冷たいお茶はせめてものアニさんたちへのサーヴィスで、私の夏の習慣のひとつになっている。

わが家は二階が住居で、一階は玄関とガレージ。ガレージと表の境はパイプのシャッターになっている。

今日も暑い。「クール宅急便」のバンの前に、胸に平らな箱を抱えた配達のアニさんが立っていた。

「ハンコ、お願いします」

「御苦労さま。ハイ、ハンコ。押してね」

私はシャッターの間からハンコを渡した。

「箱はそこへ置いてください」

「下へ？……これを？」

「そう、いま鍵《かぎ》を開けて取りますから」

「お菓子なんだけど……いいかなァ」

「いいのよ」

アニさんは、ちょっと小首をかしげながらソロッとタイルの上に箱を置くと、ヒラリと車に飛び乗って走り去った。

お菓子は名古屋の銘菓「上《あが》り羊羹《ようかん》」で、夫の大好物である。箱に貼《は》られた送り状に「要冷蔵」とあるから、ただちに冷蔵庫に直行していただいて、まずは一件落着である。

私は「お菓子」と名のつくものに、ひどく冷淡である。甘いものが一切苦手で、甘味アレルギーといえるほどの重症である。芸術品のような和菓子や、夢のように美しい洋菓子を見るのは楽しいけれど、ただ眺めるばかりで決して口に入れない。そんな私を見て、たいていの人は「ダイエットですか？」と聞くけれど、私はダイエットなることを一度も経験したことがない。ただ、アンコ、チョコレート、アメ玉、ケーキなどのアマーイものを口に入れただけで、なぜか梅干でもふくんだように眉《まゆ》が八の字になり、頬がひきつってしまって、私の胃袋は断固として甘味を拒絶するのである。女性のほとんどが美味《おい》しそうにお菓子を楽しんでいるというのに、どうして私だけがこうなのか分らない。ただひとつ、思い当ることといえば、子供の頃に甘いものを食べすぎたからではないか？　ということだけである。

私は五歳にもならぬときから映画の子役になった。

当時の写真を見ると、顔は出来そこないのドラヤキの如《ごと》くペッチャンコで、べそをかいたような三角マナコでちっともカワユクなんかないのだが、そんな御面相がかえって、母物大悲劇、お涙頂戴《ちようだい》映画に向いていたのかもしれない。とにかく、家より撮影所にいる時間の方が長く、折角《せつかく》ランドセルを買ってはもらったものの、小学校へ行くヒマもなかった。あの映画この映画とひっぱりダコで、女の子なのに男の子の役まで演《や》らされて、道を歩けば人だかりがしてロクに歩くこともできず、ブロマイドは飛ぶように売れた。

昭和のはじめの頃だから、人々には芝居見物か映画くらいしか娯楽がなかったとはいえ、五歳の子役のブロマイドを五歳の子供が買うはずがない。たぶん大人たちが仔猫《こねこ》や仔犬の写真を買って楽しむように私のブロマイドを買ってくれたのだろう。いまだに、「あなたが六歳の頃のブロマイドを持っています」などというファンレターが舞いこむこともある。子役のファンといえば女学生のおねえさんや大学生のおにいさんだったのかもしれない。

アイドルとまでもいかず、ペットに近い子役へのプレゼントといえば、お人形サンとお菓子類に相場が決まっている。

当時、蒲田《かまた》にあった私の小さな家には、いつも人形と菓子が溢《あふ》れていた。寝る間もないほど忙しくても、子供の稼ぐ出演料はたかが知れている。家はもちろん借家で、養父は定職にもつかずブラブラと遊び暮し、養母は家事と私のつきそいで大わらわ、他に収入もなく、親子三人の生活は、子供の私の肩ひとつにかかっていた。

やりくり算段、カツカツの貧乏暮しの家の中に、豪華なケース入りのフランス人形や博多人形、沢山のぬいぐるみの動物、そしてうずたかく積みあげられたチョコレートやビスケット、キャンディなどの菓子の箱。……私は子供心にも「みんなお金だったらいいのに」と、恨めしく思ったことを、いまでもよく覚えている。

「パンがなければ、お菓子を食べればいいのに」というのはマリー・アントワネットの名台詞《せりふ》である。が、それとこれとは大いにちがう。たしかにお菓子は御飯の代用にはならなかったが、親子三人で甘いカステラやビスケットなどで一食すますこともたびたびだった。

私は六歳のとき、はじめてCMのモデルになった。商品は「御園白粉《みそのおしろい》」という固形の白粉で、オカッパ、振袖《ふりそで》姿の私が、陶器入りの白粉を持ってニッコリしている写真が新聞や雑誌に出た。そして、十歳からは「明治製菓」のCMモデルをつとめた。製菓会社のチョコレート、キャラメル、クッキーなどの宣伝、広告写真である。

スタジオでの写真撮影が終ると、使用ずみの菓子類が「ハイ、おみやげ」と車に積みこまれて、またまた家中が菓子だらけになり、とうとう私は「菓子と人形は見るのもイヤ」という人間になってしまったようである。

いま考えてみると、子役から少女俳優に成長して出演料が上り、貧乏暮しからやっとこさ這《は》い出したとたんに、私は無意識の内に甘味とはキッパリと決別してしまったらしい。

雀《すずめ》百までなんとか……というけれど、幼児体験というものの尻尾《しっぽ》は長い。

お菓子攻勢で悲鳴をあげた思い出はもうひとつある。

昭和二十年の敗戦直前まで、当時、東宝映画の専属女優だった私は、東宝が仕立てた皇軍兵士慰問団の一員として、大日本陸海軍の兵舎や飛行機の格納庫で歌を歌っていた。なぜか軍歌は苦手で、映画の主題歌とか、当時国民歌謡と呼ばれていた毒にも薬にもならないような歌を、兵隊さんたちの前で歌っていた。

戦争末期には、明日の命も知れぬ特攻隊員の少年たちと「同期の桜」を合唱している途中で泣きだして、ステージの上で立ち往生をした辛《つら》い思い出もある。

そして、八月十五日の敗戦から間もなく、やはり東宝の命令で、今度は有楽町にある現在の宝塚劇場（当時はアメリカ進駐軍の専用劇場でアーニー・パイルと呼ばれていた）で、アメリカ将兵のために、アメリカのポピュラーソングを歌うハメになった。

つい先頃までは、国民服にゲートル巻きのしょぼたれた楽団の前で、モンペ姿で歌っていた私が、今日はこうして、純白のタキシードに蝶《ちょう》ネクタイ、五十人編成のジャズバンドの前で、急ごしらえのロングドレスのすそをひきずって立っている……。そのふしぎさ、あわただしさ、うしろめたさ、腹立たしさ……。自分の気持ちの整理もつかぬままに、強烈なスポットライトの輪の中で、私はウロおぼえの「センチメンタル・ジャーニー」や「サウス・オブ・ザ・ボーダー」を、半分うわのそらで歌っていた。私は二十歳だった。

「戦勝国」アメリカの将兵たちは、底ぬけに陽気だった。ショウの休憩時間にはドヤドヤと私の楽屋部屋まで押しかけてきて、楽屋着姿の私と握手をしてはピュウと口笛を吹いて、胸に抱いたPXの紙袋を置いていった。

紙袋の中味は、ハーシイやキッセスのチョコレート、美しいセロファンに包まれたキャンディやチューインガムなどのお菓子だった。どれもこれも私には猫に小判だったけれど、「いつか撮影所へ持っていって甘党たちに配給しよう」と、私は大量のチョコレートを洋服ダンスの引き出しにギッシリと押しこんだ。

アーニー・パイルのショウが終ってからも、私は地方の映画館のアトラクションなどで忙しく、ようやく休みがとれたのは半年ほども後だったろうか。「さて、チョコレートのおみやげを持って撮影所へ行こう！」と、勇んで洋服ダンスの引き出しを開けた私の眼の前に、竜巻のような蛾《が》の大群が舞い上り、仰天した私は文字通り腰をぬかしてひっくり返った。私の悲鳴にビックリして駆けつけた母が、やがて笑いだした。

「これはあんた、チョコレートに虫が湧《わ》いたのサ。菜ッパだって虫くいだらけだし、お米だって蒸れればコクゾウ虫が湧くだろう、アメリカだって虫が湧くんだろうよ」


チョコレートで腰を抜かしてから十年が経《た》ち、私は三十歳で結婚をした。

夫になった人は独身のころ、ケーキ一個を朝食代りにしていたとかで、チョコレートをつまみながらお酒を飲む人だった。ときたまサーヴィスでお汁粉を煮ると、小豆の匂《にお》いを嗅《か》ぎつけてソワソワと台所を覗《のぞ》きに来る。お砂糖だくさんのお汁粉を一人で楽しんでいる夫を不思議そうに眺めている私を、夫もまた不思議そうに見ているのがおかしい。

「御飯の代りにお菓子を食べた」などという、ひとからみたらマンガじみた貧乏話を、夫は知らない。

「今日は、夫ドッコイの好きな東坡肉《トンポウロウ》でも煮ようかな、氷砂糖をたっぷりと入れて……」

と、思ったところへ、また「ピンポーン！」とチャイムが鳴った。冷蔵庫に駆けより、の、お茶缶を取りだし、の、と例のワンパターンである。ガレージの外には、胸に小包みを抱えた配達のアニさんが立っていた。

「また、来ましたァ」

「あ、さっきの人？」

「またお菓子でーす」

「そこへ置いてちょうだい」

「下へ？……イヤだよう」

「？」

「お菓子だもの、いじめちゃあ可哀相《かわいそう》だ」

「お菓子が？……カワイソウ？」

「うん」

私は思わずアニさんを見詰めた。鉄ぶちのまんまる眼鏡の奥に、寝不足のコアラみたいな細い眼のアニさんはニコリともせず、胸の小包みを抱きしめたままである。私はしかたなくシャッターの鍵を開けてハンコを渡し、小包みを受け取った。コクンとうなずいたアニさんはヒラリと身をひるがえし、宅急便のバンに飛び乗った。

「また、お菓子でーす」は胸にズシリと重かった。送り状に〝栗《くり》きんとん二箱〟とある。

私はエンジンのかかったバンに向って大声で「おにいさーん！」と呼びかけた。

「なーに？」

「栗きんとんだった。二つ入ってるから一つおすそ分け」

私はいそいで包みをといて、一箱をアニさんに手渡した。

「ありがとう」

アニさんは素直に栗きんとんの箱を受けとると、運転台に飛び乗って走り去った。栗きんとんを手にして、さほど嬉《うれ》しそうでもなかったところをみると、彼は甘いもの好きではなかったのかもしれない。ただ、「お菓子」というモロくて繊細な食べものを一瞬でも地べたの上に置く、ということに、彼の優しくナイーヴな感性が耐えられなかったのかもしれない。今頃の若いモンは……と、老人は白眼をむくけれど、今頃でもコアラのアニさんのようなステキな青年もいる。私は久し振りに爽《さわ》やかな気分になって二階への階段を上った。

「お菓子をいじめちゃ、可哀相」という一言は、妙に私の心にひっかかった。

私は子役だったころ、家中に山積みになったお菓子に食傷したあまり、「菓子」という食べものがこの世に存在することまで憎み、恨みつづけて今日に至った、ということもないではない。けれど、考えてみれば、私のお菓子嫌いはあくまで私個人の理由によるもので、全くの独断と偏見、別にお菓子に落度や悪意があったわけではない（当り前だ)。

　食いしんぼうの私が、お菓子にだけは邪険に当り、ソッポを向いてきたことは、もしかしたらコアラの言う「お菓子をいじめた」ということになるのかも？　……私の中で、なんとなくドキリとするものがあった。

「お菓子さんたち、ゴメンネ」

と謝っても、アンコやケーキが返事をするはずがない。でも……身体《からだ》のどこかにもぐりこんでいたちいちゃな棘《とげ》が、フッと抜けたような気がした。

　お菓子の一件があってから、私とコアラは顔を合わせるたびに、二言、三言の短い言葉を交わすようになった。コアラの眼は相変らずニコリともせず、無愛想だったが、みかけによらず親切で、西瓜《すいか》や箱入りのビールなどが到来すると、「重いからさァ、俺、玄関まで持ってくよ」と運び入れてくれたり、そこらに落ちているゴミをチョイと拾ってくれたりした。

　わが家へ来る宅配便は、クロネコヤマト、佐川急便、ペリカン便といろいろだから、いつもコアラが来るとは決まっていない。

　夏も終りに近づいたころ、例によって「ピンポーン」のチャイムに、お茶の缶を持って玄関へ出てゆくと、久し振りにコアラが立っていた。

「じゃが芋が来たよォ」

コアラは私の手からお茶の缶を受けとりながら「今日はさァ、もう一人いるんだよ」とうしろを振り向いた。宅急便のバンの向うに、ジャンパー姿の男性が立っていて、ペコリと頭を下げた。

「誰？　あの人、アニさんの助手？」

「ちがうよォ、そんなんじゃない」

私は二階へとってかえして、もうひとつお茶缶を持ってきて、コアラに渡した。

「俺、あと二ヵ月たつと、もう、ここへ来なくなる」

「おや、どこかへ行くの？」

「うん……松本」

「松本……いいところよね、松本って」

「俺の家、松本なんだ」

「そう、アニさん松本の人だったの。お家《うち》、なんの仕事？」

「大工……いや、家具屋かな、昔から家具作ってる」

「松本工芸って、有名な家具あるわね。アニさん家具屋さんになるの？」

「それは……まだわからないけど……そろそろ結婚もしなきゃなんないしさァ」

「あ、そうか。アニさん三十越えた？」

「越えた」

「お別れだけど、おめでたい話でよかった」

私は、短い間でもお世話になったコアラに心ばかりのお餞別《せんべつ》を上げたかった。そうだ。松本には私がヒイキにしているウナギ屋さんがある。コアラに美味《おい》しいウナギを御馳走《ごちそう》してお餞別にしよう。

「それで分った。仕事のひきつぎで、あの人をあちこち案内してるのね」

「そういうこと」

「ところでアニさんは、何て名前？」

「ワタナベ」

「ワタナベさんか……また来るかな」

「来るよ、まだ二カ月あるもの。じゃが芋、玄関まで運ぶ」

コアラが帰ってから、私は松本のウナギ屋の御主人に手紙を書いた。

「御無沙汰《ごぶさた》しています。この方は、わが家に宅急便を配達してくれたワタナベさんです。今度、松本の実家へ帰るそうなので、お宅の美味しいウナギを御馳走したい、とおもいます。同封のお金でよろしく御配慮ください」

私はレターペーパーの間にお札を一枚はさみこみ、封をして、ウナギ屋さんの住所と御主人の名前を書いた。

二、三日も経たない内に、「ピンポーン！」とチャイムが鳴った。
「宅急便でーす」

「あ、ワタナベさん？」

「うん、そうだよ、俺、ワタナベ。米が来たァ」

コアラは、私が渡した封筒の表書きを不思議そうに見詰めた。

「なーに、これ。このウナギ屋、俺知ってるよ、有名な店だよ」

「いいからサ、松本へ帰ったらこのお店へ行って御主人に封筒を渡してよ。中に手紙が入っているから」

「ふうん……」

それから何週間かすぎたある日。私が外出先から戻ると、留守番の女性が、ビニール袋に入ったほうじ茶の包みを持ってきた。

「いつも来ていた宅急便の人が、これを奥さんに、って置いていきましたよ」

「ああ、マンマル眼鏡をかけた人？」

「そうそう、あの人です。奥さんに渡してくれれば分るからって言ってました」

コアラの奴《やつ》、ウナギ食べたな。ウマかっただろう、とおもった。

秋――。六本木までパンとレモンを買いにいこう、と家を出た。空を見上げると、灰色の雲が垂れさがって、雨になりそうである。ま、大丈夫だろう、急いで行って来よう、と、私は小走りに坂を下りた。

コアラがまだ東京にいたとき、いまと似たようなことがあったっけ、と、私は思い出した。やはり六本木まで買物に、と私が坂を下りてくると、下から宅急便のバンが上ってきて、すれちがいざまに「どこへ行くのォ?」と声が飛んできた。運転台の窓からコアラが首を出している。

「ちょっと、買物」

「雨が降るよ、傘、持ってったほうがいいよ」

「大丈夫、すぐ帰って来るから」

「ダメだったら。雨が降るったら。傘、持っていったほうがいいったら」

あのときは、本当に帰りに雨に降られて往生したっけ。松本に帰ったコアラはどうしているだろう? 結婚をして、家具屋のオヤジになっただろうか。

現在《いま》は、あの時私が助手さん? と聞いたジャンパーの男性が、宅急便を届けてくれている。コアラのお仕込みがよかったせいか、重い荷物が来ると、黙って玄関まで運んでくれる。コアラはほうじ茶と一緒に「親切」も置いていってくれたようである。

午前十時三十分

私には、ヒイキの魚屋さんが一軒ある。乃木坂を下って、繁華街に向かう手前の、エアポケットのような閑静な通りにポツンとあるその店は、こていで品数は少ないが、魚はとれとれの極上で、店のご主人とおかみさんのサッパリとした人柄も気に入っている。知人にその店を奨められて、二、三回続けて魚を買いにいったのは、もう十数年も前になるだろうか。

ある時、マナ板に向かっていたご主人が珍しく口を開いた。

「まいど、どうも。この御近所の方ですか？」

「いえ、麻布の永坂町からです」

「それは、わざわざ……。永坂には女優の高峰秀子さんが住んでいられますよね」

「私、その高峰です。高峰秀子さんのなれの果てです」

「へッ？」

ご主人が包丁を持ったまま棒立ちになり、おかみさんの目が点になって、三人は同時に笑いだした。

私が魚屋へゆく時間は、いつも午前十時をちょっとすぎたころである。

ご主人が赤坂近辺の料亭に予約された魚を配達したあと、店に戻って、仕入れてきた魚を店頭に並べるのが十時前、その魚も午前中にはほとんどが売りきれてしまうから、自分で魚を物色したければどうしても十時すぎには店に到着しなければならない。

週に二回、十時に出勤してくる運転手さんを待ちかねるようにして、私はたびたびこの魚屋さんに出向く。が、魚、魚、といってもわが家は老夫婦の二人暮し、おさしみ一人前、煮つけ用がふた切れ、酢のもの用に小鯵六匹などという、ごくささやかな買物だから、魚屋の店先に車を横づけにするようなお客ではない。店の手前十メートルほどの場所に車を停め、ぶらぶらと歩いてゆく。

或る秋晴れの日だった。サイフだけ持って車から降り、歩き出したとき、ふと、「高峰さん！」と呼ばれたような気がして振り返った。和服の女の人が立っていた。

「あ、やっぱり……ぶしつけに声をかけてしまって、すみませんでした」

「いえ……」

「私、ずっと高峰さんが大好きで、映画や、御本も読ませていただいています」

「それは、どうも……」

「まさか、こんなところでお目にかかれるなんて、びっくりしました」

「はァ……」

女優という職業の後遺症とでもいおうか、私はいまだにたびたびこうした経験をする。そんなとき、人みしりが強く、無愛想な私はへんにギクシャクしてロクな挨拶もできず、ただ当惑してしまうのだ。

女の人は藍大島の袷《あわせ》に白い半襟を細くのぞかせ、品のいいブルーグレイの紬の羽織を着て、両手をベビーカーのハンドルにかけていた。ベビーカーとも乳母車ともつかないふしぎな形をした車には男の子が乗っていた。何気なく男の子に目をやった私は、思わず息をのんだ。あまりにも愛らしく美しい男の子だったからである。

子供を生んだこともなく、子供とのつきあいもない私には年齢の見当もつかないが、二、三歳というところだろうか、幼児と子供の間くらいで、もし、この世に天使とか妖精が存在するならば、それはこの子ではないかしら！　とおもうほど愛らしかった。

私は眼鏡を外してベビーカーのそばにかがみこんだ。幼児は眼鏡を好かないらしい、ということを知っていたからである。

白いアンゴラのスエタアを着た男の子の頬はすき通るように白く、瞳はオニックスの黒、胸から下は、あわいブルーのモヘヤの膝かけでおおわれていた。

「もう、一人歩きができる筈なのに、風邪でもひいているのかしら？」

私は声に出さない言葉を呟《つぶや》き、眼鏡をかけて立ちあがった。私の手にあるサイフに気がついたのか、「お買物ですか？」と、女の人が言った。

「ええ、そこの魚屋さんに」

「そうですの、いいお店ですものね。私もたまに使わせてもらっています」

「じゃ、失礼します」

「どうぞ、お元気で」

二人はお互いに軽く頭をさげ、私は小走りに魚屋へと向かった。

それから二年ほども経っただろうか、私はまた、午前十時すぎに、魚屋の手前の、同じ場所であの和服の女性《ひと》に出会った。ほっそりとやせぎすの彼女は色無地の袷に短い道ゆき（コート）を羽織り、両手はやはり、ベビーカーのハンドルにそえられていた。いや、ベビーカーは以前のそれとは違って、小児用の車椅子とでもいうのか、大きな車輪のついた金属製のものだった。

「またお目にかかれたなんて……なんて偶然でしょう、嬉しいことねぇ」

彼女は、その言葉の半分を、車椅子の男の子に語りかけた。男の子は、何も言わずに大きく見開いた眼でまじまじと私を瞠《みつ》めていた。みられているこちらが恥かしくなるような澄んだ美しい眼だった。

毛糸のチロル帽をかぶり、胸から下は膝かけにおおわれているけれど、前からみるとひとまわりもふたまわりも成長して、チョンとつまんだようだった鼻の形も整い、もう子供というより少年に近い。私はわざわざ眼鏡を外す必要もないようだった。

「お魚ですか？」

「ええ、相変らずあのお店に」

「では、サョナラしましょ。ね？　おかあさんの大好きなおばちゃまよ、握手していただきなさい」

少年はちょっと眼を伏せ、膝かけがソロソロと動いて、ゆっくりと片手が上ってきた。左手だった。私はとまどいながらも左手で握手をし、上から右手をかぶせた。

「サョナラ……じゃ、失礼します」

天使の瞳、左手、そして車椅子……それらがゴッチャになって、魚屋へ向かう私の胸が、コトコトと音を立てていた。

秋も深くなった或る朝、寝室のガラス窓を開け放つと、鼻にツンとくるような冷気が流れこんできた。

昨夜から降りだした雨はやんでいたが、庭一面に落葉が散り敷かれて、一夜で冬になっていた。灰色の雲を押しのけるようにして、弱々しい陽の光がのぞいている。私は押入れからスペアの羽ぶとんを出して、ベッドの足もとへ置いた。

「今日の夕食はなにかあたたかい鍋ものでも……ちょうど運転手さんが来る日だから夫の好きな魚スキにしよう……」そう決めた私は洗面をしにバスルームに駆けこんだ。

魚屋のご主人に相談にのってもらって魚を決め、おかみさんに代金を払い、マナ板に向かったご主人が魚スキ用に魚をさばいてくれるのを待っていた私の眼の端に、キラッと銀色の光が走った。

道路の向かい側に、銀色の車椅子が停まっていた。

「あ」

と、思うと同時に、私の足はスタスタと道路を横ぎっていた。

「しばらくでしたね」

「ほんとうに……三年……になりますかしら?」

「三年……早いものですね。私、すっかり白髪になって、おばあさんになりました」

「お互いさまです。私もこの車を押しながら、ふうふう言うようになりましたもの」

「………」

いまの言葉を、車椅子の少年はどんな気持ちで聞いただろう?……が、彼はカラリとした笑顔でいたずらっぽく母親を見上げた。首にクルリと黄色いマフラーが巻かれ、たっぷりとしたタータンチェックの膝かけがあたたかそうだった。「大丈夫なのだ。この母子の間は蟻一匹入りこむ隙間もないほど親密な紲《きずな》で結ばれているのだから。他人の余計な気づかいなどは要らぬこと、あまり神経質になるのはよそう」

彼は母親に向けた笑顔のまま私を見ると、膝かけの下からソロリと左手を出して私にさしのべた。三年前に握手をしたことをおぼえていたのだろうか？……

車椅子に寄った私の左手が彼の手をとらえた瞬間、椅子から背を起こそうとしたらしい彼の手が逆に私の手を強く引きよせ、私は重心を失って前にのめった。私の両腕が自然に彼の背中にまわり、私は無意識の内に、いい子、いい子、をするように彼の背中を撫でた……。

肩幅は私とほとんど同じくらいに広くなり、背骨は少年のかぼそさを越えて、しっかりと青年の骨格に近づいていた。

私は、ドキリとしてあわてて身を起こした。なんと形容したらいいのかわからないが、してはいけないことをしてしまったような、例えば、とても大切なものに汚れた手で触れてしまったような、ふしぎな感情だった。

私は彼の左手に膝かけをかけると、

「じゃあネ、サヨナラ……ごめんください」

とおかあさんに頭を下げると、待っていた車に向かって歩きだした。

「高峰さん、魚……魚……」

と、白いビニール袋を持ったおかみさんが追いかけてきた。

十一時をまわった六本木近辺の店々は、ようやく開店の準備にかかっていた。ジーパン姿の青年たちが、道路わきに停めたトラックの上からリースの観葉植物の鉢を抱えおろしていたり、シャツの腕をまくりあげた若者が、ビールや清涼飲料水の入った木箱をひょいとかついで店内に運び入れている。若者たちの足はいずれも汚れたスニーカーでガードされ、力強く大地を踏みしめている。……あの少年も、いつかは車椅子の上で「青年」に成長していくのだろうか？……。今度、いつかまた、あの母子に会うことがあったら、私はなにか余計なことを言ってしまいそうで、こわい気がした。「車椅子に乗っている理由」を聞いてみても、それがいったい何の意味を持つ言葉だというのか、「おかあさんの代りには誰が車椅子を押してくださるの？」とたずねてみたところで余計なお世話だし、少年の年齢を知ったとしても、私になにかしてあげられる筈もない。

他人への干渉はいらぬことなのだ。私は、もう、あの母子には会わないほうがいいのだ、とおもった。そうだ、そのほうがいい。

車椅子があの道を通るのはいつも十時半ごろだった。それならば、私が十時すぎに魚屋へ行くのをやめればいい、やめれば、あの母子に会うこともないだろう。魚が必要なときは朝の内に電話で予約をしておいて、午後にでも取りにいけばそれでよろしい。

「サヨナラ」

甘ずっぱくて、少し苦いおもいの私を乗せて、車は永坂の自宅に着いた。

アコヤ貝の涙

モーパッサンの小説に、『頸飾《くび》り』という名作がある。

一晩の夜会用にと友人から借りたダイヤモンドのネックレスを、彼女は失ってしまう。彼女は宝石店を走りまわり、同じようなネックレスを長い年月のローンで買い求めて友人に返済する。そして、その日から彼女の苦難の日々がはじまる。裁縫、子守、洗濯などで必死に稼ぎ出す賃金をせっせとローンに入れ続けて十数年が過ぎる。身も心もボロボロになり、ローンがやっと終ったとき、彼女ははじめてその話を友人に打ち明ける。

友人は言った。

「まあ、あなたって、なんて律義な御方、お貸ししたダイヤは贋物《にせもの》だったのに」

作者はそこでプツンと糸が切れたように筆を置いている。「あとのストーリーはどうぞ読者の御随意に」という作者の皮肉な眼がキラリと光っていて、小憎らしい小説である。

美しい宝石に憧れる女心。たとえ借りものでも、一度はわが身を飾ってみたいという女性の虚栄心。そして、そのあと十数年にわたって彼女を苛《さいな》み続けた悔恨、憎悪、辛酸……、この小説には女性のすべての心理がギッシリと詰まっている。

西欧の女性の憧れは「宝石と毛皮」というのが通り相場になっている。人気の宝石は昔も今も変らないゴージャスなダイヤモンド。次いでエメラルド、サファイア、ルビーなどの宝石が続く。そして、パール。

御木本幸吉《みきもとこうきち》翁は、「世界中の女性の首を俺の作った真珠で締めてみせる」と豪語した、という伝説があるけれど、表情が豊かで個性の強い西欧の女性は、ちょっとやそっとのヒスイや真珠では物足りなく思うのだろうか。いつだったか銀座の宝石店で、見るからに裕福らしい大柄な外国婦人が真珠のネックレス選びをしていたけれど、どれも「ヴォリュームが足りない」という理由であきらめた様子だった。繊細微妙な色合いを持つ日本の真珠は、やはり東洋人のきめの細かい肌にこそ、しっくりと馴染むようである。

年頃の娘さんが、「そろそろアクセサリーを」というとき、まずはじめに手をのばすのは「真珠のネックレス」だろう。優しく清らかな気品にひかれること、使用範囲が広いこと、値段に幅があって買いやすいこと、などがその理由だとおもうけれど、もうひとつ、私たち日本人は無意識の内に、真珠に「生命《いのち》」を感じるから、ではないかと私はおもう。

真珠は、母なるアコヤ貝がその柔らかい体内で苦しみぬいて育《はぐく》んだ末に、ホロリと落としたアコヤ貝の涙である。真珠を身につけるとき、口では表現できない、ある愛《いと》しさを覚えるのは、私だけだろうか?

最近は、八ミリより九ミリ、九ミリより十ミリと、粒の大きさがエスカレートしつつあるようだけれど、真珠は大粒なだけが能ではない。小粒で良質なチョーカーをさりげなく首に巻いている若い女性は、見る眼に清々しく、好感が持てる。真珠も宝石も、これみよがしの装飾過多は、かえっていじましく、みすぼらしいものである。

私は五歳で映画界入りをした。子役から少女俳優になり、気がついたら女優になっていた。もろもろの家庭の事情から、三百六十五日あくせくと働き続けなければならなかった私は、単なる金銭製造機で、二十歳をすぎても、腕時計一個、アクセサリーひとつ持っていなかった。たとえアクセサリーをつけてみても、出てゆく場所もヒマもなく、つまり、必要がなかったのである。そうしたある日のこと、私は突然、生まれてはじめて、自分自身のために、「何か美しいもの」を買ってやりたくなった。溜りに溜ったストレスの大爆発である。美しいものの「何か」は、なぜか真珠であった。上等で高価なパールのネックレスには、もちろん手が届くはずがない。というより、どうせ持つなら自分の納得のゆく玉で、この世にたった一本しかないネックレスを自分で作り上げようと思いついたのだった。そして、まず、センターになる大きな玉を一個だけ買った。とびきり高価《たか》かったけれど、私は「今日までお疲れサンでした」という意味で張りこんだ。その後は、一本の出演映画が完成したとき、または演技賞を受けたときなどに、「お疲れパール」として、ある時は二個、ある時は四個、六個、と同色の玉を買い足していった。モーパッサンのローンほどではなかったけれど、ひとすじのネックレスとして完成するまで、五年の余がかかった。三十歳で結婚した私の、レースのウェディングドレスの胸を飾っていたのが、その「お疲れパール」である。

現在七十歳の私は、チョーカー、グラデーション、ショート、ロング、など、何連もの真珠のネックレスを持っている。が、その中でも私は、「お疲れパール」が最高にいとしく、なつかしい。

クロさんのこと

平成十年の九月六日。日本映画界のみならず、世界のクロサワとまでその名を知られた黒澤明監督の訃報を聞いた。八十八歳であった、という。天才といわれ、最後の巨匠と讃えられ、撮影所の中では黒澤天皇と畏《おそ》れられていた大演出家の彼だったけれど、私の印象に残っているのは、いまから六十年もの昔、山本嘉次郎《やまもとかじろう》監督の演出助手をしていた、二十代も半ばの青年「クロさん」こと黒澤明だけである。

昭和十二年。十三歳で松竹映画から東宝映画に入社した私は、夜昼なしの強行軍で、矢つぎばやに十二本の映画に出演した。その中の、豊田正子《とよだまさこ》著の『綴方教室』を原作とする映画『綴方教室』で、私は正子を演じた。正子の、呑んだくれで日雇いブリキ職人の父親役を徳川夢声。母親役を清川虹子《きよかわにじこ》。正子の綴方を指導する大木先生を滝沢修《たきざわおさむ》。演出は山本嘉次郎監督だった。

山本嘉次郎監督は、別名「なんでもかじろう」と呼ばれるほどに多趣味多芸の博識家だった。演出も、悲劇、喜劇、時代劇、なんでもこなす才人で、人望も高く、撮影現場は和気あいあいとして楽しかったから、山本組から声がかかればスタッフの誰もが嬉々として馳せ参じた。そのおしゃれもハンパではなく、いつも脚本の他に一、二冊の本を唐桟《とうざん》の風呂敷に包んで小脇に抱えているのが山さんのトレードマークになっていた。撮影中もボルサリーノのソフトにホームスパンの替え上衣とキメていて、ダンディの見本のような美《い》い男だった。その美い男の両側にぴたりと寄りそう二人の助監督が「クロさん」こと黒澤明と「千ちゃん」こと谷口千吉《たにぐちせんきち》で、クロさんも千ちゃんも山さんより首ひとつちがうほどに背が高く、山さんを中にして、この三人が撮影所内を歩くカッコのよさには、なにかと小うるさいスタジオ雀たちもなりをひそめて見とれたものだった。

『綴方教室』の舞台は、葛飾区、四ツ木の長屋の一軒で、戸障子もロクにない貧乏世帯である。夏の夕方、小学校から帰った正子は、ガタガタのちゃぶ台にノートを広げて早速に綴方を書きはじめる。山さんは、ちょっとしたアドリブが得意だった。

「ねぇ、デコ。そこでサ、左の手の甲に蚊が止まったと思ってよ。その蚊をピシャリと叩いて、また綴方を書き続けてよ」

その山さんの言葉が終ったとたんに、カメラのうしろからヌーとクロさんが現れて、ちゃぶ台の前にアグラをかいた。

「おーい、衣裳部さん、黒い絹糸あるう？」

黒い絹糸を前歯にあててピッと嚙み切ったクロさんは、長い指先で器用に糸を結んで

「蚊」を作り、その蚊をそっと私の手の甲に置いてニッコリした。大きな真白い歯が印象的で、人と人との出会いの瞬間というものがあるならば、たぶん、クロさんとデコちゃんの出会いの瞬間は、あのときだった、と私はおもう。

映画人の仕事というものは、考えてみれば全くアッ気なく、ソッ気ない。一本の作品を作っている最中は何十人ものスタッフが一致団結、火の玉のように燃えながらエネルギーのすべてを作品に注ぎこむ。が、映画の完成と共に、スタッフ達はサヨナラも言わずに八方に散って、次ぎの仕事に入ってゆく。スタッフの誰かとどんなに親しくなろうとも、作品一本だけのおつきあいで、二度と顔を合わせないこともある。

山本嘉次郎監督には山本組と呼ばれるメーンスタッフが決まっているから、山本作品に出演しない限り、スタッフとも全く無関係という寸法になっている。

『綴方教室』の封切りから間もなく、私はまた山本作品の『馬』に出演することになった。『馬』の封切りは昭和十六年（一九四一年）だが、東北地方の四季をふんだんにとり入れた超大作の『馬』には、昭和十四、十五、十六年と、足かけ三年という月日が費やされた。カメラマンにしても、それぞれの得意を生かして、夏のシーンとスタジオ撮影は三村明《みむらあきら》。秋のロケーション撮影は鈴木博《すずきひろし》。冬の雪景色担当は伊藤武夫《いとうたけお》。春のロケーション撮影は唐沢弘光《からさわひろみつ》。と、四人のカメラマンが動員されて、現在《いま》の演出家には想像もつかない、金と時間をかけた贅沢さであった。

『馬』のストーリーは、馬好きの「いね」という農家の少女が仔馬をもらうという条件で「花風《はなかぜ》」という妊娠馬を預って世話をするが、成長した仔馬は軍馬として陸軍省に買いあげられて、戦地へおくられてしまう、という、ただそれだけの筋である。

冬。いねがつきっきりで面倒をみていた花風が、センエキという病気になって倒れてしまう。センエキは、日光とビタミンの不足による病気である。花風にあおい笹の葉をたっぷりと食べさせたいと一心に思いつめたいねは、家族にも内緒で、遠くはなれた、青葉のある温泉地を目指して、単身、吹雪の中へ飛びだしてゆく。夜半、背中に山のような笹の葉を背負ったいねは、半分凍りついた姿で家にたどりつく。かすかな物音に気づいて表戸を開けた母親に、一本の棒のようになったいねが倒れかかって失心する。一回、二回、とくりかえされたテストのあとで、また、ヌーと現れたのはクロさんだった。クロさんはセットの神棚にあったローソクを手にとると、マッチで火をつけてドロドロに溶かし、そのロウを、指先か筆か、それは忘れてしまったけれど、私の眉毛とマツ毛に塗りつけた。ロウはすぐに固まって、白く凍結した雪のように私の眉毛とマツ毛に垂れさがった。『馬』はもちろん白黒フィルムで、シーンは夜半の農家だから照明も薄暗く、クロさんの苦心のメークアップの効果も実際には役に立たなかったかもしれないが、私はクロさんの「そこまでやらなければ気がすまない」という執念と、ピリピリとした感性の鋭さ、そして作品への愛情を肌で感じて仰天するばかりだった。

俳優だけでなく、どんな仕事も同じだと思うけれど、職業の進歩というものは、毎日少しずつ前進するものではなく、何カ月かに一度、あるいは何年かに一度、というように、突然に飛躍してゆくのだと、私はおもう。当時まだ十六歳の少女俳優だった私でも、真剣な目つきでローソクを溶かしているクロさんを瞠《みつ》めながら、自分はいま、俳優としての階段を一段登りつつあるのだ、という実感をうっすらとではあるが感じていた。

『馬』の東北地方のロケ現場は、盛岡、新庄、鳴子、横手、尾花沢、湯瀬、花巻、と、転々と替わった。ロケーション撮影は、夜間撮影がないかぎり夕刻には終る。夕食後から就寝まではスタッフの自由時間だから、麻雀や花札を遊ぶ人、読書をする人、将棋盤に向かう人、と、それぞれが好きなように時間を使う。しかし、クロさんだけは夕食が終るとサッと姿を消してしまって、どこにもいなかった。

あるとき、就寝前にお風呂に入った私が二階への階段を上りかけると、いきなり階段下の布団部屋の板戸がガラリと開いて、中から四つん這いになったクロさんが這い出してきたので、私はビックリして立ちどまった。うずたかく積まれた夜具の間に小さな机が押しこまれ、机の上には書きかけの原稿用紙が載っていて、天井から裸電球がぶら下ってゆれていた。そばを通りかかった宿の女中さんが、「あれ、今夜はもう終《しま》いかね?」といいながら二階へ上っていったのを見た私はようやく納得がいった。クロさんは毎晩、夕食後の時間に布団部屋に閉じこもって、脚本を書いていたのだった。その後もロケ地が替わり、宿が替わっても、クロさんはいつも布団部屋か納戸で何かを書いていた。私が見た、世界のクロサワの青年時代の一コマである。

書く、といえば、私はあとにも先にもたった一度、クロさんから手紙をもらったことがあった。

「いま、夜中の二時です。僕は自分の部屋で脚本を書いています。ここまで書いたら急におしっこがしたくなりました。階下の手洗いまで行くのが面倒なので窓からおしっこをしました。おしっこが、じょじょじょと屋根を流れてゆきました。もし庭に誰かがいたら、雨かな？　と思ったかもしれません。　　明」

なんともふしぎなこの手紙を、私はどう解釈していいのか分らず、ただ「なんだ、こりゃ」と思った。クロさんもたぶんこの手紙を書きながら「なんだ、こりゃ」とおもったにちがいない。ラヴレターの相手としては、私はあまりに幼なかった、ということだろう。

『馬』が完成したあと、クロさんとのみじかいデートに心をときめかせた時期もあったが、このいきさつは『わたしの渡世日記』（文春文庫）に詳しく書いたので、ここでは触れない。

私は黒澤作品に一度も出演したことがない。だが、思い起せば『醜聞（スキャンダル）』（昭和二十五年）に出演交渉を受けたことがあった。スケジュールがあわず出演できなかったが、もし出演していたら、私の人生は大きく変わっていたかもしれない。

昭和五十年（一九七五年）。ホテルオークラの一室で、亡き山本嘉次郎監督の思い出会の集りがあった。私が十三歳で東宝映画に入社して以来、山本作品には七、八本も出演させてもらい、個人的にもずいぶんと可愛がってもらった忘れられない人である。

壁際に並べられた椅子のひとつに腰をおろした私は、懐かしい山さんの遺影をじっと瞠《みつ》めていた。全盛時代の山さんの友人知己のほとんどは亡くなっていて、会場には六、七十人ほどの映画人がいただろうか。その中から、長い手足をフラフラさせながらクロさんが出てきて、私のとなりの椅子に腰をおろした。何十年か振りに会ったクロさんだったが、クロさんも私も「こんにちは」でも「しばらく」でもなく、ただ黙って山さんの写真を瞠めていた。なにか言わなければ……と焦った私の頭の中に、とつぜん、二、三日前に観た『デルス・ウザーラ』の映像が浮かんだ。

「デルス・ウザーラ、観た」

「そう」

「ロングショットが多かったネ。人物もバストがせいぜいだった。どうして？」

「ボクね、なんだかクローズアップを撮りたくなくなっちゃったんだ」

「なぜ？　役者が下手だから？」

「いや、そんなことはないけど」

「ないけど、なにサ？」

「つまり、アキちまったんだね」

「そうか……つまり、トシとったっていうことね」

「ま、そういうことだ」

マイクを手にした司会者が大声で喋りはじめて、クロさんと私は椅子から立ちあがった。それが、黒澤明を見た最後になった。

平成二年（一九九〇年）。

私は映画館で黒澤明演出の『夢』を観た。『夢』には、黒澤明のすべてが入っていた。映画が終って場内が明るくなったとき、私はふっと、「クロさんは映画で遺言を作ったな」と思った。なぜ、そんなことを思ったのかは私にも分らないけれど、なぜかそう感じたのだからしかたがない。

お姑《かあ》さん

演出家、木下惠介監督の助手をしていた松山善三と私が結婚したのは、昭和三十年の春だった。「結婚」という生涯の一大事業を目前にしているというのに、花嫁である私の気持ちはいっこうに盛り上がらず、われながら全く「可愛気のない女」だった。

当時の私は、既に三十歳の分別くさいオバンだったから、というせいもあっただろうが、最大の原因は、私が心身ともに「疲労困憊《こんぱい》」してボロ雑巾のようになっていたからだと思う。

日本映画界はなやかなりし頃の私は、大のつくスターで、年中、ゴールのない馬場を走り続ける競馬ウマのように撮影の仕事に追われ、家に戻れば戻るで日毎《ひごと》に歯車のくい違ってくる養母との葛藤《かっとう》に疲れ果てていた。その上、私の収入を当てにする親戚縁者にオンブお化けのようにとりつかれ、どちらを向いても金、金、金をむしり取られることばかり、私は次第に人間不信になって、親兄弟と聞いただけでもハダシで逃げ出したくなるような人間になっていた。

寒ざむとした人間関係の中で孤立していた私が、ふッと結婚をする気になったのは、もちろん、当時二十九歳だった松山青年の人柄のよさにひかれたこともあるけれど、それ以上に私の心をとらえたのは、松山のお母さんのたったの一言だった。

はじめて松山の両親に対面することになった私の心は、ますます重く沈みこんだ。五歳のころからやくざな映画撮影所の中で成長した私は、いわゆる「おしろうとさん」と接したことが全くなかったからである。私の養母は私の結婚にははじめからソッポを向いていたし、養母もまたまともな挨拶ひとつできるような人でもなかった。どうしたものだろう……と頭を抱えているうちに、とうとうその日が来てしまい、私はほとんど、やぶれかぶれといった心境で、横浜・磯子の松山家を訪ねた。

松山善三の父、三朗は、戦前は生糸の貿易業、戦時中は航空機の部品の製造業をしていたということ。六人の子供のうち、長男はニューギニアで戦死、善三は次男であること。私はその程度の事情しか知らなかったのだから、考えてみればずいぶんと乱暴な結婚だった。

磯子の松山家は、小さな庭のあるごく普通の家で、両親も見るからに普通の人だった。なにかにつけてあまり普通ではない「活動屋人間」にはいちばん苦手な相手である。

松山善三とそっくりなお父さんのうしろでほほえんでいたお母さんが、はじめて口を開いた。長く患っているリュウマチのために両手の指が曲がり、脚も不自由なので座ることができず木製の脇息にチョコンと腰を乗せていた。脇息が格好の椅子にみえるほど小柄な女性《ひと》だった。

「折角《せっかく》、結婚なさるというのに、うちが貧乏なのでなにもしてあげられません。あなたに働いてもらうなんて、ほんとうにすみません。ごめんなさいね」

そう言ってお母さんは頭を下げた。

私は一瞬ポカンとした。お母さんの言葉をどう理解してよいか分からなかったからである。というより、その言葉をすんなりと受けつけられぬほど私の心がねじ曲がり、荒れ果てていたということだろう。

私の頭の中で、「働いてもらうなんて」という一言だけがぐるぐると廻った、そしてやがて、清冽な谷川の水がうずまくようにしぶきをきらめかせて廻り続けた。

長い女優生活の間、私は養母からただの一度も「仕事が辛いか?」「仕事をやめたいか?」などと聞かれたことがなかった。養母にしてみれば、収入《みいり》のいい女優が働くのは当たり前なのであって、働いてもらっている、という自覚など、おそらく無かったに違いない。「スターの母親」という立場を失うことをなによりも恐れていた養母の口からは間違っても出ない言葉だったし、タブーでもあった。

昭和三十年の松山の月給は一万二千五百円、私の映画の出演料は百万円だったから、共稼ぎというニュアンスとはちょっとちがって少々こっけいだったけれど、そんなことはどうでもいいとして、松山のお母さんの言葉には、明治の女性《ひと》のプライドとか、世間体とか、そういう感情のすべてを乗り越えて、ただ純粋に、息子の嫁への「慈愛」だけがこめられていた。

生まれてはじめて「優しい言葉」をかけられて、私の目に思わず涙がにじんだ。映画の演技以外には他人《ひと》前で泣いたことも自分の心をみせたこともなかった私は、自分で自分の涙におどろくと同時に、松山善三との「結婚」を決意していた。いや、善三とではなく「お姑《かあ》さん」松山みつと結婚したかったのかもしれない。私は「お姑さん」の人柄を信じると共に、そのお姑さんに育てられた松山善三という男性を信じた。そしてそれは私自身の将来のしあわせを信じることでもあった。何年ぶりかで「人を信じる」という感情が自分にかえってきたのが嬉しかった。

私は結婚と同時に仕事を半分にへらした。女優と女房は両立しない、ということは分かっていたし、どちらかといえば女優より松山の女房としての自分を大きく育ててゆきたい、と思ったからだった。

結婚前は一家の女主人だった私の家に、もう一人男の主人が現れたから、結婚当初はかなりギクシャクバタバタと忙しく、映画の仕事に入れば入るで忙しく、磯子のお姑さんを訪ねる時間もなかったが、夫の背後にはいつも笑顔のお姑さんの面影があって、私の心は和んだ。

結婚して二年目だった。私はお姑さんへのごぶさたのお詫びにと、円型のスツールをデパートから送らせた。花柄のサテンで包まれたスツールにお姑さんは小さなお尻を乗せてくれただろうか？　それをたしかめる電話もしないうちに、お姑さんは突然亡くなってしまった。リュウマチの鎮痛剤によるショック死だった。

私に残されたお姑さんの思い出といえば、あの優しい一言の他にはなにもないけれど、私にとっては百万言の言葉にもまさる貴重な言葉であった。

人は、その生いたち、環境によってそれぞれ感銘を受ける言葉もちがうだろう。姑に貰った一言が、心底生きる支えとなった嫁の話など、ある人にとっては甘ったるくアホらしいことかもしれない。それでも私はいまだにお姑さんの一言を、私の宝として大切に抱きしめている。

われという人の心はただひとつ
われよりほかに知る人はなし

谷崎潤一郎

『小僧の神様』

五歳の頃から映画の子役として忙しく働いていた私は、小学校すらロクに行っていない。「ガッコへ行けない」という欲求不満のせいか、撮影の合間にはひたすら、本にかじりつくようになった。本屋へ走っては、手当たり次第に本を買い込み、むつかしい本はブン投げ、やさしそうな本だけを拾って読み散らす、という、全くの乱読であった。映画撮影の仕事はひどく断片的である。だから、腰をおちつけて大長編小説を読み通す、ということはできない。短時間で読み切れる、という条件にかなう、詩集、随筆集、短編小説などを選び、その上、値段が張らず、手軽、ということで、私はいつも「岩波文庫」に手をのばした。昭和十三年頃から敗戦まで、岩波文庫の星ひとつが、まだ二十銭の頃だった。

少年少女の頃、ただ字ヅラを追うだけで、なんの理解もできなかった本を、成人してから再び読んでみると、前とは全く違った感動や興味をおぼえてビックリした、という経験は、だれでも持っていることだろう。私もまた同じおもいを何回かしたけれど、少女の頃から今日に至るまで、一貫して私の心に住み続けている、忘れられない短編小説がある。それは、たった十数ページの短編小説である、志賀直哉著『小僧の神様』である。

ある秤《はかり》屋の小僧が、見知らぬ他人《ひと》に思いがけなく鮨《すし》を御馳走になり、その人を神様ではないか、と思う。ただそれだけのストーリーだが、はじめて『小僧の神様』を読んだとき、私の眼から涙があふれ出して困ったことを覚えている。そして、当時少女俳優だった私は「もし、自分が少年俳優だったら、この仙吉という小僧の役を演《や》ってみたい」と思った。きっとうまく演れる、という自信があったからである。

私は秤屋の小僧ではなく、世間からチヤホヤされる一見華やかな少女俳優だったけれど、年がら年中、ヤッチャ場のような職場を右往左往するばかりで、心の落ちつく時間もなく、一人の友人もなく、全く孤独であった。そんな私にとって、ときたま天から降ってくるような人の親切や愛情に接すると、感激のあまり、私も小僧の仙吉と同じように、その人を「神様」としか思えなかったものである。

「……仙吉には「あの客」が益々忘れられないものになつて行つた。それが人間か超自然のものか、今は殆ど問題にならなかつた。只無闇とありがたかつた。彼は鮨屋の主人夫婦に再三云はれたに拘らず再び其処へ御馳走になりに行く気はしなかつた。さう附け上る事は恐ろしかつた。彼は悲しい時、苦しい時に必ず「あの客」を想つた。それは想ふだけで或慰めになつた。……」

鮨をふるまわれた後の、仙吉の心境が、私には痛いほど分かるような気がしたし、そうした厚意につけ上がることを、私も極端に恐れていた。辛いとき、悲しいとき、自分にふるまわれたおりおりの厚意を思い出すだけで、私の心に温かい灯がともったように和むことも、また仙吉と同じだった。

この短編小説をはじめて読んでから、三十余年の月日が経つ。そして、現在《いま》の私は、どちらかといえば、小僧に鮨をふるまった客「A」の立場にある。ときどき、他人さまに要《い》らぬおせっかいをやいては自己嫌悪《けんお》に陥り、後悔のホゾをかむのも同じである。

「……Aは変に淋しい気がした。自分は先の日小僧の気の毒な様子を見て、心から同情した。そして、出来る事なら、かうもしてやりたいと考へて居た事を今日は偶然の機会から遂行出来たのである。小僧も満足し、自分も満足していい筈だ。人を喜ばす事は悪い事ではない。自分は当然、或喜びを感じていいわけだ。所が、どうだらう、此変に淋しい、いやな気持は。何故だらう。何から来るのだらう。丁度それは人知れず悪い事をした後の気持に似通つて居る。……」

『小僧の神様』は、志賀直哉独特の、むだのない簡潔な文章で「人間のもつ、美しい恐れの感情」をテーマにサラリとまとめられている。私が最も好きな個所は、小説の最後の文章で、小僧が、でたらめに書かれた住所をたよりにその客を訪ねてみたら、そこには人の住まいがなくて稲荷の祠《ほこら》があった、という風に書こうとしたが、小僧に対して惨《ざん》酷《こく》な気がしたので、ここで筆をおく、という作者の、あとがきに似た文章である。志賀直哉という人の「小説」に対する恐れのようなものを感じることの出来る、貴重なしめくくりだと思う。

ミンクのコート

寒い。日本の冬はそんなに寒くないというけれど矢張《やは》り寒い。銀座通りを歩くハイヒールの靴音までが冷たく固い。通りすがりの豪華な毛皮屋さんのウインドウがこれ見よがしにあたたかそうである。

私は此の頃毛皮をあまり着ない。高価すぎることもあるけれど、ある小さな思い出が私をゼイタクな気持にしないのである。そう、あれはミンクの七分コートを作った時のことだった。そのコートは約束の日より遅れて出来上がったので私は少し腹を立て乍《なが》ら受け取りに行ったのであった。ドアを押して、私のコートをみる、ステキ！　だった、私の思う通りにそれはスマートにかわいく仕上がっていた。せっかちの私はその場で肩へひっかけて上機嫌で外へ出た、車に乗って、改めてエリから胸へと手を滑らせて柔かい感触を楽しんだ、オヤ！　サテンの裏にはつまみ細工のふちとりでポケットまでついている、あ、ポケットに何か入ってた、それは、小さな結び手紙だった。私は一寸《ちよつと》不審の気持でその結びを解いたのだが……。

「高峰秀子さま。私は毛皮のお針子です。このコートの出来上がりが遅れましたことをどうぞお許し下さい。実はあなたの御注文ときいて私は一生懸命にこのコートを縫いました。三十二枚の毛皮を一枚ずつ心をこめて縫い合せお気に召すようにと祈るような気持で作り上げました。私の縫ったコートを着たあなたを一目みたいと思っていますが、工場は忙しく、夜ひる毛皮にまみれて働く私にはその希望は夢でしかないようです。コートは今日私の手をはなれます。どうぞこのコートがあなたをより暖く包んでくれます様に——。あなたの一ファンより」優しい字の鉛筆の走り書であった。その人は出来上がったコートを前に、工場の裸電球の下で、あわただしくこの手紙を書いたのだろう。コートを送り出したその人は今はまた次ぎの仕事のために毛皮にまみれていることだろう。そして私は、その人の丹精を無雑作に肩にひっかけて、車に乗ってぬくぬくと銀座を走っている。

この毛皮はきっと一心に縫う彼女の指を痛めたに違いない、そうしてその優しい手紙とこの温い毛皮が計らずも私のゼイタクすぎる思い上がった心をたしなめてくれたに相違ない。

私は何だか忘れていた大事なものを思い出したような感動で一ぱいになりながら、ぼんやりと車にゆられていた。

神サマが渡してくれたもの

昔、といっても昭和のはじめころまでの子供たちは、ほとんど、読み書き、ソロバンさえおぼえれば、手に職を、という親の意志で小学校を出るとただちに社会へと追いたてられた。私も、その中の一人だった。

五歳のとき、ひょんなことから「子役」として映画界に放りこまれた私は、ベビースターとして何本もの映画のかけもちで忙しく、当時は児童に関する労働基準法など無かったから、徹夜に続く徹夜の仕事でほとんど寝るヒマもなかった。

六歳になり、人並みに小学校へ入学はしたものの、一ヵ月に三、四回しか学校へ行くことができない。たまに教室へ入っても授業はどんどん先きに進んでしまっていて、私一人だけがチンプンカンプンでキョロキョロするばかり、読み書き、ソロバンもへったくれもなかった。が、そんな私にも「神サマ」はいた。担任教師の指田《さしだ》先生という男の先生である。先生は母子家庭の私の家にたびたび足を運び、生活費は子役の私の収入の他にはないことなどを知ったのだろうか、私と養母が地方のロケーション撮影や、京都の撮影所へ長期の出張をするときには、必ず、上野や東京駅まで見送りに来てくれた。そして、先生の手には必ず二、三冊の子供の本があった。

忘れもしない、『コドモノクニ』『小学一年生』……美しい絵本の数々……私はそれらの本を抱きしめて、心底嬉しく、穴のあくほどくりかえし眺めては、ひとつ、またひとつ、と文字をおぼえた。私があやうく文字を知らぬ者になるのをまぬがれたのは、全く指田先生のおかげだった。

私は、指田先生のフルネームも知らぬまま、蒲田小学校から大崎の小学校へ転校してしまった。指田先生とはそれきり会うこともなかったけれど、指田先生は私の「神サマ」として私の胸にしっかりとやきついた思い出の方であった。

昭和四十年ごろだったろうか、私はテレビの人気番組だった「御対面」に出演した。テレビ局が内密に探した或る人物が突然現れて、「御対面！」というたあいのない公開番組である。ドラが鳴り、BGMにのって、私の目の前に現れたのは、なんと、私の「神サマ」、指田先生その人であった。広い額、ちょっとアゴの張った顔、きちんとした背広姿……「指田先生！」、私は思わず走り寄って先生にしがみついた。その私に、指田先生は静かに口を開いた。

「私は、指田の息子です。父は十年前に亡くなりました」

「………」

絶句、棒立ちになった私の姿がよほどおかしかったのか、会場は大爆笑になった。考えてみれば、昭和五年当時の指田先生は三十歳そこそこ、私は六歳の子供だったのだ……。

会場にうず巻く笑い声の中で、私の頬に、わけのわからない涙がツーとすべり落ちた。

コーちゃんと真夜中のブランデー

両掌に七つの眼鏡

あれは何処の劇場だったか、演目《だしもの》は何だったのか、みんな忘れてしまったけれど、忘れられないのは、あの日のコーちゃんである。

私はその日、コーちゃんの舞台を見に行った。開演前に楽屋へコーちゃんを訪ね、メーク・アップをする鏡の中のコーちゃんと冗談を言いながら笑っていた。開演十分前のベルが鳴ったので、私は「さァて」と立ち上がってハンドバッグをまさぐった。眼鏡が無い。私はど近眼である。眼鏡がなければ舞台もコーちゃんもボケボケにかすんで、なにひとつ見ることはできないのだ。

「コーちゃん、ダメだ、私、眼鏡忘れてきちゃったよ……」

いきなりコーちゃんが立ちあがり、楽屋着のまま廊下へ走り出て行った。どこへいったのかな……と、私は飲み残したコーヒーをすすりながらコーちゃんを待った。

「あった、あった……」と、コーちゃんが駆け戻って来た。その両掌に、男もの、女もの の眼鏡が、なんと七つも乗っていた。

「どうしたのさ？　それ」

「借りてきてやったんじゃない、あんた眼鏡忘れたって言ったろう」

「誰から？」

「裏方さんから。大道具、小道具、美術さん、衣裳部さん……眼鏡かけてるヤツって多いんだね」

「みんなの眼鏡はずしてきちゃったの？」

「そうだよ、どれか合うだろ」

「冗談じゃないよ、みんな困ってるよ」

「大丈夫だよ、三時間くらい眼鏡がなくたって死にやしないさ、へへ」

楽屋の表にガヤガヤと人が集まっている。コーちゃんに眼鏡をはずされた裏方さんたちが、不安そうな眼つきで立っていた。

その中の眼鏡を借りて、コーちゃんの舞台を見たかどうかも、忘れてしまったけれど、心に残っているのは、突発的、衝動的、親切のかたまりみたいなコーちゃんの人の好さ、オッチョコチョイさかげんである。そのコーちゃんが、死んでしまった。

コーちゃんよ。お前さんが死んじゃって、デコちゃんは困っているよ。お前さんが生きていたころはさほど困りもしなかったのに、いなくなったら毎日毎日お前さんのことを思い出して、日頃あんまり出ない涙まで出てくるんで全く困っている。つまり、淋しいってことなんだね、こういうのが。

私たち、コーちゃんとデコちゃんのつきあいなんて、二人が生きた五十六年間の中の、日数にすれば、そう、通算して五十日足らずのことだったけれど、伝法な口のききかた、意外と人見しりするところ、あんまり利口じゃないところ、計算に弱いところなど、二人は似たところがたくさんあったよね。

計算に弱い私をつかまえて、コーちゃんは「ネ、デコちゃん貯金ある？ 私ないよ。貯金ってしてみたいなァ、どうすれば貯金ができるの？」なんて、子供みたいなことを言っていたけれど、その後、あこがれの貯金がどうなったのやら、聞いてみようにも、もう、コーちゃんはいない。子供っていえば、コーちゃんは有名な浪費家でさ、お金も持たずに贅沢な衣裳やアクセサリーを買い散らかして歩くので、マネージャーの岩谷時子さんが無い袖を振りながら、あちこち飛びまわって借金のあと始末に青息吐息、「ほんとうに、子供みたいな人でねぇ……」って苦笑いしてたから、まあ、貯金は無理だったかもしれないね。

歌うか踊るしかない

シャンソンの女王、越路吹雪《こしじふぶき》っていえば、高価なコスチューム、ゴージャスなステージ、こぼれるような笑顔と魅力的な歌声、貫禄充分な大アネゴっていうのが観客のイメージだけれど、舞台からおりて楽屋へ入ったコーちゃんは、精根使い果たしてボロボロに疲労し、しぼんだ風船みたいになっちゃって、このままバッタリ倒れて昇天しちまうんじゃないかって、囲りの人がいつも心配していたくらいだってね。たぶん、客席の拍手が大きければ大きいほど、コーちゃんの疲労もまた、雪ダルマを転がすように大きく、大きくなっていったにちがいない、と私は思うけど、違う？　それは、私たち芸能人が持つ当りまえのことかもしれないけれど、コーちゃんのように、ただ真ッ正直で要領の悪い人には、歌う喜びより責任の重さのほうが、コーちゃんをがんじがらめにしていたんだろうね。

ホラ、おぼえてる？　東宝撮影所の結髪部で、コーちゃんが膝小僧をさすりさすり言ったっけね。

「このごろ膝小僧に水が溜るんだよ、お医者に注射器で水を抜き取ってもらうと、そのときは楽になって踊れるんだけど、また倍くらい水が溜っちゃうの」

「そんな膝で、バタバタ踊ることないじゃないの、しょうのない人だ」

「そんなこと言ったって、私なんか踊るか歌うしかしょうがないんだから、しょうがないじゃないか。じゃ、どうすりゃいいのサ」

「…………」

　踊っては疲れ、歌っては疲れ、のくりかえしを続けるコーちゃんを見るたびに、私はまた、二人の初対面のときの会話を思い出して、チクリと胸が痛んだものだった。

　コーちゃんとデコちゃんがはじめて会ったのは、昭和二十五年の秋、だったかしら？　おなじ年の宝塚スターと映画女優の顔合せとやらで、あれは、たしか婦人雑誌の正月号のための対談だったよね。

　対談の前に、私ははじめて舞台の越路吹雪を見て、心底仰天しちまった。コーちゃんは男役でカウボーイの扮装をしてたっけ、お芝居のほうはあんまり感心しなかったけれど、歌の上手さといったら、全くズバ抜けて素晴らしかった。

　対談が終ってから、料亭だかどこだか忘れたけど、とにかく廊下があってさ、その廊下で別れぎわに、私言ったんだよね。

「越路さんは宝塚からハミ出している人だと思うの。もっと広い大きな場所に出て歌ったらどうですか？」

「そんな話がないでもないけど、こわいなァ。ウーン……じゃ、やってみようかな」

　コーちゃんはテレたように顔を赤くしてそう答えたっけ。でも、いま思うと、私はあのとき余計なことを言ったような気がしないでもないの。

　それからほんの何ヵ月か経ったとき、コーちゃんは突然宝塚から飛び出して、ミュージカル『モルガンお雪』で華やかにデビューしたのだった。モルガン役が古川緑波さん、そして若かりし森繁久彌さん、お雪役の越路吹雪さん。三人の、なんとも魅力的なステージは、いまでもハッキリと私の脳裡に焼きついています。二丁拳銃のカウボーイ姿から、水もしたたる芸者姿に変身したコーちゃんは、美しくて上手で、帝劇の舞台がパアーッと明るくなったっけ。

「やったな、コーちゃん」と、私の鼻までピクピクするほど、あのときは嬉しかったよ。

タクシーで飛んできて……

当然のことだけど、コーちゃんとデコちゃんは結婚前には独身時代ってのがあったよね。コーちゃんはいつも、トツゼンというかんじで私の家へ泊りに来たっけ。夜の夜中に、ジリジリと電話が鳴る。「モシ、モシ、私、河野ですけど……」という小さな猫撫で声はコーちゃんである。

「なんだ今頃、いま何時だと思ってる！」

「だってサ、眠れないんだもの、あんただって起きてるじゃない」

「私は寝てますよもう、電話が鳴ったから起きたんですよ」

「だから、つまり起きてるんじゃない。とにかく、いますぐ行くよ」

そして寝巻きを胸にかかえてタクシーで飛んできては、私のベッドにもぐり込んだっけ。ベッドに入ったといっても眠るわけではない。「ネ、ブランデー、あるだろ。持ってきてよ」と、私をコキ使う。私は当時、酒をのまなかったから、コーちゃんの相手はできなかったけれど、友人の米軍兵士にPXで買ってもらったブランデーやウイスキーを持っていた。コーちゃんは、私からブランデーの瓶とグラスを受けとるとイソイソと起きあがって、ベッドの背板にもたれて、グイグイとブランデーを飲みはじめる。私は眠い。いや眠くなくても眠らなくてはならないのだ。明日もまた早朝に撮影所へゆかなくてはならない。寝呆けヅラをステージに持ち込むわけにはいかないのだ。……二時間もたつと、コーちゃんもそろそろ出来上ってくる。「オイ、眠っちゃいかん。あんたが眠れないって言うから、来てやったのに……」などとグズグズ言っているけれど、私は寝たふりをして返事をしてやらない。ブランデーの瓶が大方カラに近くなると、コーちゃんはやっとグラスを置き、掌一杯の睡眠薬をあおって、やっと床についた。

静かな部屋の中で、となりに眠っているコーちゃんの、トントコトン、トントコトン、という、かすかな心臓の音を、寝そびれた私は耳をすまして聞いていたっけ。コーちゃんはあの頃からひどい不眠症だったよね。

朝になると、コーちゃんはボーッとした顔をしながらも、「これからレッスンにゆかなくちゃ」と言って、ふらりと玄関を出て行った。なんだか淋しそうだった。思えばコーちゃんにとってあの頃は、八方破れ。嘘と落し穴ばかり掘る苛酷な芸能界は、温床のような宝塚時代に比べれば、いろんな意味で辛い毎日だったのかも知れないね。私のお古のロングドレスを喜んで貰ってくれて、ステージで着ていたのも、あのころだった。いつまで経っても、二人とも貯金ができなかったね。

優しくけなげな奥さんだった

私が結婚したのは、昭和三十年だった。貧乏だったので、披露宴のお客様はたったの二十六人。コーちゃんは、め一杯のおめかしをして出席してくれたっけね。

コーちゃんとデコちゃんは大正十三年の子年生れ、コーちゃんは二月生れでデコちゃんより一カ月先輩なのに、コーちゃんはふざけると、いつもデコちゃんを「お姉《ネエ》、お姉」って呼んでいた。

披露宴で、私のウエディングドレスをひっぱりながらコーちゃんは言ったね。

「お姉、うめえことやったなァ、いいお婿さん見つけてさ、私も真似しようっと」

それから四年後の昭和三十四年、コーちゃんは、内藤法美《ツネミ》さんという素敵な青年と結婚した。

ねぇ、コーちゃん。私の結婚も倖せだったけれど、コーちゃんの結婚も倖せだったよね。コーちゃんという花は、ツネミさんとの結婚によって、いっそう豪華に開花したんだもの。コーちゃんだってそう思うだろ？

舞台の上のコーちゃんは大輪のバラみたいだったけれど、素顔のコーちゃんは、まるでタンポポの花のように可憐で素朴な人だった。八百屋や魚屋にも自分で買いものに行って、お前さんのツネミさんのために料理を作る、優しくけなげな奥さんだったものね。でもサ、とつぜん電話をかけてきて、「ネエ、雑巾のしぼりかたってての教えてくれイ」なんて言ってたから、家事のほうはあまり得意じゃなかった様子だけど。

「雑巾がしぼれないなんて、ほんまにアホとちゃうか？　両手に持ってヒネればいいんだよ」

「分ってる、でも私がヒネるとね、なんだかネジくれて元へ戻らなくなっちゃうの」

「ヘンだねぇ」

「ヘンだよゥ、全く……とにかくお巡りさんにつかまったみたいになっちゃうの」

「？………」

二人はまた会えるよね

コーちゃんが入院したとき、うちの夫ドッコイ（松山善三）が真剣な顔をして言ったの。「コーちゃん入院したぞ、どうにかしなくていいのか？」って。私は返事をしなかった。どうにか出来ることじゃない。誰にでも愛されて、なにひとつ悪いこともしなかった、あんなに底ぬけに良い人が、そんな悪い病気にかかる筈がない。すぐにケロリとなおって退院してくる、そうに違いない……私は、そう信じていた。でも、コーちゃんは死んじゃったんだってね。

十一月七日。コーちゃんが眼を閉じた日、私は仕事で仙台にいたの。そして八日は山形。だからお通夜にも行けなかったけれど、例え東京にいたとしても、私、お通夜にいったかどうか分からない。だってコーちゃんの死に顔を見にいったって、コーちゃんは生き返っちゃくれないだろう？　そして、ツネミさんの顔を見るのはもっと辛くて、意気地なしの私には到底、勇気が出ないもの。

十一月十日の夜、テレビでコーちゃんの舞台姿を見て、デコちゃんは一人で「オーン、オーン」って泣いちゃったよ。そして、思ったの。

「死んだのは残念だったけれど、人間は引き際が大切さ。コーちゃんって花は、まだ充分に美しく魅力的なときに散ったんだ。ドライフラワーになっちまって、もとシャンソンの女王なんて言われるより、サバサバ、サッパリとした、コーちゃんらしい見事な引退のしかただった」

そうでも思わなければ、とてもあきらめきれないよ、デコちゃんは。それにしても、コーちゃんのような良い人が、憎まれッ子の私より先に逝くなんて、ほんとうにもう「してやられた」っていう感じで口惜しいよ。

でも、ま、私もおっつけ、そちらへ参ります。もし、あの世というところがあるならば、二人はまた会えるかもしれないね。お前さんはいつも私に、「芝居は苦手だよ、デコちゃん教えておくれよ」って言ってたけど、そのときには落ちついて、たっぷりと、私の知る限りの芝居を教えてあげようね。その代りにサ、私にも「歌」を教えて頂戴。あの上等な赤ブドー酒のような、芳醇でまろやかな、心にしみる、コーちゃんのシャンソンの秘訣を、誰にもナイショで、デコちゃんに教えておくれ！

のっぺらぼう

「ただいまァ」と声がして、夫ドッコイが帰ってきた。「おかえり！」と言って顔を見たら唇が少しトンがっている。四十年も夫婦をやっていると、ちょっとした表情からでも相手の精神状態が分るもので、この唇トンガリはあまりいいサインではない。

「書店に寄ったら、三船《みふね》さんのことが載っているらしいから買ってきた。こんな本、二百三十円でも買ってやりたくなかったけどネ」

と、薄っぺらな雑誌を差し出した。

トシをとるにつれて、できる限り雑音から遠ざかり、美しいものを見たり、心地よい音を聞いていたい、と願っている私は、人のプライバシーを暴《あば》いたり、低劣なヤジウマ根性をくすぐるこのテの雑誌に嫌悪《けんお》を感じるので今までは手にしたことがない。が、「世界のミフネ、痴呆《ちほう》の車椅子《くるまいす》」というショッキングなタイトルがデカ〳〵と印刷された表紙が気になって、思わず頁《ページ》を繰った。

見開き二頁のその写真は、つば広の麦わら帽子をかぶって車椅子に乗った三船敏郎《としろう》さんである。車椅子を押しているのは看護婦さんのようだ。明るい陽光の中のその写真は、私の眼にはすがすがしく映って、なつかしく思った。

「久し振りだねえ、三船さん……」

と、心の中で呟《つぶや》きながら、写真にそえられたキャプションを読みだした私の眼は一行ごとに三角になっていった。

痴呆症にかかった三船さんのボケ度の裏づけをするために、三船家の附近の店舗まで出向いて彼の奇矯な行動を確認したところで、それがなんだというのだろう。年をとってボケるのは三船さんばかりではない。早い人は六十歳前後から痴呆症にかかって物忘れがひどくなり、やがて計算力、思考力が低下して家族の顔の判別もできなくなってゆく……。雑誌の筆者は七十五歳の三船さんを「ひどく弱々しくて年寄り臭い」と書いているけれど、七十五歳が年寄りなのは当然でなんのふしぎもない。

「精神病院入院「老人」の哀れな姿」「……病院で一人ひっそり暮している、なんとも哀れな姿である」と文章を結んでいるけれど、写真の三船さんは哀れどころか気品のある静かな表情をしたフツーの老人にしかみえない。

三船さんは、かつての時代、黒澤明作品にはなくてはならないスターだった。『酔いどれ天使』のヤクザの精悍《せいかん》さ。『七人の侍』の元気印の菊千代。『用心棒』や『椿《つばき》三十郎』の浪人姿のカッコよさ……あの颯爽《さっそう》とした三船さんに、どんなに大勢の映画ファンが拍手を送ったことだろう。

もともと東宝映画のカメラマン志望だった彼が、ヒョンなことから撮影部ならぬ俳優部にまわされて、黒澤監督にしごかれしごかれながらスーパースターという地位までたどりつくには並たいていの努力ではなかっただろう。そして「黒澤天皇」と肩を並べて遂《つい》に「世界のミフネ」とまで言われるようになった三船さんである。

三船といえば黒澤という名前が浮かぶのはしかたがないけれど、三船さんが残した業績と、日本映画界における貢献度は、誰が考えてもハンパではない。

私は『無法松の一生』をはじめとして、三船さんとは何本かの映画で共演している。正直なところ、演技者としての三船さんはギクシャクとしてぶきっちょだと思うし、個人の三船さんには関心もなく、つきあいもない。ただ、この写真について書かれている文章に一片の思いやりやいたわりの心がないのが三船さんのために残念だし、現在の彼を哀れという一言でくくるだけでは、彼の残した業績に対して失礼ではないか、と私は思う。

去年の十一月、元アメリカ大統領のロナルド・レーガンさん（八十三歳）が、書簡の形で、「自分は現在、アルツハイマー病に冒されている」という公表をしたことがあった。

世界中の人々がそのニュースにおどろきながらも、レーガンさんが他に類をみない勇気ある告白をしたことに対して、好意的な痛ましさとねぎらいのメッセージを送ったものだった。病状の進行は早く、まだ一年も経《た》たない今年の春のある日、レーガンさんの伝記執筆のためにフリーライターが運びこんだ参考資料の書籍を見て、レーガンさんは、

「こんな木材を、何のために使うのかね?」

と言って周りの人をおどろかせたり、いまでは友人たちの顔の見分けもできないそうで、なんと痛ましいことか、と、私も思う。

レーガンさんも、もとハリウッドの俳優だったことがある。大スターではなかったけれど、そこそこの美男子で押し出しのいい二枚目だった。もし、レーガンさんの痴呆の写真が公開されたら、アメリカの人々はその写真を指さしながら、眼ひき袖《そで》ひきしてその哀れさを眺めるだろうか? アメリカの人々はたぶん去年と同じように好意的ないたわりの感情を持って、その写真に接するだろう、と私は思う。

映画界に大きな業績を残した三船さんが、こんな形で雑誌に登場するということは、日本の芸能人が、いまだに河原乞食という意識のもとでしかみられていない、という証拠なのかも知れない。商売のためなら目クソ鼻クソなんでも買います、という編集長の

良識うんぬんを今更どう言ってもしかたがないけれど、もし、この写真が盗み撮りであるなら、写真と一緒に魂まで売ってしまうカメラマンは、どんな心境でこの写真を撮ったのだろう、上には上があるけれど、下にも下があるものだ、と暗澹《あんたん》とする。

盗み撮りといえば、私は、いまは亡《な》き若山富三郎《わかやまとみさぶろう》さんを思い出す。若山さんとの共演は木下恵介作品の『衝動殺人　息子よ』ただ一本だったけれど、人なつこい若山さんは私を劇中の私の呼び名だった「お母さん」と呼んで、ときどき「お母さん、その後どう？　元気？」などと電話をくれた。

あれは……若山さんがホノルルの病院で心臓のバイパス手術をする前のことだから、もう十年も経つだろうか、ホノルルの私のアパートにたまたま若山さんから電話が入り、「ヒルメシでも食べようよ」と誘われて日本料理店で待ち合わせた。いつもは付き人や取りまき連をぞろ〳〵と従えている若山さんだが、今日はたった一人でテーブルに坐《すわ》って私を待っていた。

「どうしたの、今日は……一人？」

「うん？……いや」

と、若山さんはうしろのほうにアゴをしゃくった。後方の隅のテーブルで、ジーパンに黒いジャンパーをひっかけた青年が丼《どんぶり》めしをかっこんでいた。

「誰？　あの人」

「俺もよく知らねえんだ、昨日拾ったんだ」

「拾ったって、どこで？」

「病院の表で。俺、昨日検査で病院へ行ったから」

「よく分らないネ。もっとちゃんと話してよ」

若山さんは少し面倒くさそうにボソボソと喋《しゃべ》りはじめた。

若山さんの検査が終ったのは、午後の三時すぎだった。ロビーで煙草《たばこ》でも吸おうか、と、灰皿を探してうしろを振りかえると、大きなサングラスをかけスカーフを目深《まぶか》にかぶった女性が、もう一人の女性のうしろにかくれるようにして歩いてくるのが目に入った。若山さんがよく知っているアイドルタレントのT子だった。

「おい、T子」

と、若山さんが声をかけると、T子はぎょっとしたように立ち停り、

「お兄ちゃん！」

と若山さんにしがみついてきて、なぜかシクシクと泣きだした。

勝新太郎《かつしんたろう》さんの兄である若山さんは、映画界では「お兄ちゃん」のニックネームで通っている。

「なんだ、どこか悪いのか？」

「東京だと、うるさいから……」

「それもそうだな。タクシーに乗るのか？」

「うん」

「よし、タクシー乗場まで送る」

若山さんはT子を抱えるようにして病院の玄関を出た。ほどよくタクシーの姿がみえたとき、T子がアッ！　と叫んで棒立ちになり、一方を指さした。

「撮られた！　写真、撮られたわ！」

十メーターほど前方に、カメラを持って立っていた男が、クルリとうしろを向いて歩きだした。

「通行人やファンではない」

とっさに判断した若山さんは男を追って走りだした。そして追いつきざまにジャンパーの胸ぐらをとった。

「写真を撮っただろう」

「………」

「日本から来たのか？」

「T子を待っていたのか？」

「頼まれか、売りこみか？　ま、それはどうでもいい、T子が何をしたっていうんだ」

「堕《お》ろしたんでしょう？」

「え？」

「子供を……」

「そうかい。それが本当なら、あんたが撮った写真は金になるだろう。しかし、あんた、ちょっと待てよな、俺と少し話をしないか」

若山さんは男をベンチに坐らせて、自分も坐りこんだ。

「俺は一発ブンなぐってやろうと思ったんだ。でもサ、なぐっちまえばもうお終《しま》いだろ？　俺、いっしょけんめいに喋ったよ、あんまり喋って、何言ったかおぼえてねえけどサ……。そう、俺はあんたをどこの誰だか知らないけど、盗み撮りを商売にしてるなんて、人間として最低だとは思わないか？……とか、……他人の恥部や弱みをあばき立てるような汚ねえ仕事を、一生続けるつもりなのか？……とか、あんたは盗み撮りした写真と一緒に自分の良心や魂も一緒に売ってるんだよ、……あんたは人間じゃねえ、のっぺらぼうなんだぞ、……とか。もう、めちゃくちゃサ。……あれで、二時間も喋ったかな……」

「……」

「それで、どうなったの？」

「そしたらね、あのヤロウ……」

若山さんは食べかけの鉄火丼をテーブルに置いて、クスッと笑った。

「あのヤロウ、いきなり「やめます」って言いやがんの。「こんな仕事は今日限りやめて、他の仕事さがします」ってネ。そいでカメラ出して、ビリビリビリッてフィルム抜き出して、「信用してください」って……俺、涙出そうになったよ」

「それで、拾ってきちゃったの？」

「拾ってきたわけじゃないけど、あいつだってカラのカメラ持って日本へ帰るわけにもいかねえだろう。……しばらく俺のプロダクションでブラ〳〵してろって言って」

「やっぱり拾ってきちゃったんだ……でもお兄ちゃん、いいことしたね」

「そうかなァ」

「そうよ。お兄ちゃんて住所不定の風来坊だし、えばるし、わがままだし、かなりいいからかんだけど、いいとこあるよ、大物なんだ」

「大物？　俺がァ？」

下を向いて、二、三度首をかしげてテレている若山さんはとても可愛《かわい》かった。

私は、チラッとうしろのテーブルに目をやった。黒ジャンパーは窓の外を瞠《みつ》めたまま、石のように動かない。

あの、のっぺらぼうのカメラマンは今頃どうしているのだろう。

お兄ちゃんはあの世へいってしまって、聞くこともできない。

時計

私は結婚するまで、腕時計を一つしか持っていなかった。

銀座などをぶらついて、時計をすすめられるたびに「一つ持っているからいいの」と私は言った。店員は、一見はでな職業にみえる女優が、時計をたった一つしか持っていないことが信じられないといった顔で、お追従笑いをした。

私は子供のときから何十年間も容赦なく時を刻む時計の針におびやかされるようにして、寝たり、起きたり、働いたりしてきた。うれしいときには時の過ぎるのが惜しく、悲しいときは早く時間が過ぎてくれることを願った。そして、ときには時間にふりまわされることに腹をたて、時間をうらみ、時計までうらんだ。

私と時計の関係は因果にもそれほど深い仲になってしまっているらしい。チクタクと音を立てて時を刻む時計は、小さな心臓を持つ生き物のように思えてならないのだ。

私の家には、必要にせまられて置時計はたくさんある。旅行用あり、朝の目ざまし用あり、鏡台の上にも、仕事部屋にも、そして台所にも。が、どういうわけか腕時計は幾つも持つ気になれなかった。腕に巻いてもらえない時計がいたずらに時を刻みながら、だんだんと息も絶えだえになって、おしまいにはひっそりと黙りこくってしまうのを思うと、時計が狭い箱の中で窒息をしたような気がしてかわいそうになるのだ。時計はいつもチコチコ動いていてこその価値があるので、しまっておくための時計たちのゼンマイをせっせと巻いてやる時間など、それこそ無い。

結婚記念に二人で贈りかわした、たった一つの時計を腕に巻いてずいぶんたった。その後、スイスでまたお互いに外出用の時計を旅行の記念に贈りあった。ダイヤのはいった美しい時計だが、古時計より愛着は薄い。案の定、たいていは宝石箱の中で黙りこくって寝てばかりいる。

あまり洒落っ気のない私は、毎日コキ使う必需品ほどシンプルなものが望ましい。

昨年、ロンドンの小さな店で、これ以上のシンプルはない、というような時計をみつけて、何年振りかで腕時計を買った。

ただ、「時計です」というだけの時計のところが気に入っている。

鏡

「女はいつまでも若くはないからね、おまえだってこのごろは、鏡の前にすわっている時間がずいぶん長くなったよ」

これは、シナリオライターである私の亭主が、ある映画のために書いたせりふである。そして、そのセリフを言う当人は、女房であるこのアタクシであった。「なかなか、うめえせりふを書くじゃないか」と、私はまず感心した。それから「ハテ、これは私自身のことかな、チクショーメ」と思った。しかし、まことにそのとおりだからしかたがない。若いころは、鏡の前にすわってもすることがなくて、アッケないほどであった。クリームをつけるのを二、三日忘れても、肌はいつもつやつやとして、唇はピンク色をしていた。今の私は、自分でもあきあきするほど、鏡の前から腰が上がらない。

鏡というものは、百科事典をひもとけば、その昔から、魔物――神に通ずるもの、とある。鏡はいつの間にかわが身を装うために使われるようになったが、実はわが身の内にある〝心〟を映すのが本来のすがたではないか、と私は思う。

心の美しい人は、真実、その顔も美しい。心貧しければ、その貧しさを、心おごれば、そのおごりを、鏡は容赦なく映しだす。

人生の荒波にもまれ、試練に耐えてなお、心美しい清々となった人、美しい心を持ち続けた人は、鏡に映ったその顔もまた美しい。白髪がはえても歯がぬけ落ちても、その美しさはだれにも及ばぬ気品と人間性に凛然として輝くものだ。

若さといえば、このごろの若い女性のお化粧は念がいりすぎて、ますます舞台化粧のようにくどくなってきた。あのメーキャップのまま外国へ行って散歩でもしたら、娼婦とまちがえられてもしかたがない。いったい、彼女らはその若さを強調すべくアイラインをひき、アイシャドーをつけ、つけまつ毛までして人目をひくのだろうか。それとも、若く至らぬ心をせめて化粧でカバーしようという心づもりなのだろうか。せっかくの若さを、ああもったいないことだと、私はじりじりしてくるのだが、いずれにしても、その理由は、やっぱり〝鏡〟がご存じよ、ということかもしれない。

ダイヤモンド

昭和二十三年のある日の午後、私は成城の自宅で一個のダイヤモンドを瞠めていた。キリッとしたエメラルドカットのダイヤモンドが放つ七彩の光に圧倒されて、私の胸はときめいた。男性は、優れた日本刀に本能的に心ひかれるというけれど、女性がダイヤモンドに魅せられる感覚と、どこか似ているような気がする。

敗戦間もない当時の日本は、てんやわんやの大混乱の中にいた。税制が変わって、もと宮様も大財閥も財産税の支払いで大混乱の最中だったのか、私の家には、もとナニサマの持ち物という触れこみで、銀製の食器やら金銀細工の置物やら、宝石類の売りものが続々と持ちこまれた。その中から、山椒は小粒でもピリリ、という感じでピカリと現れたのがくだんの角ダイヤであった。

三カラット、百二十万円、という値段が高いのか安いのか私には分からなかったけれど、私は即金でその石を買った。私はその石を指輪に仕立てて自分を飾ろう、とか、人にみせびらかそう、とは毛頭考えなかった。日夜、撮影所での重労働と、養母との泥沼のような葛藤に疲れ果て、メタメタになっていた私は、疲れた時に、悲しい時に、一人でこの美しい石を眺め、この石と遊び、この石から夢を貰おう、と思ったのである。

ところが、結果は裏目に出た。「優れた宝石には魔が宿る」というけれど、吉を買った筈のダイヤモンドはとんでもない凶を私の家に持ち込んで来たらしい。ダイヤモンドを買った翌朝、撮影所へ行くために玄関に出た私に、母はいきなり大きな肘掛け椅子を投げつけた。不意をくらって尻もちをついた私の上に、母の怒声が落ちて来た。

「親の私がダイヤをはめるなら話は分かる……娘の分際でお前は！　買ったダイヤを持って来い！」

母の眼尻は吊り上がり、身体は怒りでブルブルと震えていた。母は足袋はだしで三和土《たたき》に飛び降りて私に摑みかかった。私は転がるように玄関から逃げ出し、撮影所への道を走りながら、心の中で叫んだ。

「あんな奴に、あの美しい石をやるもんか！　ダイヤが欲しけりゃ勝手に買って、十本の指にはめるがいい！」

けれど、いま考えてみると、あの時の母の怒りは分からないでもない。母の怒りは悲しみの裏がえしだったのだ。それまで私は、母が財布に入れてくれる小遣い以外に、自分の金を使ったことがなかった。それが突然、「百二十万円」という大金を、アッという間に使ってしまったのである。「自分が稼いだ金で何を買おうが私の勝手だ」という、私の暗黙の言葉を、母は敏感に嗅ぎつけ、私がもはや「子供ではなくなった」ことを認識すると同時に、一人娘に置きざりにされた孤独な自分が淋しかったにちがいない。とにかく、長年、薄氷を踏むような母娘関係を続けてきた二人を決定的に決裂させたのは、美しく高価な一粒のダイヤモンドだった。

昭和三十年、私は結婚した。二人とも貧乏で、仲人から借金をしてやっと結婚式をあげたほどだったが、記者会見の席上で彼は「土方をしてでも彼女を養います」などとカッコのいい大見得を切った。それなら結婚指輪くらいは買って頂くのが当然である。彼はどこでどう工面したのか、ケシ粒ほどのダイヤがポチポチと並んだ結婚指輪で私の指を飾ってくれた。

二年経ち、三年経ったころ、彼はケシ粒くらいのダイヤを米粒ほどのダイヤに買い替えてくれた。五年経ち、十年経って、米粒は小豆粒になり、私は、夫の歴史が刻まれた結婚指輪を大切にしていた。いたというのはヘンだが、私はその指輪を、ある時、ある場所の、とんでもないところへ落っことしてしまったのである。ある時というのは昭和四十七年の四月で、ある場所というのは空の上で、とんでもないところというのは飛行機の洗面所のウンコ溜め、である。

そのとき私は、大切な婚約指輪と結婚指輪のふたつを洗面台の奥のほうに置いて手を洗っていた。

「オ、ゆれたな」と思ったとたん、二個の指輪はピョンピョコピョンとジャンプして、アレ！　という間にポチャンとウンコ溜めの中へ消えてしまったのである。私は呆然となったが、なんせ「夫の執念のかたまり」の指輪である。私はションボリとしてパーサーに打ちあけた。パーサーは「ウーン」と唸って天井を睨み、なぜかバケツと大量のオシボリとビニールを持って洗面所へ消えた。

二十分も経った頃、洗面所の扉が開いた。ニッコリと顔を出したパーサーの指先に、二個の指輪が入ったビニールの袋がゆれていた。ウンコ溜めをくぐってきた二個の指輪は、いまも並んで私の薬指に光っている。いよいよ、夫と私は臭い仲になった、というわけである。

日本国にダイヤモンドがお目見えしたのは明治三年ごろという。尾崎紅葉の代表作といわれる『金色夜叉』は明治三十年に書かれたが、貫一と宮の仲を引き裂く「悪魔の先達」に、二カラット三百円の金剛石《ダイヤモンド》が登場している。

当時の米価は一升十銭であった。現在今日の米価は内地米で一升七百円、ダイヤモンドは一カラット五百八十万円ということだけれど、最高の品ならもっと高価な筈である。宝石の値段ばかりは、一カラットが五百万円だから二カラットで一千万円という単純なものではない。

カラット数が大きくなるほど希少性が増すために、その値段も飛躍的にハネ上がる。

あたりまえなのかもしれないけれど、どこか理不尽な気もする話である。日本の既婚婦人の八〇パーセントは婚約指輪を持っていて、その半数以上がダイヤモンドだということだが、ウンコの洗礼を受けた指輪を持っているのは、たぶん、私一人だろう。

雀の巣

たった一度会っても忘れられない人と、何度会っても印象すら残らない人がいる。小針《こばり》さんは鳶《とび》者の一人である。わが家が新築した時に雑仕事いっさいを引きうけて、人の陰にかくれるようにして黙々と働いた。骨おしみをせず、仕事が親切で、気性はさっぱりとしていて、私たちはすぐ小針さんを好きになった。紺のハッピにパッチをつけ、紺の地下足袋というこしらえはイナセで彼によく似合ったが、角刈りの下に光る一方の目が寄り目であった。それを意識するのか、話しかけると後ずさりをしながら横顔をみせるのがくせだった。小さい頃から高い所へ上るのが好きで鳶になったと言い、自分の手で自分の家を建てるのがたった一つの願望だと聞いた。わが家が完成するまで、せんべいぶとん一枚、はだか電球一つで屋根裏で夜番をしていたので、女中さんたちも私たち夫婦も小針さんと別れるのが淋しかった。

その小針さんがこのお正月にヒョッコリと台所口から顔を見せた。家中がなつかしがって台所へ集ると、彼は久し振りに例の横顔をみせてはにかんだ。このつぎに来たら、お風呂場のエントツに住みついた雀の巣を取りのぞいてもらう約束をして、お年玉の袋を押しいただきながら彼は帰って行った。

それから三、四日たった大雨のつぎの日、小針さんは突然死んでしまった。横浜の方の建築場で崖くずれの下じきになって、即死だったそうである。大勢の鳶の人達の中で、小針さん一人だけが死んだ。ただでも足場の悪い建築場で、とっさの崖くずれに小針さんの目は逃げ場を失ったのだろう。あの目のために高い所へ上りたくて鳶になった彼はあの目のために土に埋もれて死んだ。

お風呂場のエントツの中で、今日も雀がカサコソと羽音をたて、チュンチュンと鳴いている。私たちはこの頃もう雀のことをいわなくなった。いくらいっても、小針さんはもう雀の巣をとりには来ない。他の人には、とって欲しくないような気もする。雀が火傷でもしないかぎりエントツの中へ置いてやろうと思っている。私たちは彼の名前も年も知らない。けれど、あの横顔だけが胸の中に焼きついて離れない。

学

ピエロの素顔

百連勝をめざして、タンクのように堅固な歩みをみせていた横綱双葉山が昭和十四年の春場所四日目に、六十九連勝で新進安藝ノ海に敗れ、両国の国技館は沸きに沸いた。しかし、国技館を出て家路に戻る人々の興奮はやがて醒めた。なぜなら、人々を待ちかまえているのは、大相撲の華やかさとは似ても似つかぬショボたれた現実の生活だったからである。

翌十五年には砂糖、木炭などが切符制や割当制となり、やがて米も配給制となって「お米の通帳」なるものが各戸に配られた。「パーマネントはやめませう」と、子供たちが街頭で叫び、「ぜいたくは敵だ」というポスターが町会ごとに配られた。新聞やラジオの伝える戦況はいつも景気がよかったけれど、台所の自由を奪われはじめた人々の不安は、束の間の笑いを求めて、漫才、落語、ドタバタ喜劇などの劇場に殺到した。

「エノケン」「ロッパ」は、当時の喜劇界の両巨頭となって、その人気は果てしもなくひろがっていった。「エノケン」こと榎本健一は、大正十一年に十七歳で浅草、金竜館のオペラのコーラスボーイになった。オペラといっても、大衆オペレッタというか、つまりオペラ風喜劇のようなもので、いまようにいえばミュージカルコメディーである。大正十二年の関東大震災で金竜館が焼失すると同時にペラゴロ文化も消滅。その後エノケンはカジノフォーリーの創立に参加。プペ・ダンサント、オペラ館、さらに浅草松竹座を経て「エノケン一座」の座長となり、昭和九年、P・C・Lと提携して「エノケンもの」といわれる映画に出演、次第に喜劇俳優としての人気を集めていった。

あくまで下町的なギャグやアドリブに徹したエノケンとは対照的に、「ロッパ」こと古川緑波は、華族出のインテリ役者？　というか、歌ひとつ歌うにもテノールの本格派で、ロッパ一座の出し物は、ロッパ好みのセンチメンタルな山の手向きの喜劇が多く、エノケン、ロッパの客層は実にハッキリと分かれていた。

舞台に映画にしのぎをけずるこの二人、さぞや犬猿の間柄とは思いのほかで、ロッパはエノケンの大ファン。浅草時代から友人を誘ってはせっせとエノケン見物に通いつめ、「これぞ、まことのコメディアンなり」と称賛。「喜劇論」をぶって得意になっていたという。

私は、偶然にも、エノケン、ロッパ共に四本の映画で共演し、舞台もエノケンとは一本、ロッパとは二本共演している。彼ら二人は芝居も対照的だったが、劇場の楽屋や撮影所における態度もまた大いに対照的だった。

大酒飲みのエノケンは撮影の終了後にはスタッフと一緒に必ず酒盛りをはじめる。酒が入ると彼は豹変する。盃が乱れ飛ぶうちにやがてジキルとハイドよろしく人相までこわもてになり、ちょっと気にさわること、面白くないことがあると抜き身の日本刀などを振りまわしてスタッフを追いかけ回すという物騒なことになる。しかし翌朝は早々に撮影所の門の前に立って、スタッフの一人一人にペコペコと頭を下げて「昨夜の乱心は拙者の不覚」などと謝っている。そんな風景を私はよく見かけたものだった。

稚気というか、人なつっこいというか、無邪気な人柄がエノケンの身上とすれば、片やロッパは「学者先生」と呼ばれてもおかしくないほどの博識家で、撮影所でも常に貫禄十分。太って汗かきの彼は、一人の弟子には大ウチワで煽《あお》がせ、一人の弟子には氷入りの水さしとコップを持たせ、一人の弟子には化粧道具、一人の弟子にはデッキチェアを、と四、五人の弟子をひきつれて威風堂々のセット入り、という殿様スタイルであった。麻雀と美味しいものを食べるのが趣味で、なにごとにも凝り性というのか、敗戦後「進駐軍のアメリカ人と英語でわたり合うため」にはまず単語を知らなくてはならないと言って英語のコンサイス辞典を買いこみ、一日に一ページずつ丸暗記し、おぼえたページは片っ端から引きちぎって食べちまった、という話を当人から聞いて私はたまげたことがある。「しかし、丸暗記はしたけれども会話の役には立たなかったよ」と中学生のように照れて笑った顔が今も懐かしく思い出される。

晩年には料亭やレストランで、胸にナプキンをはさみこんで、たった一人で食事をしているロッパとよく出会ったことがある。「いろいろやったがね、美味しいものを食うときは一人に限るってことが分かった。気が散らないからね、ああ、ウマイ、ウマイ」と言いながら満足げに舌を鳴らしていた。

喜劇役者といわれる人は、例外なくといってもよいほど、生真面目で孤独な性格の人が多い。［柳家］金語楼《きんごろう》しかり、植木等《うえきひとし》しかり、渥美清《あつみきよし》しかり、藤山寛美《ふじやまかんび》しかり、伴淳三郎《ばんじゅんざぶろう》しかりである。

同じ役者のはしくれである私も、常に仮面をかぶった演技者としての自分と、個人であり、生身の人間である自分とのズレや食いちがいに、しょっちゅう腹を立てているけれど、喜劇役者の「ピエロに化けても化けきれない」残りのシラけた部分の処理はどうしているのだろう。人間らしく平々凡々でありたいと願う時でも、喜劇役者のおんぶお化けは、彼らにひっついて離れはしない。そんなモヤモヤ、イライラを聞いてみたって私には到底理解出来ないことだろうけれど、そこに「何か」があることだけは確かだと思う。

その「何か」は、目にも見えなければ、説明も出来ないけれど、日本刀を振りまわして暴れていたエノケンの真剣に怒った時の眼《まなこ》の中に、一人で黙々と食事をしていた時のロッパの姿に、それはあったと思う。哀愁とか孤独とかいう綺麗ごとの言葉ではなく、それは「見てはならないもの」だと、今、私は思っている。

今、映画史をひっくり返してみると、昭和十四年の一年間に、私は『美はしき出発』『娘の願ひは唯一つ』『頬白先生』『その前夜』『樋口一葉』『われ等が教官』『花つみ日記』『丹下左膳』『忠臣蔵』と、九本の映画に出演している。十四、五歳ともなれば、もう一人前の役者だから、子役時代のようにただフガフガと台詞をいってごまかしていればよいというわけにはいかないし、周囲もそれを許してはくれない。脚本のト書きに「海に飛びこむ」とあれば実際の撮影で、私は海へ飛びこまなければならないのである。『美はしき出発』ではスケートで氷上を滑り、『娘の願ひは唯一つ』では自転車を軽く飛ばし、『その前夜』では京都弁を流暢に喋り、そして『われ等が教官』では琴を弾く。どれもこれも私にとっては生まれてはじめての経験で、二、三日の特訓を受けるだけで、さもさも名人上手のように見せなければならないのだから、その練習に顎を出した。五歳で映画入りして以来、三百六十五日働きづめに働いていた私は、およそスポーツや稽古ごとには縁がなく、三輪車にすら乗ったことはなかった。それが、いきなり自転車だ、スケートだ、琴を弾けときては撮影の合間はもちろん、昼食時の休憩時間、寝る間もさいては特訓に特訓を受けなければカメラの前には立てない。旧日本海軍ではないけれど毎日が「月月火水木金金」の激しさであった。大学入試のガリ勉などの比ではない。

前進座との提携作品『その前夜』では、当時前進座座員であった若宮忠三郎《わかみやちゅうざぶろう》に京都弁の特訓を受け、寝言にまで京都弁が出て隣に寝ていた母を驚かした。しかし、心身共にこたえて、へばったのは『われ等が教官』の琴のお稽古である。

ある日、私は東宝音楽部の一人につきそわれて自動車に乗せられ、牛込の、ある日本風の家の中に放り込まれた。十畳ほどの薄暗い部屋に通され、しばらくして眼が慣れると、琴が二面並んでいるのが見えた。やがて、女の人に手引きされて和服姿の中年の男性が、「ハイ、こんにちは」と言いながら現れた。その顔を一目みた私は仰天、絶句した。私と向かい合って琴の前へピタリと正座したその人は、当時の箏曲界の神サマといわれた、宮城《みやぎ》道雄《みちお》検校《けんぎよう》その人であった。

「生まれてはじめて御対面した、このおそろしく長い琴という楽器を、人もあろうに、ミ、宮城道雄の前で弾けというのか？　そりゃあんまりだ、あんまりだよォ」と、心の中で叫んだけれどもう遅い。宮城道雄の両手がスウッと琴の上にのびて「さあ、はじめましょうか」と、やわらかい声が続いた。進退ここにきわまった私はおへそのあたりに力を入れて「お願いいたします」と頭をさげるよりしかたがなかった。

ピンと弾けば「いえ……」シャンと弾けば「オヤ……？」。そのたびに私の肝っ玉はボウフラの如くのびたり縮んだりした。全身が一個の巨大な耳と化している宮城道雄の前では一切ゴマかしというものがきかない。お世辞笑いも、てれ笑いも無用というより、そんなものの出る余裕さえない。恐ろしさと苦痛とで尻ごみをする私の足を、ひきずり、ひっぱたくようにして、それでも四、五日も通っただろうか？……。私はぶっ倒れる寸前になんとか「六段」の一節と「千鳥の曲」の一節を弾けるようになり、父親役の丸山《まるやま》定夫《さだお》の尺八と、私の琴の合奏場面は曲がりなりにも撮り終えることが出来た。

宮城道雄の稽古は厳しく恐ろしかった。けれども、全身がビリビリするようなあの緊張感と手応えには、ものを教わるという一種の恍惚感がたしかにあった。「ものを教わる」ということは「信心」のようなもので、生はんかな気持ちでは出来るものではない、ということを、私は宮城道雄という人を通してはじめて知らされた。

「巨大な耳」こと宮城道雄検校は、昭和三十一年六月二十五日、急行「銀河」のデッキから落ちて他界した。手引きもお弟子さんもついていながら、何故、検校が一人で便所へ立ったのか、なぜデッキから落ちたのか？　と、巷の噂に「自殺説」まで出たけれど、私は「自殺説」などとんでもないことで、誤って落ちたのだと言い切ることが出来る。

こと「箏曲」では神サマではあっても、日常の宮城検校は意外とユーモアもあり、少々たおっちょこちょいなところもあった。検校の眼は先天的な全盲であったのに、住み慣れた自宅の自分の部屋でさえ一人では見当を間違え、柱におでこをぶっつけてコブをこしらえたり、階段を踏みはずして転がり落ちることなどはしょっちゅうだった。勘が悪い、というより、立ち居振る舞いにはひどく無頓着で奔放なところがあった。検校の遭難を知ったとき、私は「あ、とうとう……」と、検校の例の無造作な歩きかたを思い出して溜め息をついた。

「興亜奉公日」という、旗日ではあるけれど休日ではない不思議な日が、この年の九月一日から決められ、毎月一日は、食堂、喫茶店はおやすみ。すべての人々が「日の丸弁当」というごはんと梅干し一個の昼食を強制され、学生の勤労奉仕が義務づけられた。笑い声は劇場の中や映画館の中だけになった。それも暗い闇の中の笑いである。

「笑い声」を作るための映画づくりの忙しさは、まさにピークに達した。この年、東宝映画だけで六十七本の作品を発表している。一カ月に五本強という忙しさである。撮影所の中は毎日火事場の如きありさま、シッチャカメッチャカの騒ぎの中で、私もかけもち撮影でフウフウいっていたある日のこと、文化学院の河崎なつ先生から、母と私は電話で呼び出された。

学校へ行ってみるとガランとした教室の中で、河崎なつ先生は私たちを待っていてくれた。そして首をかしげかしげ、重そうな口を開いた。

「文化学院が、いくら自由な学校でも、一カ月に二日や三日の登校日数では、進級させられぬ」

「このさい、学校をとるか、仕事をとるかはっきり決めてほしい」

「秀子さんは俳優として有望だから、学校をやめて仕事に専心したらどう？」

「よく考えて、返事をして下さい」

ということであった。

考える？　いったいなにを考えれば良いのだろう。私には考える余地もへったくれもありはしなかった。私が仕事をやめればその日から、母と私と、私の背中にしがみついている親戚たちは食うものも食えず路頭に迷うハメになる。俳優として有望であろうがなかろうが、私という金銭製造機が止まってしまったら、すべては一巻の終わりである。「ぜいたくは敵だ」という言葉が私の心に浮かび上がってきた。

「はっきりと決めたくなんかない」けれど決めなくてはどうしようもない。

「学校を、やめます」

私は、ハッキリと答えた。もう、二度とここへ来ることはないだろう、人っ子一人いない校庭は、私の眼にまぶしく、白っちゃけて見えた。

御茶ノ水から省線に乗り、新宿で小田急線に乗りかえても、私は母と口をきく気になれなかった。ただ、ひどく腹立たしく、腸《はらわた》がじわじわと煮えたぎるような、持ってゆき場のない怒りが、押さえても押さえても湧きあがってきた。しかし、一方ではまた、学校をクビになったことで、どこかがバチッと、ふっ切れたような気もしないではなかった。

「学校へゆかなくても人生の勉強は出来る。私の周りには、善いもの、悪いもの、美しいもの、醜いもの、なにからなにまで揃っている。そのすべてが、今日から私の教科書だ」。私は私をねじ伏せるようにして自分に向かって言いきかせた。口惜しまぎれのふてくされと思われようがなんだろうが、私にはこの道しか歩いてゆく道はない。私は流れる風景にむかって呟いた。

「それでは学校さんよサヨウナラ。一宿一飯ありがたくお世話になりやした。今日からワラジをはかせていただきやす。皆の衆もせっかくお達者で、ままよ三度笠、横ちょにかぶり、此処はいずこと馬子衆にきけば、ここは信州伊那の里……。心境としては時代劇だなあ」

私は、苦しいとき、悲しいときにはヘンにふざけてはしゃぐ癖があるが、このときは余程気が動転していたのか、こんな文句がスラスラと出てきて自分でもおどろいた。と同時に学校から三下《みくだ》り半《はん》をつきつけられて、はじめて私は自分の甘さにハタと気づいたのである。東宝映画は、私を俳優として必要であったからこそ、いうなれば敵方の松竹へのりこむという危ない橋を渡ってまで、私を東宝傘下へ呼び入れたのである。映画会社は慈善事業ではない。折角ひったくってきた俳優がのんびりと学校へ通っていたのでは商売にならないのである。私は一個の商品であった。商品が女学校へ行きたいなどとホザクのは、それこそ、ゼイタクの限りと言うべきだろう。

私は家へ戻ると、まだ真新しい学校の教科書を、屑屋ゆきの雑誌や新聞の山の上へ積み重ねてヒモでしばった。

私が文化学院をクビになったことは、藤本真澄その他の、ほんの二、三人にしか話さなかったはずなのに、噂はあっという間に撮影所中の、それも私を特別に可愛がってくれていた人たちの耳に入ったらしい。ということは、またまた私の「親代わり」が続々と現れたのである。

「学校もやめてしまって、無学な母親と二人暮らしでは教育もゆきとどかず、デコが哀れだ。女学校を卒業するまで、自分が親代わりになって、人並みな教育を与え、一人前の娘に育ててあげてから母親に返してやりたい」

というのがその理由であった。

親代わりの申し出をしてくれた親切な人は、東宝映画社長の植村泰二《うえむらやすじ》、入江《いりえ》たか子、千葉早智子《ちばさちこ》、男優のヘンリーこと大川平八郎《おおかわへいはちろう》、アーちゃんこと岸井明《きしいあきら》、そして演出家の山本嘉次郎の六人であった。

六人はよりより協議した結果「だれが引き取るにしても、まずデコの母親を説得しなければ」ということになり、俳優部の平尾課長がその使者として選ばれた。

平尾課長が成城のわが家へ訪ねてきたとき、私たち母娘はちょうど夕食を終えて茶の間に向かい合って座っていた。平尾課長の話が進むにつれて、私の胸はワナワナと震え出した。

嬉しくて震えたのではない。平尾課長の話は私にとっても初耳だったから当然ビックリはしたけれど、こんな話をいきなり持ち込まれた母がどんな反応を示すだろうか、テンカンでもおこしはしないかと、そのことのほうが恐ろしかった。

「こりゃ、一荒れくるぞ」

案の定、母の顔色は変わっていた。目は吊り上がり、白眼が真っ青に冴え、全身がわななきはじめた。ヒステリーの発作だ、と思ったとたんに母の唇が歪み、悲鳴のような泣き声と共に、支離滅裂な怒りの言葉が、平尾課長と私に向かってほとばしりはじめた。私に向けられた母の眼には疑惑の炎が燃え、母はどうやら、私と平尾課長がしめし合わせてこの話を持ち込んだのだと誤解をしたらしかった。

母は私たち二人の前に阿修羅のように立ちはだかって熱い息を吹きかけ、あげくは、平尾課長が私をそそのかしたのだろう、と問題はとんでもない方向へ転がりはじめていった。思わぬとばっちりを受けた平尾課長は私に目くばせをすると、さすがに不愉快な表情で立ち上がって帰って行った。

そして、当然親切な「親代わり問題」の話はぶちこわれた。母にとって、昨日まで「娘を可愛がって下さる良い人たち」だった六人は、今日から油断のならない誘拐魔となったのである。ことに使いに立った平尾課長は、私をそそのかした張本人？　と思いこまれて、母の心の底深く刻みこまれた様子であった。平尾課長は決して張本人ではなかったけれど、母の狂乱ぶりを目のあたりに見た彼は、私に哀れをおぼえたのだろうか？　事件後はつとめて映画に誘ってくれたり、夕食をご馳走してくれたりして、次第に私に親切をかけてくれるようになった。

「ぜいたくは敵だ」

私にとって、この言葉ほど意味深く、懐かしくもあり、憎らしくもある言葉はない。

ただ今自分と出会い中

私は毎朝、起きぬけにまず台所へ直行、夫のおめざのヨーグルトを用意し、次いでサイフォンにコーヒーを仕掛け、ミルクとコーヒーカップを温める。この手順は十年一日、変らない。いや、変らないはずだった。

ところがある朝、台所へ行ったは行ったが、何をどうしていいのかサッパリわからない。手は脳の出張所というけれど、脳からの指令がないから両手はダラリと下がったままである。私は呆然とつっ立ったまま呟いた。

「いよいよ来たか！　こりゃえらいこっちゃ」

私がはじめて「老い」を感じたのは四十五歳、髪に白髪を発見したときと、「ドッコイショ！」という思いがけない掛け声が唇から飛び出したときである。以来、坂道を転げ落ちる勢いで老化が進んだ。もの忘れ、持久力の低下、一日二個平均で出現する顔や手のシミ。歯医者通いも頻繁になった。私より一歳年下の夫は、もともと身体の出来がヤワなので私におとらず老化も激しく、夫婦そろって老化競走である。

私は五歳のときから五十余年間、映画女優の道をただひたすら突っ走ってきた。その間無遅刻無欠勤だけが自慢で、つまり「健康」だけが取り得だった女である。が、そんなことはカンケイない。鬼のような女でもいつかは老いる。これは老いてみなければ分らないことである。

人間の性格は、躁《そう》と鬱《うつ》のどちらかに分かれる、というが、私は生来、重度の鬱で、一見ハデの女優業には向かない性質である。女優生活の五十余年、私はただ「高峰秀子」というスクリーンの虚像につきあっていただけで、本当の自分との出会いを故意に避けてきたと思われる。実像と虚像は仲が悪く、実像は自分を押し殺し、ゴマカしながら、なんとかつじつまを合わせ、虚像はギクシャクとふてくされてジャーナリストの誤解を呼んだ。

私がようやく「自分らしい」ものになったのは、二十年ほど前からだろうか。脚本家の書いた台詞を喋るのではなく、自分の言葉で書いた雑文集も次ぎ次ぎと世に出た。借金もなく、平和な毎日である。そこへ「両手ダラリ」ときたからショックであった。ショックではない、老いは順序をふんで確実にやってきただけである。今後も私の背中にオンブお化けのようにピッタリと貼りついて、私をイビリ続けることだろう。老いは寸時も休まずにそのとがった爪の先で私の背中をつつく。作り慣れた料理の手順を間違える。腕時計を二個つけて外出する。「老いる」ということはなんと「忙しいこと」でもる。

ある。動作その他がすべて緩慢になるから時間がかかる。以前は三つ出来た用事が一つしか出来なくて「時間が足りないよぉ」とため息をつくこともしばしばである。

いつだったか、司馬遼太郎《しばりょうたろう》先生に、「もう、生きてるのアキちゃった」と言ったら、「そうかナァ、世の中そんなにアキることもない。例えば一人の人間をじいっと見ていたって結構面白いもの」というお返事がかえってきた。司馬先生の言葉は本当だった。私は現在、七十歳を越えて、日一日と老いてゆく自分に出会っている最中である。ボケ進行中の自分をじっと見ているのは結構面白い。次はどんなポカをやらかすだろうと、スリルもあってワクワクする。

「ただ今自分と出会い中」というこの文章を雑誌に発表して以来、女優がボケるのがそんなに珍しいのだろうか、「もっとくわしく書け」の、「ボケ日記を発表しろ」のと、注文が殺到したのでビックリした。

そこへまたまた『新潮45』の編集部から電話が入り、「二十五枚から三十枚ほど、どうでしょう」という衝撃の一言である。

「私のボケはいまのところ原稿用紙にして三枚半くらいです。まだ三十枚もボケちゃいませんよッ」

と、憎まれ口を叩いて受話器を置いたところへ、わが家の亭主がドタドタと二階から駆けおりてきた。

「大変だ。ボクも遂にキタらしい。いまカミソリ持ってヒゲ剃ろうとして鏡を見たら、カミソリと間違えて歯ブラシ持ってた。歯ブラシでヒゲが剃れるか！　あんまりビックリしたんでちょっと御報告まで」

と言いざま、またドタドタと階段を駆けあがっていった。が、そんなことくらいで女房の私までビックリしていたらとても身がもたない。この冬のホノルル滞在中の数々のハプニングだって相当なものでした。「年寄りはクサイ」と言っては日に何回もシャワーを浴び、「おしゃれをしないとジジムサイ」と、とっておきのイタリー製のTシャツを着たのはいいけれど、うしろから見たらポケットがついているではないか。「今日はまた変ったシャツですねぇ」と言ったらさすがにギョッとして、そそくさと着なおしていたけれど。それから、ひょいと台所へ入ったと思ったら、私が煮物用にと作っておいたコブとカツオブシのだし汁を麦茶と間違えて飲んじゃったし、眼薬と間違えて薄荷入りのうがい薬を眼に注《さ》して飛び上がったし、そうそう、外出どきには片時も離さない大事大事のセカンドバッグを中国料理店の椅子の上に置き忘れてきたときはさすがにショゲかえり、デパートに走ってコーチのショルダーバッグを買いこんで、肩からはすかいに掛けた姿は、どうしたって白髪老眼鏡にはそぐわない幼稚園スタイルだったわねぇ。ま、この私だってマウイ島の火山のてっぺんにハンドバッグを置き忘れてスタコラ帰ってきちゃったこともありますから、あまりひとのことは言えないけど。

結婚以来四十年も一緒に暮していると、夫婦はなんとなく似てくるものらしいけど、同じようにトシをとって（当りまえダ）ボケ具合まで同時進行するとは思いもかけないことだった。「アホらしい、考えたってしようがないことを考えるより、夕食の支度支度」と、近頃とみにたてつけの悪くなった身体をガタピシさせながら、私は台所に立った。

女にとって「台所仕事」は多分にボケ防止になる作業だと私は思っている。包丁と火を使うには終始緊張感がともなうし、気をぬいて作った料理の味はちゃんと気がぬけ、急いで作る料理の味は荒くて不味く、そのときの料理人の気分が即、結果となって現れるから油断がならない。献立をきめ、頭の中で調理の手順を組みたて、材料を手ぎわよく捌《さば》きながら、一品、また一品と料理を完成させてゆくのはなかなか気分爽快なものだけれど、例の「両手ダラリ」以来、細かい仕事をこなしてゆくかんじんの十本の指さきの動きが鈍くなり、調理のテンポが乱れてきた。冷蔵庫の扉を開けてはみたものの、「何を出すんだっけ？」と首をひねりながら扉を閉めるときの、言い知れぬ空しさは経験者でなければ到底理解ができないだろう。

冷蔵庫といえば、私が敬愛する、亡き谷川徹三《たにかわてつぞう》先生の「冷蔵庫の一件」を思い出す。夏の間、軽井沢の別荘に居を移して、浅間山やバラの作品に取り組んでいらした梅原龍《うめはらりゆう》だいた。

三郎《ざぶろう》画伯のお宅で、私はしばしば谷川先生にお目にかかり、夕食のお相伴もさせていた

夕暮れ。食事時間の一時間ほど前に、梅原邸に到着したタクシーから谷川先生はスラリとした長身を現し、夕食後もまた三十分ほどの雑談を楽しまれて、八時前には必ず沓《くつ》掛《かけ》の山荘へと戻ってゆかれる。その習慣はハンコで押したようにいつも同じであった。沓掛まではが、ある夜のこと、十時をすぎても谷川先生にお帰りの気配がみられない。沓掛までは車で一時間余り、私は夜更けの山道を登ってゆくタクシーが心配になって、おせっかいにも谷川先生に時間をお知らせした。と、谷川先生の眼元に浮かんでいた微笑がふッと消えて、意外な言葉がポロリとこぼれた。

「御迷惑とは思いますが、もう少しの間ここへ置いてくださいませんか。家内が眠るまで家へ帰りたくないのです。このごろ、外出先から戻る私に物をぶつけるようになりましてね、危ないのですよ」

私は、何度かお目にかかったことのある、ひっそりと控えめな谷川夫人を思い出した。谷川先生の原稿のチェックから清書、出版社との連絡など、先生のお仕事に関する諸事万端をとりしきる谷川夫人は、谷川先生にとって、「なくてはならぬ存在」と、いつか先生も仰言っていた。その夫人に、突然アルツハイマーの症状が現れ、急激に進行しているという噂を聞いてから、まだ半年にもならないというのに……。

「キッチンドリンカーというんですか、台所のコップ酒がいまは朝からになりまして、私に物を投げたり、暴れるようになりました」

それでもはじめの内は、正気と妄想の間をゆきつ戻りつの症状だったのが、ある日、谷川先生が外出先から帰ると、机の上に置いてあった新聞社に手渡す原稿が見当らない。大さわぎをして探したがみつからず、谷川先生は急遽原稿を書き直して〆切りに間に合わせたが、消えた原稿の行方が気になって、タンスの底から下駄箱の中まで覗いた揚句、ようやく問題の原稿をみつけだした。その原稿は、なんと、台所の冷蔵庫の奥深くに入っていた、という。夫人に問いただしても首を振るばかりでラチがあかず、

「いや、冷蔵庫の中とは驚きました」

と、谷川先生は低い笑い声を立てた。

谷川先生の外出中、なぜか不安に駆られた谷川夫人は、大切な原稿を胸に抱いて、一番安全な場所を求めて家中を歩きまわったにちがいない。そして、最も自分の目の届く台所の、しかも冷蔵庫の中が安全と判断して原稿をしまいこみ、扉を閉めたとたんに、いま自分がしたことさえ忘れてしまったのだろう、と私は想像する。

あの怜悧そのもののような谷川夫人が、玉ネギやキャベツの奥に原稿を入れている情景が目に浮かび、また、日々にこわれてゆく夫人の状態をじっと瞠めておられる谷川先生の心情を察して、私は頰のあたりがスッと冷たくなるような気がした。

私が、「老人性痴呆症」「アルツハイマー」という言葉を知ったのは、映画『恍惚の人』(有吉佐和子《ありよしさわこ》原作)に出演したときだった。時代の先取りに聡《さと》かった有吉さんが、当時はまだ人々に関心の薄かった「老人問題」を真っ向から提起した迫力のある小説で、忽ちにベストセラーになり、昭和四十八年に映画化された。

〝先妻に先立たれ、一人になった茂造は息子一家と同居する。が、痴呆症に冒された茂造は、失禁、妄想、徘徊などをくりかえす。嫁の昭子は舅の介護に振りまわされてヘトヘトになるが、いつの間にか舅に対して愛情にも似た感情が自分の心に芽ばえていることに気づく〟

というストーリーで、茂造を森繁久彌さん、昭子を私が演じた。

有吉さんは『恍惚の人』の執筆前に、国内、国外の老人施設や病院を駆けめぐり、老人学の勉強に六年間を費やした、という。

「小説に書いたアルツハイマーの症状なんて、ほんの一部なのよ。現実はもっともっと壮絶無惨で、私たちの想像もつかないことばかりなんだから」

と、数々のケースを話してくれた。中でも同性として哀切きわまりないのは、痴呆症にかかった家庭の主婦の行動であった。

彼女の年齢は六十七歳。料理上手で評判の、非の打ちどころのない主婦だった。が、ある夜更け、突然に寝床から起きあがった彼女は、居間に走ってガス栓を一杯に開け、台所のガス栓も開け放った。ガスの臭気が家中に広がり、家人が気づかなければ一家心中になるところだった、という。どうやらガス栓を閉めるつもりが逆に栓を開けてしまったらしく、その夜はさいわいにして事なきを得たけれど、二、三日後には再び就寝前に同じ事件が起きて、家族はようやく彼女の異状に気がついた。ある夕食のときには、「今夜は久し振りでお赤飯を炊いたのよ」と、砂利や小石の入った御飯を茶碗に盛りあげて家族を驚かせた。なにしろ台所を司る主婦だけに、どういう事態が起こるか分らない。家族会議を開く間だけでも病院に入ってもらおうとしたとき、台所に駆けこんで柱にしがみついた彼女は泣きわめいて抵抗したという。

痴呆症に冒された主婦のケースには何かと「台所」が登場してくる。振ればコトコトと音のしそうな萎びた頭の中にも、なお、台所の存在だけはしっかりと根をおろして動かないという女の性《さが》。女と台所……この「業《ごう》」にも似た関係は、ただ女性の本能という一言で片づけられるものではない。

ほとんどの男性は、結婚をしてもその生活の三十パーセントほどが「夫」というものになる。が、女性のほとんどは八十パーセントが主婦というエンドレスの賄い婦に変身する。「主婦」を辞典でひけば〝一家の主人の妻で家事をきりもりする女性〟とある。もっとも最近では結婚をしても家に俎板《まないた》もなく、包丁の代りに果物ナイフ一本という外食志向の若夫婦のシンプルライフもあるらしいが、それでも子供が生まれれば、ミルクを温めたりベビーフードを作るために台所に立たなければならないし、一生外食とインスタント食品ですます、というわけにはいかないだろう。

人間の嗜好は環境や、年齢とともに変ってくる。この私にしても、若いときには見向きもしなかったウドンや豆腐がいまは好物のひとつになっている。スープが味噌汁に、クロワッサンがお茶づけに、チーズが漬けものに移行することもあるだろう。どんな生活を送ろうが、なにをどう食そうが、その人の勝手だけれど、ある日、突然、異変が起こって、「今夜は家庭料理が喰べたい！」と夫に言われたときに、妻たるものは臨機応変、二、三品の家庭料理くらいはサッと作れるだけの才覚を持っていてほしい、と私はおもう。それすら「出来なーい」では妻でも主婦でもなく、単なる同居人にしかすぎないじゃないの、と、古人間の私は考えるのだ。

『新潮45』の四月号（平成五年）に、曾野《その》綾子《あやこ》さんが、「三坪の畑に青菜やソラマメ、葱などの野菜を作っている」と書いていられるのを読んで、私はニンマリと悦に入った。一芸に秀でる人はなんとやら……というが、小説を書くというハードな作業の合間に庭へ出て、こまめに畑の雑草などを抜いている曾野さんの姿は、御主人の三《み》浦《うら》朱門《しゅもん》さんでなくても惚れ惚れとするほどいい女にみえるにちがいない。このごろ、断固として「結婚なんかしない」と言い切る女性が増えているのも、家事、とくに台所仕事なんかメンドクサイからだそうで、経験もしていないのによくわかるものだと私はビックリするのだが、そういう人は本当に結婚しないほうが賢明だと思う。第一、夫は台所仕事よりもっと「メンドクサイ」存在だし、そういう女性はやがては夫を「ぬれ落葉」だの「粗大ゴミ」だのと呼ぶ無神経なオバハンになってゆくにちがいない。

昔の子供は、お母さんが味噌汁の具を刻むトントントンという軽やかな包丁の音で目をさましたものである。茶の間に味噌汁の匂《にお》いが漂い、チャブ台の前に坐ったお父さんが朝刊を広げる。それが私たち日本人の家庭の朝だった。商家の主婦は「おかみさん」と呼ばれ、しもたやの主婦は「奥さん」と呼ばれ、共に気働きと炊事が出来なければ女の中に入れてもらえなかったものである。そして、おかみさんや奥さんの他に、ほんのひとにぎりだが「奥様」という存在があった。奥様はその名のようにいつも家の奥につつましく控えていた。やんごとなき気品と一種の威厳に満ちていて、買物カゴをぶら下げてマーケットへ行ったり、御用聞きと口をきいたりはしない。家事に類することはすべて、お次ぎの者、つまり女中さんや下男がする。もちろん台所に入って炊事をするなどはもってのほかである。そんな奥様はいまの世の中にはひとにぎりはおろか、ひとつまみも存在しないだろうけれど、私は「奥様」という呼び名にふさわしい女性を二人だけ知っていた。お二人ともいまはこの世にないが、谷崎潤一郎夫人と、梅原龍三郎夫人である。

谷崎松子《まつこ》さんも梅原艶子《つやこ》さんも、美しい方だった。生涯和服の女性《ひと》だった。そして、台所へは入らなかった……いや、入れなかった、のかも知れないと私は思っている。

周知の如く、もと大阪船場、根津家の御寮《ごりよ》ンはんだった松子さんを、若き日の谷崎先生は半ば強奪に近い情熱で獲得し、真綿でくるむようにして雲の上に置いた。松子夫人の食事の給仕は先生自らがして、自身は下《しも》にさがって食事をする。松子夫人の期待に反して夫婦らしい睦み合いなどには程遠い、不可思議な日常であった、という。

「秀子さんには想像がつかないかもしれないけど、私は娘のころダンスの好きなおきゃんなモダンガールだったのですよ。そうなのよ。でもいまは谷崎の好みに合わさなければ、とそればっかり考えているでしょう？　ときおり、それらしい演技をしている自分にハッとすることもあるけれど……」

松子夫人は独り言のようにそう言って、谷崎好みのやわらかい友禅の肩をちょっとすくめてひっそりと笑ったことがあった。

昭和二十五年、『細雪』の映画化で私が末娘の妙子役を演じたのがきっかけで、以来、伊豆山の谷崎邸に何度か泊ったことがあったが、五人の女中さんを使って台所仕事をとりしきっていたのは三女の重子さん（細雪の雪子のモデルといわれている）で、私は松子夫人が台所に入るのを一度も見たことがなかった。エプロンがけのかいがいしい松子夫人は、たぶん谷崎先生の好むところではなかったのだろう。

梅原艶子夫人は、生涯台所へ入らないばかりかマッチもすれない奥様だった。

「オバアの奴はあんまりだ、マッチもすれない奴とは思わなかったサ」

と、梅原先生がからかうと、艶子夫人は、

「だって、結婚するときオジイが言ったのよ、ボクは個性の強い男だから、キミは白紙のままがいい。余計なことはいっさいしてくれるな、って……。だから私は何もしないことに決めたのよ……」

と、口をとがらせた。

先生と艶子夫人はほとんど見合結婚である。仲が良く、どこへ行っても先生のそばには必ず艶子夫人が大きな人形のように「なんにもしない」で控えていた。「なんにもしない」ということはまた、よほど強固な意志なくしてできることではない。私の観察したところでは、艶子夫人は先生を上まわる強い精神力を持った女性だった、とおもう。

その艶子夫人が、昭和五十二年の春、風邪から脱水症状をおこし、フッと消えるように亡くなって以来、梅原先生の日常生活はひどく不安定になり、まず食事時間がめちゃめちゃに乱れた。以前から、「ボクはもともとひるメシはいらないんだ、オバアにつきあってイヤイヤ喰っているだけなんだ」と仰言ってはいたものの、食事らしいものは一日にせいぜい一回、そのくせ夜中にとつぜん「サシミだ」「うなぎだ」と大さわぎになったりで、そうこうする内に、朝と夜がサカサマになってしまった。

梅原先生は、昭和四十七年、八十四歳で右眼の白内障の手術を受けた。手術は大成功で、当時は「向こうの山のてっぺんの木の葉まで見えるようになった」と大喜びをされていたけれど、身体の衰弱と共に絵筆を持つ力がなくなり、足も弱って、次第にベッドに入っている時間が多くなっていった。お見舞に伺うたびにお顔も身体も見ちがえるほど小さくなり、二間続きの御夫妻の寝室には、艶子夫人ではなく白衣の看護婦さんが控えていた。ある日のこと、電話で呼ばれて出かけてゆくと、珍しく応接間で三十分待たされた。「ベッドの中でヒゲをそり、髪を整え、パジャマを着更えて、おめかしが長びいてしまいましたので」と、秘書の高久さんが現れ、寝室に案内された。先生は私を見ると開口一番、「朝から何も喰ってないや」とニッコリなさった。時計は三時をまわっている。私はビックリして、先生の好物のキャビア、フォアグラ、オムレツなどを用意してもらい、「ギリにも召上がっていただきます」と、唇の中へねじこむようにしてスプーンを運んだ。先生は「ふふーん、ギリとは辛いものだなァ」とぶつぶつ呟きながら、それでも三分の一ほどはお腹に納めてくださった。

食後、夢ともうつつともしれないようなお喋りに耳をかたむけていたとき、先生はポン！　とオナラを落とした。と、先生は矢庭に高久さんと看護婦さんに、「廊下のガラス戸も窓も一杯に開けなさい！　早く、早く」と大声で叫んだ。私は「お布団が掛かってますから、オナラなんて平気です。窓を開けると風邪をひくからダメです。私はもう帰りますから」と、早々に立ち上がった。そして、その日が先生とのお別れになった。お別れにしたのは一方的に私が決めたことである。

梅原先生は昔から身だしなみのいい紳士だった。外出時には必ず口をすすぎ、三つ揃いの背広にラベンダーのコロンをプンプンさせていた方だった。その先生が人前でオナラを落すなんて、どんなに、どんなに恥かしかったことだろう。あの一瞬絶句したような先生の顔を、私は二度と見たくはないし、見てはいけない。先生も見せたくないにちがいない、そう思ったからだった。精神はいかに毅然としていても肉体の衰え、ゆるみは避けられないのだもの。

「死に顔をひとに見られるなんてマッピラだ。ボクが死んでも通夜や葬式は無用、死者が生者を煩わすことはない」

と、先生は常々仰言ってた。だから私は誰がどう思おうとお葬式にはいかなかったし、お墓まいりもしない。先生がイヤだということはしたくなかったし、お墓へゆけば先生の死が決定的になってしまって、私がイヤだからである。

梅原龍三郎先生は九十七歳で亡くなった。艶子夫人は八十四歳。谷崎潤一郎先生は七十九歳で亡くなり、松子夫人は八十七歳だった。谷川徹三先生は九十四歳で亡くなり、今年は私の仕事仲間だった俳優の笠智衆さんが八十八歳でこの世を去った。皆さんボケることなく十全に生きた。

ボケとはいったいなんだろう？　人間の細胞は、成人になれば一日に十万個が失われてゆく、という。ふつうの老人の物忘れは一、二年ではあまり変化がないがアルツハイマー症になれば数カ月中に急激に進んで脳の機能が失われてゆく、という。もちろん老いにも個人差があり、十人が十人ボケ老人になるというわけではなく、八十歳でもシャープで洒脱で魅力的な老人もいる。前記の方々がそのサンプルである。「例外ですよ。特別人間だもの」と言ってしまえばそれまでだけれど、私は、もしかしたら、その「例外」に近づく方法があるのではないか？　と一縷《いちる》の望みをかけたくなる。谷崎、梅原の両先生も谷川先生も、常に自分を高く持ち、あくまで自分自身にきびしかった。人を許すことはあっても自分を決して許さなかった。松子夫人、艶子夫人もまた、徹底的に御主人に従って、人生のコースが大幅に変更したかもしれないが、強靭な精神力でその生命を貫いた。

こうして文章にしてみてはじめてわかったことだけれど、人間に不可欠なものは、一にも二にも「絶え間のない緊張感」だと、私は今更ながら思い知った。緊張感にも個人差があって、四六時中緊張している人、ある事柄にのみ異常に緊張を覚える人、緊張なんざどこ吹く風、といった呑気な人、と、いろいろだろう。私は、といえば五十余年間の女優生活の間は、なにしろ人間相手の仕事だからのべつまくなしウッスラと緊張……

というか、気を張ってはいたようである。そして現在は初体験のボケ入門一年生だから、それなりの緊張感はないとは言えない。

ボケが進行して脳みそのヒダが乾燥椎茸のようになれば、緊張感などというものは全くカンケイなくなってしまうのだろうか？　ボケ老人はボケ老人なりに「ボケの歯止めはないものか」と、必死になっているのだろうけれど、私は、まわりの人々がおせっかいにも手取り足取りしてボケの進行を手伝っているような気がしてならないのだ。第一、老人とみると、会話に妙な幼児語を使うのが私は気に入らない。

「さあ、よーく嚙んでくださいねぇ、ホイホイのホーイと……あーらお上手にできましたこと、ハイ、次はお豆腐チャンですョ」

「おばあちゃん、お元気でいいですねぇ、きんさんぎんさんなんて顔負けですよ。いつまでも頑張ってチョーダイね」

といった類いで、ただもう、そらぞらしくて、気味が悪くて「よせやい」である。老人の中にはそうした猫なで声の好きな人もいて、「ハイハイ頑張りまーす」などと調子を合わせているものの、おなかの中では案外「このバカタレが」と、せせら笑っているかも知れない。もっと狡猾な老人は御機嫌をとってほしいあまりにわざと駄々をこねたり、ボケたふりをするかも知れない。いや「かも知れない」ではなく、私はこの眼で実際にそういう老人を見たのだから間違いはない。それは私の養母である。

母は七十歳のときにヘルペス（帯状疱疹）にかかった。脊髄をつたわったヴィールスに脳をおかされ、意識が戻ったとき、私の名前は「秀子」ではなく「オカーサン」になり、松山は「オトーサン」になっていた。そこへプラス老人性痴呆ときたから大変で、それまで営業していた料亭もたたみ、入退院が続いた。御承知のごとく、アルツハイマーの老人でも身体がピンシャンしていればいつまでも病院には置いてくれないから、今日は東へ明日は西へ、と病院を転々として、最終的には麻布のわが家の庭にある亭主の書斎に住んだ。アルツハイマーの症状は日一日と進行して、窓を開けて通行人に助けを求めたり、食事の直後に食事をせがんだり、風呂も便所もお手伝いさんの手を借りなければ用が足せなくなって、やがて半日以上はベッド暮しになった。様子を見にゆくたびに、ある日はメソメソとかきくどき、ある日は意味もなく怒りだし、まわりの人々は母ひとりに振りまわされてクタクタになった。

ある朝のこと、「仕事で出かけてくるからネ」と、ベッドでべそをかいている母に心を残しながら庭下駄をつっかけて外へ出た私は、何気なく振りかえって、ギョッとして立ち停まった。いまのいままでベッドにへばりついていたはずの母が、とつぜんケロリとした顔でベッドを下り、スタスタと洗面所に向かって歩きだしたのである。

「騙された！」

唖然として棒立ちになっていた私の胸もとに、嘔吐のような憎悪が盛りあがってきた。私の母は、世間の常識からは程遠い人であった。何十年にも亘る母娘の確執は単行本の上下にも書ききれないほどだが、あのときほど、心底母を憎んだことはなかった。

母は常日頃もなかなか芝居気のある人だったが、それにしてもあのボケぶりは完璧だった。私は過去に六十余りの女優演技賞を受賞したけれど、母の演技力には到底及ばない。

演技賞ものの母のボケ芝居以来、私はボケ老人をチラッと疑いの眼で見るようになった。人を観察するのが職業だった私は、母にはコロリと騙されたけれど、もう決して騙されはしないし、自分をも騙さない。いつぞや、「ガンよ傲るなかれ」という文章を読んだことがあったが、いまは、「アルツハイマーよ傲るなかれ」という心境である。

そして私の性《しょう》のぬけた身体とふやけた頭に向かって、「緊張、緊張」と号令をかけながら今日も台所に立ってキンピラゴボウを作り、たけのこ御飯を炊いている。

夏のつぎには秋が来て

ずいぶんと古い話になるけれど、昭和三十七年、私は徳田秋聲原作『あらくれ』の映画化で、ヒロインのお島を演じて「毎日映画女優主演賞」をいただいた。当時の賞は、かなりの権威があったのか、新聞にも大きく報じられたものだった。そのときも、ある朝開いた『毎日新聞』に、私の写真入りで受賞の記事が載っていた。が、それはどうでもいいとして、その記事の一段下の、見おぼえのある顔写真にふッと目をやった私は、思わず「あッ」と声を出した。それは「室生犀星《むろうさいせい》」の死亡記事であった。

私は室生先生とは面識がなかったけれど、作品は愛読していたし、つい最近も偶然になにかの雑誌で、『あらくれ』を見物した室生先生の感想文を読んだばかりだった。

「……たいていの女優は、ただ「女優」を感じさせるものだが、高峰秀子という人だけ、なぜか人間を感じさせる。今度のお島もまた、そういう印象が強かった。映画界で、稀有な存在だとおもう……」

『あらくれ』のお島は、原作によると、骨太、大柄で、牛のようにたくましく荒々しい女である。ところが私はあいにくと、骨細、小柄で、目鼻立ちの間取りもチマチマと控えめ、お島とは似ても似つかぬ肉体の持ち主で、どうにもならない。男とわたりあい、とっくみあいの喧嘩をするシーンなどはずいぶんと演《や》りにくくて閉口しながら演じたものだったから、室生先生のこの文章には心底、感激した。むやみと嬉しくて、よほど室生先生にお礼状でも書こうか？　と思ったけれど、なんとなく気おくれがして、そのままになっていたのだった。

室生先生の写真を瞠《みつ》めながら、私は礼状を書かなかったことを深く後悔した。そして、「人間の生命には限度がある。伝えたい気持ちは素直に伝え、会いたい人には素直に会っておくことだ」と、つくづく思った。

私は、子供の頃から映画界で育ったから、かなり人ずれがしている。会いたい、会いたくない、とは関係なく、人にもまれて成長したようなものだった。人の顔を見るだけでウンザリするようなこともあった。

「この世で、私が会いたい人って、誰だろう？」

いっしょうけんめいに考えた揚げ句に浮かんだ私の「会いたい人」は、なんと、「内田百閒」というガンコオヤジただ一人であった。

私が内田百閒の作品に夢中になりだしたのは、昭和十三年に、東宝映画、内田百閒原作の『頬白先生』（昭和十四年封切り）に、内田先生のお嬢さんに扮して出演した前後からだった、と思う。頬白先生、つまり内田百閒先生に扮したのは、いまは亡き「古川ロッパ」だった。百閒先生のお嬢さんになった私の琴と、これもいまは亡い「丸山定夫」の尺八で「六段」を合奏するシーンがあって、生まれてからただの一度も「琴」という楽器をハッキリと眺めたこともない十三歳の私は、いきなり宮城道雄検校《けんぎょう》の家に連れて行かれて「六段」を習うハメになった。

宮城検校は、昭和三十一年の六月に、刈谷《かりや》駅近くで、汽車のデッキから転落するという事故で亡くなった。車中にはお弟子さんや手引きの人もおり、早朝のことでもあり、ふしぎな事故なので、一時は「自殺では?」などという噂もあったけれど、私は、新聞でこの事故を知ったとき、すぐに「宮城先生は誤ってデッキから落ちられたのだ」と思った。私が「六段」を習いに宮城家へ通ったのは、ほんの十日ほどだったと記憶しているけれど、とにかく、内田先生も何度も書かれているように、私も、あんなに「カンの悪い盲人」に出会ったのははじめてだった。

シンと静まりかえった宮城家の、庭に面した奥座敷で、私が琴を前にして待っていると、やがて宮城先生がお弟子さんに手引きをされてソロリと現れ、「はい、いらっしゃい。お待たせしました」と言われるのだが、なにかの都合で、せっかちな宮城先生がお一人で二階から降りて来られるときもある。必ず、といってもいいほど階段を踏みはずして、ドドドと階下まで転がり落ち、廊下の柱におでこをゴン! とぶつけては「あいたッたッ！」と飛び上がる。そんなに広くもないお家なのに、毎日歩き馴れた家なのに、「まあ、なんて不器用な先生なのだろう」と、私はそのたびにビックリするよりも呆然として宮城先生を瞠《みつ》めたものだった。

宮城先生は汽車にゆられて早朝の三時、手引きの人を起こさずに、例によって不器用な歩き方で寝台車から手洗いにお立ちになって、手洗いとは反対のドアをお開けになったに違いない、と私は思っている。

映画『頰白先生』は、内田先生と映画会社の間でなにかトラブルがあったらしく、内田先生はヘソをお曲げになって、映画もごらんになっていない。

「僕が見なければいいと思つて承諾したのですが、それが評判になつたので困つた。他人の書いたものの滓を無理にしやくり出して筋を作るなんか、いけない事ですよ。文章道を汚し、映画の水準を低くするものです……」（四方山話）

と、お怒りになったり、

「……一時は人の顔さへ見れば『頰白先生』を持ち出して話の種にする客ばかりで閉口したが、いい工合にこの頃は下火になつた様である……」（映画放談）

と、安心なさったり、だけれど、映画『頰白先生』はたしかに好評で、演出の阿部豊、百閒役の古川ロッパ、そして私までが大いにホメられて面目をほどこしたのだから、皮肉なものである。

若者の読書といえば、当時は「志賀直哉」「横光利一」の洗礼を受けるのが相場だったけれど、私のヒイキはなんといっても「内田百閒」だった。子供のまま年を取ってしまったような、ナイーヴ、ガンコ、ワガママ、イタズラな文章がなんともいえず好きだった。

「高田さんはフエミニストですか。この間満鉄東京支社の上の『アジア』で西洋料理を食つた。僕は西洋料理は好きだから、いい御機嫌で出て来て、シヤツポやステツキを受取る所へ行つたら、すうつと女が前を通り抜けて行つた。人の前をごめんなさいとも云はないで、通つてしまふのです。それは女優の高峰何子とか云ふのださうでしたが、余程、突き飛ばしてやらうと思つたけれども、こちらが御機嫌がよかつたから我慢した。女に前を切られるなんて縁起が悪くてね。一体、さう云ふ不行儀な事が何でも普通になりましたね。」(百閒座談)

この文章を読んだときは、一瞬マッサオになったけれど、この「秋宵世相談義」が『話』に掲載されたのは「昭和十四年」である。昭和十四年では、私はまだ十四歳の少女で女優とはいえないし、十四歳のガキが満鉄の支社に用事があって行くはずもないし、行ったおぼえもない。「高峰ちがいかしら?」とも思ったけれど、まあ、そんなことはどうでもいいとして、私がもしも、偶然に内田百閒先生に出会ったりしたら、「すうつと通り抜け」るどころか、感激のあまりむしゃぶりついたかもしれない。そうしたら百閒先生はもっと仰天して卒倒したかも？　と考えると、おもわず頬がゆるんでくる。

昭和三十七年に、室生先生の死亡記事を見て以来、私はだんだんと、内田先生に会いたい、と思うようになった。そして、一度お伺いの手紙を出してみようか？　と考えはじめた。けれど、しかし、テキは世に有名な「禁客寺」の主である。寝不足でヘソの曲がっている日などに、吹けば飛ぶような私などがノコノコ出向いて行って、あの大目玉で睨《にら》まれてはたまったものではない。けれど、愛猫「ノラ」の失踪を悲しんで昼も夜もベショベショと泣き暮らし、体重が二貫目もへっちまった、という、人並みはずれた優しいところもあるらしいから、もしかしたら大丈夫かも？　と、私の心は千々に乱れてウロウロしている間に、早くも一、二年が経ってしまって、百閒先生は七十歳を越えてしまわれた。

ある日、私は思い切って、金釘《かなくぎ》流で手紙を書いた。

「私は高峰秀子という女優です。内田先生のファンなのです。一度でいいからお目にかかりたいのです。お願いします」

長ったらしいファンレターほど閉口するものはない、ということは、私自身の経験で先刻承知している、とはいうものの、なんだか電報みたいなへンな手紙で恥ずかしかったけれど、私は、「ええい、当たってくだけろだ！」とばかりにポストに放り込んだ。

それから二週間ほど経った頃だったろうか。ある日、ファンレターに交じって、白いたて長の封筒が到着した。封筒の裏には、小さな律義な字で「内田榮造」とあった。けいの細い便箋に、これも律義な字が並んでいた。

「……あなたとは、以前に一度、どこかの雑誌社から対談をたのまれたことがありました。その対談は、なにかの理由でお流れになりました。

そういうこともあったので、私もあなたにお目にかかりたいと思います。しかし、私の机の上にはまだ未整理の手紙が山積みになっており、また、果たしていない約束もあります。これらを整理している内に間もなく春になり、春の次ぎには夏が来て、夏の次ぎには秋が来て、あなたと何月何日にお目にかかる、ということをいまから決めることは出来ません。どうしましょうか。

内田榮造」

私は思わず吹きだした。まるで百閒先生のエッセイそのもののような、ユーモア溢れるお返事だったからである。

この返事を書かれたときは、よほど寝起きがよかったのか、大好きなお酒が入っていたのか知らないけれど、どちらにしても、このお手紙は、せい一杯に愛想のいい断りの手紙にちがいなかった。

「これ以上、しつこくしてはいけない」。私は、この一通のお手紙を私の宝物にすることで、百閒先生との会見はきっぱりとあきらめた。

室生先生の訃の日から、ちょうど十年目の、昭和四十六年に、内田百閒先生は八十二歳で亡くなった。

私の宝物の、たった一通のお手紙は、あまり大切にしすぎて、どこへしまったのか、どこを探してもみつからない。「こんなモノを後世に残しては、ロクなことはない」と、百閒先生がどこぞへ隠してしまったのかもしれない。

けれど私は、このお手紙を、まるで映画の台詞でも覚えるようにくり返し読んだので、全文を暗記してしまった。

さすがの百閒先生も、そこまではお気づきではなかっただろう。「うーむ」と、あの大目玉をムイて口惜しがったって、わたしゃ、知らない。

私の顔

顔も、目も鼻も、すべてが丸い、鼻の下が短かい、始末におえない童顔である。その童顔が商売の役に立ったときはもうとっくにすぎて、三十歳ともなれば、じゃまにこそなれ、プラスのプの字にもなってはくれない。

童顔だって人並みに年はとるのだし、シワも出来るのであるから、童顔にたよらず、童顔を克服してゆくというのが私の課題であると思っている。とにかくこの顔立ちではというので、役のイメージと、自分の顔があまりにもかけはなれている時の、残念無念さは、ちょっと例えようもないほどの、悲惨である。

その無理を、ええいッと承知の上でやり通してしまったのが『雁』のお玉である。原作にはたしか、うりざね顔とかあったようだし、あの文章は、どうしても丸顔のお玉は思い浮ばないように書かれてあったが、私のお玉は、読んで字の如く、日月ボールか、変り玉みたいなお玉であった。

最近では『二十四の瞳』の老《ふ》け役である。童顔のおばあさんだって、この世の中に存在しないという理由はないのだから、せいぜい他愛のない自然な感じの老けになれれば、と思ってことさらにシワを画いたりすることは止めて、ヒフが荒びて見えるようにドーランをまだらにつけるくらいにメークアップでは止めたが、それでも最大難関である、いと短かき鼻の下は出来るだけひきのばして、常に前歯が見えぬように話し方、笑い方に気をつけた。自分では老けているつもりでも、何かの拍子に、馬のような大きな門歯がニョキリと顔を出したりすると、どうみても舌切雀のおばあのようなご面相になってしまうのである。『二十四の瞳』は喜劇ではないから、私は大変恐縮して、厄介な馬の歯をひたがくしにかくした。

年を取ってまず第一にくずれるのは、口元である。歯が私のようにでっかく白くガンと万里の長城のように並んでいるのでは、外すのももったいないから困ってしまうのである。だからといって、自然に歯並びがガタガタになって口元がくずれてくるまで、老け役を待っているわけにもゆかない。幸い木下先生の配慮で、ゲラゲラ吹き出されるようなアップもなかったようであるが、それでもしょせん、無理は無理であったので、成功したとは思えないが、私には私なりの、こんな涙ぐましいなやみや努力があったことは認めていただきたい。

やけくそになっているわけではないが、この頃の私は、もはや顔についてはあまりこだわらぬことにしている。あまりの無理でない限りは、少しずつでもお芝居の方でそれを補ってゆきたいという、図々しくもけなげな心境である。

それにしても、何しろ映画界に百年もいたので、この顔も多勢の写真やさんにナメる如く撮られ尽して、私にはもう顔がなくなったのは悲しいことである。

役づくり

まず、原作を三度読む。

はじめは、原作全体の掌握。その次は克明に。三回めは私が演じる人物だけを抜き出して読む。これで原作とはサヨナラをして、映画化の「脚本」のでき上がりを待つ。原作にこだわりすぎると、手も足も出ない、という状態になることもあるからだ。

俳優の第一条件は、徹頭徹尾、柔軟な自分を持ち続けることだと私は信じている。

文学には文学の世界が、映画には映画の世界がある。文学は書き手と読み手の一対一の世界であり、映画は大きなスクリーンに向かって、共に泣いたり笑ったり、と、観客が複数で過ごす世界である。したがって、原作と映画脚本は大いに違う。映画の脚本は文学作品のダイジェストの場合もあれば、作品の中の一、二のエピソードをふくらませて書かれることもあり、すべては脚本家の胸三寸。でき上がりは、他人には皆目、見当もつかない。

原作を克明に読んだからといって、即座に役づくりができるわけではない。完成された映画脚本を受けとってはじめて、私の演じる何の何子と対面し、そこからようやく俳優としての役づくりの作業に入ることになる。

仮に、バスガールの役で、名前を花子としようか。私は、原作の花子と映画脚本の中の花子を重ね合わせた上で、いったん花子という人物をバラバラに解体してしまう。そしてそこへ、私なりのディテールを加えながら、レンガでも積むように土台の上に積み重ねていく。脚本の中の花子の台詞や行動で、花子の大体の性格はわかっていても、脚本に書かれていないかげの部分をしっかりと取りこんでおかないと、不安で演技ができないからである。

画面の中で演技をするのはほんの氷山の一角程度でも、花子の心中には寄せ集めたディテールの山がどっしりと居座っていなければならない。

日本の庭園には、必ず何個かの岩石があしらわれている。地面に出ている石の表面はほんのわずかでも、土の下にはその何層倍もの量が埋めこまれている。だからこそ庭全体に安定感があり、重厚さがただよう。手ぬきをして石を浅く埋めた庭は、一見して薄っぺらでお粗末な感じを受ける。演技も同様、不思議なものである。
・花子の年齢は、二十一歳？　二十三歳？
・中卒？　それとも高卒？

・家族構成は？　兄弟姉妹はいるのか？　一人っ子なのか？
・花子は月給を家に入れているのか？　入れているとしたら何パーセント？
・バスガールになる前の花子は何をしていたか？
・花子の趣味は、読書？　音楽？　登山？　手芸？　絵画？　パチンコ？
・おけいこごとをするとしたら、茶道？　書道？　華道？　語学？
・友人は多い？　それとも孤独が好き？
・なぜバスガールという職業を選んだのか？

これらの、一見どうでもいいような質問に答えを出しながら積み重ねてゆくうちに、花子のイメージは徐々にふくらんで、いつの間にか一人の女性像ができ上がってくる。おっと忘れていた、花子にはまだ顔がない。私は花子の首なし胴体の上に、唯一、手持ちの私の顔を最後に据える。

こうして、ほとんど完成に近い私なりの花子像を、再度、引き寄せては突き放し、突き放しては引き寄せながら、足りないところは補足し、不要なところは切り捨ててゆく。

このあたりまでくると、花子の息吹が聞こえるようになり、突けば花子の血が噴《ふ》くようになり、花子は自然に歩き出す。撮影現場でアドリブを要求されても花子はあわてないし、花子は自分の言葉で喋《しゃべ》れるようになる。私は花子の皮をすっぽりとかぶって、撮影所へ行けばいいだけになる。

他の俳優サン方も、それぞれに自分流の役づくりの方法を持っているのだろうけれど、私の場合は何十年もの間、下手な大工が自己流で家を建てるように、要領の悪い作業を重ねてきたわけだ。古風で鈍《どん》な俳優と思われるかもしれないが、いまさら、どうこうしようにも手遅れである。

高峰家から松山家へ五年の歳月がかかった

「なんじ、平山秀子は、神の制定によって、松山善三と神聖な婚姻を結び、神の教えに従って妻としての道を尽し、その病むときも、健《すこ》やかなるときも、常にこれを愛し、これを慰め、これを重んじ、これを守り、固く節操を守ることを誓うや？」

浜口牧師の、静かな宣誓に、震える声で「誓います」と答え、夢うつつにパイプオルガンの奏でるウェディング・マーチを聞いた、あの結婚の日から、早くも五年という月日が経《た》ちました。この五年間は、天下国家にはなんの関係もありませんけれど、私という一人の女にとってはなかなかに忙しく、次から次へと生まれてはじめての経験が現われて、毎日が飛ぶように過ぎてゆきました。

結婚したとき、私は麻布《あざぶ》の家に、運転手さんと二人の女中さん、二匹の犬と二羽のカナリヤと一緒に住み、すでに一家の主人だったわけです。そこへ、松山善三という、眼の色は美しいけれど、いささか栄養失調気味で頬骨コツコツとやせ衰えた男が、唯一のお財産である蔵書をタクシーに積みこんで、お嫁入り、じゃなかった、お婿さんにやってきたのですから、家の中はてんやわんやの大さわぎになりました。とりあえず、二階の寝室のとなりの小さなゲストルームへ本を運びこみ、新居ならぬ古家で新婚生活を開始したのですが、なにしろ、ちゃんと主人がいるところへもう一人の男の主人？　が増えちまったのですから、みんながとまどうのもムリはありません。習慣とは恐ろしいもので、それまで私は「お嬢さん」と呼ばれていたのですが、これがどうしても「奥さん」になってくれない。松山には「旦那さん」といっても、私はいつまでたっても「お嬢さん」で、旦那さんとお嬢さんが夫婦みたいで、これでは困ります。食卓のお魚はどうしても大きい立派なほうが私の前にくるし、電話も「モシモシ、高峰さんですか？」だし、クリーニング屋も、そばやの出前持ちも「ヘイ、高峰さん、お待ちどう様」とくる。私が「これからは、この家は松山です」と、百万遍、口をスッパクしてくりかえしても、回りはただマゴマゴするばかりで、私自身も疲れ果ててしまいました。そこで私はとうとう単独で革命を起す決心をしました。人生には何遍か荒療治が必要なときがあります。私の場合でいえば、昭和二十五年まで新東宝の専属俳優だった私がフリーランサーのハシリとして独立をしたこと、それから、人気女優としての座をオッ放り出して半年間パリの片隅でしゃがんでいたこと、などで、他人様にとっては別にどうということもないことでも、私にとっては相当の荒療治であったのです。

荒療治といえば、私は結婚と同時に、家庭を七分、仕事は三分と割り切って、大幅に仕事を減らしました。ということは、私はもともと苦手な女優稼業を一生続ける気はなく、結婚は一生の大事業だと思っていたからです。いえ、それよりも、結婚生活と女優は決して両立しない、ということが私には結婚をする前からよーく分っていたからなのです。女優という仕事は一見ハデにみえますが、そうナマやさしい仕事ではありません。結婚ウキウキ、仕事もカムカムなどという器用なことは、少なくとも私にはできません。五分五分でやれば、どっちも中途半端になってしまう、ということが分っていたからこそ、私は仕事を三分に減らしたのでした。話が横道にそれました。えーと、そんな事情が多々ありまして、私は三度目の荒療治にとりかかりました。たまたま、私が少女の頃に、これも十四歳で女中奉公にきてくれた「トヨさん」という人が、私の結婚とほとんど同時に良縁を得て結婚したのを機に、定年に達して、ちょっと眼と耳が弱くなった運転手さんにもやめてもらい、出入りのクリーニング屋さん、八百屋さん、乾物屋さんを他の店に代え、おまけに、戦後、英国人が建てたという我が家がオンボロの崩壊寸前になっていたのを、思い切ってブッこわして、新築をすることにしました。ここで先立つものの工面をしなくてはなりません。映画の出演料を前借し、土地を担保にして銀行から大枚を借りました。

結婚二年目には、松山があまりのガリ勉と、夜を日についでのシナリオ書きで、ついにダウンして腎臓結核になり、口述筆記という仕事が私にまわってきました。ああ、そうです。私のことばかり書きましたので、松山サンのこともちょっくら書きましょう。結婚した当時、松山サンの足、脛《すね》には一本の毛も生えていませんでした。男の脛は「毛脛」なんていう言葉もあるくらいで、たいていは毛が生えているものです。ノッペリツルン、とした松山サンの足は、私にとって、かなり気味の悪いものだったのです。それが、ガリ勉のために一年間机の前に座っていたら、ふしぎやふしぎ、フサフサ？　と毛が生えてきて、文字通りの「毛脛」になってしまったのです。松山サンの言葉によると、理由は簡単で、「いままで、ずっと助カントクをしていて、毎日走りまわっていたので、足の毛がズボンでスリ切れていただけサ」なのだそうで、私は「へーッ」とビックリしました。そういえば、撮影現場で私の観察した松山サンは、全くいつもマラソン選手のごとく走りまわっていて、かなりなモーレツ助監督だったようです。私もどちらかといえば、貧乏性というのか、いつもジッとしていられないタチですけれど、それを上まわる働きものの亭主にめぐり会えたことを、内心ホクホクと喜んでいます。結婚する前の記者会見で「ボクは土方をしてでも高峰サンを食べさせます」なんてタンカを切った彼ですが、こりゃ、もしかしたらホントかもネ、と、大いに期待しているところです。

石の上にも三年、といいますが、我が家がやっと高峰家から松山家になるまで五年の月日がかかりました。そしてこのごろでは私も「奥サン」と呼んでもらえるようになりました。

結婚五年めは「木婚」です。そこでサイフをはたいて、京都は柳の馬場《ばんば》の「初瀬川」という漆器屋《しつきや》さんにお願いして、最上等の根ごろの菓子鉢を作っていただいて、結婚式に出席してくださった方々に贈りました。皆さんも、私たちと同じに五年、お年を召して(当り前だ)、なんとか五年保った私たちの結婚を喜んでくださいました。ケッ作だったのは、私の大好きだった文藝春秋社の池島信平さんからの、菓子鉢のお礼の手紙で、

「御結婚五年。おめでとう。そして、お祝いの立派な菓子鉢をありがとう。このお礼を書くために、僕は三回も書きなおしをして、ハラを立てました。というのは、お祝い、と書くつもりがどうしてもお税《ぜい》になっちまうのです。僕がいかに税金に悩まされているか、ということを、僕自身が知ってびっくりしたわけです。

なにはともあれ、おめでとう。お祝いします。　　池島信平」

ということでした。

私たちも税金はちゃんと払っています。せっせと働いてはせっせと税金を払い、いったいなんのために働いているのか、ワケが分らなくなることもありますけれど、でも、税金が払えるということは、それだけ働ける、ということなのですから、ありがたく思わなければいけないのかも知れません。

小さな辞典

主人にいわせれば、私は一種の欠陥人間だそうな。五歳から映画界というおとなの世界にはいり、バスや電車に乗ったこともなく、小学校もろくに行っていないから二けた以上の足し算もできない、へんな人間だというのだ。

たとえばの話、私が〝国語辞典〟を引くことを知ったのは、主人と結婚した三十歳の時だった。私は三十歳になるまで〝辞典〟を持つということすら知らなかったのである。知らない字をさがすときは、手当たりしだいにそこいらにある本のページをくってさがしていたのだから、われながらあきれる。

主人が中学のころから愛用していたという小辞典は、使い古されてぼろぼろになっていた。私は「きたねえ字引きだな」といいながらも、その辞典が主人の分身のように思えて愛着をおぼえた。とれかけた表紙を洋服の残りぎれで補修し、その辞典はその後も、主人の口述筆記をする私のそばから片時も離せない大事なものになった。

十余年も引きなれたせいか、辞典はすっかり私の手になれて、ぱらりと開けばぴたりとさがす字が現われるようになった。が、かどはすり切れて丸くなり、のりははがれて、一冊の辞典というより、一束の紙きれといったほうが似合うほど、辞典は疲れ果てて哀れな姿になった。まるでこわれものでも扱うように、そろりそろりとページをくっている私を見て「新しい辞典を買ったらいいだろうに」と主人は笑った。私は、もはや使用に耐えない古辞典に心から「ご苦労さま」と感謝して表紙を閉じた。

たくさんの辞典の中から主人の選んでくれた新しい辞典は、小柄なわりにずしりとした重量感をもって、私のものになった。私は小さな辞典からどんなにたくさんの字や意味を教えてもらったかわからない。そのつどの感謝や喜びは、万金にもまさるものだと思っている。私は、辞典に〝便利なもの〟という以上に、ある恐れのような感情を持っているのだ。辞典は私の宝。こんな子どもっぽい考え方そのものが、私が〝へんな人間〟といわれてもしかたのないゆえんなのかもしれない。

しょうゆの国ニッポン

「ヒコーキデ、ニッポンノナリタニツクト、イチバンハジメニ、カンジルノ、ショーユノニオイネ」と、アメリカの友人に言われて、私は「ヘエ……」とびっくりした。

「自分の国の匂い」などというものは、ふだん、あまり意識したことはないけれど、そう言われてみれば私も、インドやスリランカでは強烈な「香辛料」の匂いを感じたし、アメリカでは何処へ行ってもそこはかとなく「消毒薬」の匂いがただよっていたし、アフガニスタンやパキスタンでは一日中「羊肉の独特な匂い」がハナについて閉口したものだった。韓国へ行けば「キムチ」の匂いが、そしてベトナムへ行けば「ニョクマム」の匂いがするのだろう……。

私は、外国旅行をしたら、なんでもかんでも、その国の食べものを試すことが、その国を知る一番手っとり早い方法だと信じているから、いくら「しょうゆの国」から来たといっても、その土地にある日本料理店には、まず出向かないし、ホテルの部屋でこっそりと梅干や昆布をしゃぶって随喜の涙を流すほど、和食にはこだわらないほうである。

とはいう私も、実は外国旅行をするときに、必ずスーツケースにひそめてゆくものがひとつだけある。それは、日本国最高の調味料「しょうゆ」である。

最近のしょうゆの人気はすさまじく、もはや世界の味になりつつあるけれど、でも、世界中のレストランに常備されている、というところまではいっていない。外国の味にゆきづまった時、私は目玉焼きにチビリとしょうゆを垂らしてみたり、ステーキやマトンの料理にタラタラッと垂らして、一人ひそかに会心の笑みを浮かべる。

三年前にエジプト旅行をしたときも、私は、化粧水を入れるプラスチックの容器にしょうゆを入れて、常時持ち歩いていた。同行の私の夫・ドッコイをはじめとした男性四人は、毎回、私がホテルの食堂に現れるたびに、私のハンドバッグのあたりにチラリと流し目をくれて、期待に燃えた表情でニッタリと笑ったものだった。瓶ごと渡そうものならしょうゆはアッという間になくなってしまうし、第一、テーブルにのせるのはコックさんやボーイさんに失礼だから、私は誰も見ていないときに、それこそ、目にもとまらぬ早業で、みんなのお皿にチョチョッ、としょうゆを振りかける。この作業はなかなかに熟練を要するから、真似をしようったって無理である。シシカバブも魚のグリルも、たったひとしずくのしょうゆによって、コロリと味が変わるのが、まるで魔法のようで、今更ながらしょうゆの威力に、野郎たちはビックラした様子だった。

十年ほど前から、私たち夫婦は夏とお正月だけホノルルで暮らす習慣にしている。ハワイの人口九十万人の中の二十五万人が日系人だから、もちろん日本料理店も多いし、たいていのレストランでは「ソイ・ソース」と注文すれば直ちに卓上瓶が出されるし、スーパーマーケットにも沢山のしょうゆが売られている。

わが家は小さな貸しアパートで、台所もついているから、私はホノルル滞在中は一日中おさんどんで忙しい。食事のレパートリーも少なく、適当に手ヌキもするところから、おいしいしょうゆの力を借りなければニッチもサッチもいかないのである。

したがって、ハワイ出発に当っては、他のものは忘れても、大瓶のしょうゆ二本だけは必ず自分でブラ下げてゆく、という、こだわりようである。ホノルルのマーケットに並んでいるしょうゆを信用しないわけではないけれど、日本からホノルルくんだりまで、船でチャッポンチャッポンとゆられてゆくしょうゆよりも、少しでも新鮮なしょうゆを、とこだわるのである。(ガンコだねぇ)

ハワイの魚というと「MAHIMAHI(しいら)」という、ひどく不味《まず》い魚を思い浮かべるけれど、下町の魚屋に足を運べば、「AHI(鮪)」も「AKU(鰹)」、鯵、タコ、カニ、水族館からかっぱらってきたような、名も知れぬ極彩色の熱帯魚もゴロゴロズラズラと並んでいる。ハワイの魚の最高スターは、なんといっても、コナで獲れる「コナクラブ」というカニと、「ONAGA」という魚である。コナクラブは巨大なシラミというスタイルだが、タップリとした身がほのかに甘くて絶品だし、「ONAGA」

は、ほんのりとした桜色ですらりとした姿も優雅、味は鯛とスズキの合い子、と言ったらいいだろうか、さしみにすると、これまた絶品だし、チリもおいしい。

それにしても、ハワイの魚は、日本の魚屋サンのように、小ぎれいな切身になんかなってはいない。どれも一匹まんまの目方買いか、鮪や鰹も一ポンド幾らの塊で売られているから、アパートへ持ち帰ってからの始末がたいへんで、「それ、出刃だ」「やれさしみ包丁だ」と、大さわぎになる。

あやしげな手つきで「ONAGA」をおろし、さしみに造って盛りつけて、やっとテーブルに運んで、ポン！　とさしみしょうゆをそえるとき、私は、つくづくと思ってしまうのだ。「ああ、私はやっぱりしょうゆの国の人間なのだなァ」と。

死んでたまるか

私たち夫婦が「人生の店じまい」について考えはじめたのは、四十歳も終りのころだった。

自由業の共働きで子供もなく、至ってノンキな生活だから、何時《いつ》どこでどう死んでも、どうということはないが、それだけに、もし二人が同時に事故などで命をおとした場合には、必然的に他人《ひと》さまの手をわずらわせることになる。私たちは似たもの夫婦というのか、他人さまに面倒をかけるのが「死ぬほど辛い」という性格で、自分のことは自分でせよ、という生きかたを通してきただけに、日頃ロクにおつきあいもせず義理を欠きっ放しの知人、友人に、「あと始末だけよろしくね」では、あまりに虫がよすぎて心苦しい。

人間の成功には「チャンスと努力とサム・マネー」というチャップリンの名言があるけれど、人生、店じまいの支度をするにもやはり「サム・マネー」が必要らしい。

「第一、遺言ひとつ書いたって、しかるべき手続きが要るだろう、弁護士さんや立会人たのんだりサ」

「葬式代立て替えてもらっても返すアテもないしねぇ」

真面目《まじめ》一方で、金にならない仕事ばかり追いかけているような亭主と、すっかり怠けぐせがついて稼ぐ気などてんで無い女房が、アホみたいなことを言っている内に、早くも二、三年が過ぎた。

五十歳をすぎると月日の経つのが早く感じられる、というけれど、全くで、亭主の老化も駆け足で進み、ますます出無精になった女房がのらりくらりとしている内に、正月ばかりがせかせかと御用聞きみたいにやって来る。

私たちはようやく幕切れの近さを感じはじめた。

「具体的に、まず身辺整理からいくか」

という亭主の一言で、やっとエンジンがかかり、私たちはドッコイショと腰を上げた。

亭主は思うところがあったのか、責任のある役職をひとつふたつ退職し、山積する蔵書の整理をはじめた。

私はまず、三階の本棚にひしめいている五歳から五十年間に及ぶ映画の脚本と、膨大なスティル写真のすべてを、川喜多財団のフィルムセンター資料館に寄附することにした。

昭和五年ごろの脚本は日本紙の和綴《わと》じ作りで、日本映画のファンにとっては興味があるかも知れない、と思ったからである。

次いで、この機会に大幅に処分するべき家具調度から皿小鉢に至るまでの物品のリスト作りにかかった。

私は少女のころから古い物が好きで、骨董とまではいかないが家中に古物がひしめいている。その古物の中に、これも相当に古びた私が居坐っているから、わが家はまるでお化け屋敷である。中でも多いのが食器類で、十人前のお椀《わん》やら六人前のディナーセットやらが天井裏まで這いのぼっている。

「部屋があるから人が泊るのだ。人を招《よ》ぶから食器が要るのだ。整理整頓芸の内!」

私はブツブツ呟きながら、リストの最初に「ディナーセット百三十ピース」と書き入れてホッとした。

私は亭主に整理魔と言われるほど、ゼッタイに必要以外の物は家に置かない主義だが、それでも人間五十年も生きていればじわりじわりと物が増え、そのひとつひとつに何かしらの思い出がしみこんでいる。この際、家中に澱《よど》んでいる澱《おり》を掃き出して身軽になるのも悪くない。

パリの蚤《のみ》の市《いち》から大切に持ち帰った飾り皿、ハンガリーの骨董屋でみつけた古い鏡、ドイツの古道具屋から船で送らせた椅子《いす》やテーブル、イギリス製の優雅な飾り棚、そして美しいガラス類……。未練がないというのは建て前で、本音は歯ギシリするほど口惜《くや》しい。が、それらを肩にひっかついで墓には入れない。
「身死して財《たから》残ることは智者《ちしゃ》のせざる処《ところ》なり……」と、私の敬愛する、なんでもかんでもいい、いい、いいと見苦しのオッサン、吉田兼好の『徒然草《つれづれぐさ》』にもあるではないか。物への執着は捨てて、物にまつわる思い出だけを胸の底に積み重ねておくことにしよう。思い出は、何時でも何処《どこ》でも取りだして懐かしむことができるし、泥棒に持っていかれる心配もない
……家財道具は三分の一に減った。

身辺整理にメドがついたころから、私たちは、今後の（老後の、というべきか）生きかたについて話し合った。

「生活を簡略にして、年相応に謙虚に生きよう」。それが二人の結論だった。気持ちを若く持つのはいいけれど、あちこちへ出しゃばってはしゃぎまわる体力は私たちにはもう無いし、もともと趣味ではない。

わが家はこの何十年来、私たち夫婦と二人のお手伝いさん、運転手さんの五人暮しであった。家は三階建てで九部屋ある。この家を現状のまま将来も維持してゆく自信など到底ない。

私は生まれつき貧乏性なのか、人気女優といわれたころも、大邸宅に住んで人を侍《はべ》らせ、豪奢《ごうしゃ》な生活をしたいとは一度も思ったことがない。

「賤《いや》しげなる物、居たるあたりに調度の多き……」は見苦しい、という文章に百パーセント同感で、自分の身丈に合ったこぢんまりとした住居でスッキリと寝起きするのが理想だった。しかし、たまたま私が映画女優というやくざな職業に就いたばかりに、私の生活は頑張れば頑張るほどスッキリどころかゲンナリするような方向に向かっていった。皮肉なものである。

人気女優にはまず「後援会」などというビラビラしたものが附着する。私の場合もまた例外ではなく、銀座のド真ン中に「高峰秀子事務所」が出来て、『DEKO』という月刊誌が発行された。雑誌の表紙やグラビア撮影のためのおびただしい衣裳がタンスからはみ出し、住居も引越しのたびに間数が増えた。

家が大きくなれば当然人手が必要で使用人も増える。一時はお手伝いが七人もいて、私はロクに名前も覚えられなかった。私の付き添い、養母の小間使い、和裁係り、庭係り、台所係りが三人で、まこと「家の中に子孫の多き……」で、わずらわしかった。

さて、問題のわが家だが、大きすぎるからといって不用な部分をノコギリで切り落すわけにもいかず、私は建築屋さんに「家を小さく改造」する見積もりを出してもらった。何分にも古風な教会建築なので今は職人も少なく、改造費は建てるより高い、という。

「ゲエーッ」とビックリしている内にまた正月がやって来て一年が過ぎていった。

すったもんだの揚句、半分やけくそで前の家をブッ壊し、念願の「終《つい》の住処《すみか》」が完成したのは昭和六十年であった。

私は今日までに数えてみたこともないくらい引越しをし、家も九軒建てた。このたびの「終の住処」が十軒目ということになる。

三人の従業員の解散、サム・マネーの調達、書斎、寝室、リビングキッチン、と、三間こっきりの新居の設計、と私たちは飛びまわって疲れ果てた。

建築中、ホテル住いをしていた私たちが新居に入ったのは六十一年、二月はじめの大雪の日だった。この家の最大の贅沢《ぜいたく》はセントラルヒーティングで、家中がぬくぬくと温かい。

「たいへんだったネ」

「たいへんだった」

「でも、サッパリしたネ」

「ああ、サッパリした」

私たちは、思い切り首をのばした亀のような顔をして、大きく開いた窓外の美しい雪景色を眺めた。戦いすんで、日が暮れて……という心境だった。

私たちは、あり金をはたいて最後の家を建てた。サム・マネーがあったからこそ、とはいうものの、そのマネーは、結婚以来三十余年、夫婦がわき目もふらずシコシコと働き続けて得たお宝である。そして、そのお宝のすべては「死ぬための生き方」のために費やされた。「なんのこっちゃい」と言いたくなるが、それが人生というものだろう。

入居当時は白いケーキの箱のようだった新居も、ようやくなじみ、庭に配置した木々もめでたく根づいた。と思ったら、常日頃「六十五歳死亡説」をとなえていた亭主が体力づくりと称してセッセとスポーツジムに通いだした。

「こんなにいい家が出来たのに、死んでたまるか！」

というのがその理由である。

「死ぬために生きる」のは、どっちに転んでも忙しいことですねぇ。

敬

菜の花

平成七年は、関西の大震災、そして世にもまがまがしいオウムの事件など、日本人にとっては心痛むことの多い、一言でいえばイヤな年だった。直接には関係のないような私でさえ、地震で家族や家を失った方々、特に、オウムのために命まで落とした假谷《かりや》さん、坂本弁護士御一家のいたましい死は、日がな一日私の頭の上に灰色の雲のようにドンヨリと居据わって、気分の晴れない日々をすごしていた。

パリに、五年余の単身赴任をして、東京に帰ってきた古い友人から手紙が来た。

「……日本という国の暮しにくさ、居心地の悪さをつくづくと思い知らされています。パリでの、なつかしい故国へ、というおもいは、もう断ちきれました。できるだけ早く、今度は家族と共にパリへ戻ろうとおもっています。高峰さんもいっそ日本を捨てて、パリへいらっしゃいませんか？　……」

その手紙を追いかけるようにして、つぎにはオーストラリア在住で、日本の大会社の支社に長年赴任している、これも古い友人から手紙が来た。

「昨年の七月に、出張で日本へ行きました。なにもかも荒れ放題で、おそろしいような日本に辟易《へきえき》して、早々にオーストラリアへ戻りました。高峰さんもおそろしい日本を離れて、優しく静かなオーストラリアにお住みになったら如何《いかが》でしょう？　ナリタから直行で八時間半です……」

二通の手紙の内容はほとんど同じだった。たとえおせじにしても、私のような者への優しい心遣いを心底ありがたいとは思ったけれど、まだ五十代の二人の男性とはちがって、私はもはや七十歳を越えた老女である。到底、パリやオーストラリアへ引越しをする元気も体力もない。東京は麻布《あざぶ》の一角に、老いたるガマの如《ごと》くしゃがみこんで、カラ元気をだして余生を送るより方法はない。

頭の上の灰色の雲は依然として消滅してはくれないけれど、さて、今年は子《ね》の年、私の年である。昔から子年は運の強い年だといわれている。せめて去年よりはいい年でありますように……と、念仏のように願っていた矢先の二月十日に、北海道、豊浜トンネル崩落という大惨事が起きてしまった。なぜ、日本という国は、あってはならないことばかりつぎからつぎへと起るのだろう。……めったに見ないテレビのスイッチを入れ、ラジオのニュースに一喜一憂し、ひたすら、トンネル内に閉じこめられた人々の無事を願っていた十二日の夜、今度は驚天動地、胸の潰《つぶ》れるような事態が起きてしまった。

私ども夫婦にとって、この世でいちばん大切な御方である司馬遼太郎《りょうたろう》先生の訃報《ふほう》である。

訃報が知らされたのはＮＨＫからで（いまおもえば、司馬先生の逝去《せいきょ》から一時間も経《た》っていなかった）電話口に出た夫はとっさに、「高峰はおりません。旅行中です」と言うなり受話器を置いたが、その顔は血が引いて別人のようだった。

「司馬先生が……亡《な》くなった」……。ベッドの中で本を読んでいた私は、いきなり平手打ちでも食ったようで、ただ呆然《ぼうぜん》となり、ものも言わずにそのまま布団《ふとん》にもぐりこんだ。頭の中が真白で、涙は出なかった。

電話のベルは執拗《しつよう》に、夜っぴて鳴りつづけた。

早朝にベッドから這《は》い出た私は、寝不足でグラグラする頭を抱えて、とにかく表へ飛び出した。過去の経験からいっても、テレビ、ラジオの出演交渉、新聞などのコメント、インタビュー、そして原稿依頼などの電話のベルから逃げきるには、二、三日の間、自分が消えてしまうより他に、方法はない。

デパートに入り、喫茶店に入り、スーパーマーケットに入り、と、私はやみくもに歩きまわった。

司馬先生が、亡くなった？……信じられない、信じたくもない。そのくせ、結婚以来三十六年間、御自分の存在など度外視して、すべてを司馬先生の人生の中に埋没することで一途《いちず》に生きてきた、みどり夫人のたまぎるような悲嘆……。

司馬先生を心から敬愛し、先生にぴったりと寄りそいながら、四年余りの間『街道をゆく』のさし絵を楽しげに画《か》き続けた安野光雅《あんのみつまさ》画伯の大きな落胆……。そういった、胸のふさがるようなことばかりがこみあげてきた。

二月十七日の東京は大雪になった。私は机の前に坐《すわ》って、私の単行本を何冊か手がけてくれた潮《うしお》出版社の女性編集者が、ファクシミリで流してくれた司馬先生に関する新聞記事のあれこれをぼんやりと眺めていた。ファクシミリは、切りとっても切りとっても、長い帯のようにとめどなくすべり出してきた。

東京新聞の「司馬遼太郎氏の作品一覧表」という囲み記事に、目が吸いよせられた。昭和三十五年。『梟《ふくろう》の城』（直木賞）とある。『梟の城』……なんとなつかしい本だろう。当時、『梟の城』の評判は最高だった。時代小説にはまるで興味のなかった私までが、売り切れをおそれて書店に駆けつけ、一気に読んだ。斬新《ざんしん》で、みずみずしくて、文章が魅力的で、びっくりするほど面白かった、というのが読後の感想だった。作者が司馬遼太郎という人で、私よりひとつ年上であることも知った。

のちに、その優れた作家と、わずかでも個人的な関わりあいができようとは、夢にもおもわなかったことである。

夢といえば、司馬先生の御席にはべっているときの私は、先生の上等な話術と、言うに言われぬ一種の華やかさと、嫋々《じょうじょう》とした雰囲気に魅せられて、いつもうっとりと夢見心地だった。その夢のさなかで書き散らした司馬先生の思い出が、次ぎのヤクザな雑文である。

人間たらし

結論から言ってしまえば、私たち夫婦にとっての司馬遼太郎先生は、大げさではなく「生き甲斐《がい》」ともいえる御方だと思う。

人間は誰でも、ただ、その人と同時代に生れたこと、その人と同じ空の下で同じ空気を吸っているのだ、と思うだけで心の支えになる、というアラヒトガミを心に持っているにちがいない。

司馬先生もまた、お目にかかれるのは一年に数えるほどだが、そんなことはどうでもいいことで、私たち夫婦の日常会話の中で、なにかにつけて、「司馬先生なら、きっと……」とか、「みどり夫人だったら……」などと、いと親しげにお名前を口にするだけで、ああ、とっても倖《しあわ》せ。太宰治《だざいおさむ》のカチカチ山の狸《たぬき》の台詞《セリフ》ではないけれど、「惚《ほ》れたが悪いか!」と、ひらき直っている心境である。

司馬先生の、どこがどう素晴らしいのか? ということは、司馬先生を知る諸氏先生がたがウンザリするほど喋《しゃべ》り、書いておられるので、私などがいまさら粗末な文章をひねくりまわしてもはじまらない。

ただ、なにゆえにこうした羽目になっちまったか、というキッカケだけ書けば充分ではないか、と思う。

昭和五十三年の春。中国ではじめて廬山《ろざん》が開放されたのを機に、桑原武夫《くわばらたけお》、小川環樹《おがわたまき》、橋本峰雄《はしもとみねお》、の諸先生、そして司馬遼太郎先生御夫妻の一行が中国を訪問されることになり、なぜか私ども夫婦もその末席に連なる光栄に恵まれたのだった。

上海、蘇州、廬山、南昌、広州、と、二週間余りの日々は、その楽しさもさることながら、毎夜、夕食後に開かれる「感想会」で先生がたの会話を拝聴しているだけで、万金の月謝を積んでも入れない教室に迷い込んだ如く、勉強になった。

あっという間に旅は終わり、一行は香港で解散した。別れは淋《さび》しい。とくに司馬先生御夫妻とはこれきりお目にかかる機会はないだろう……。けれど、そういう私たちの心を、まるで見抜くかのように、司馬先生が例の、優しくやわらかな口調でのたまうたのである。

「旅には終わりがありますなァ。でも、あなたがたとは、これが旅のはじまりだっていう気がするんだ」

どうやら私たち夫婦はこの瞬間に、カチカチ山の狸になってしまったようである。

ああ、この見事な、すさまじいほどの殺し文句。吉行淳之介《よしゆきじゅんのすけ》にいさんといえども到底及ぶものではない。司馬先生という方は一目でもお目にかかったら最後、どんな人間でもその魅力にひかれ、とりつかれて、われを忘れてしまう、というふしぎなオーラを持っておられるのだ。もしかしたら司馬先生は「人間たらし」の達人なのかもしれない。「女蕩《おんなたら》し」とか「蕩しこむ」という言葉があるけれど、司馬先生の場合は断固として「たらし」とひらがなでなくてはならない、と私はおもっている。

「旅のはじまり……」などというロマンティックな御自分の台詞に責任を感じてか、仕事以外の旅行に出る時間など全くない司馬先生御夫妻が、どこから時間をひねり出したのか、あまり頼りにならない私ども親衛隊をお供にハワイはホノルルへお出かけになったことがあった。司馬先生のおそばにはべるだけでしあわせ一杯というミーハーの私は、グリコのマークの如くただバンザイだけれど、きらめく太陽と爽《さわ》やかな風だけが取り柄で、あとは何ちゅうこともない俗っぽい観光地と司馬遼太郎大先生とはなんとなくそぐわなく、私は出発前から少々心配だった。

　案の定、ホノルルはシェラトン・ホテルのスイート・ルームにチェックインした司馬先生の表情には、心なしか戸惑いの色が見えたようだった。

「この旅行では、メモも鉛筆も持たないよ。テレビや新聞もみないで大いに怠けるんだ」

　とは仰言《おつしや》っていたものの、大いに怠けるなどという芸当が出来る司馬先生ではない。ホノルルで司馬先生の興味をひきそうなところといえば、ビショップ・ミュージアムとハワイ大学の図書館ぐらいのものだろう。とにかくハワイという島は、浮世のウサを忘れてアホになりに来るところなのだ。アホにはなれず、酒のみでも食いしんぼうでもなく、ゴルフも水泳もなさらず、ショッピングなどカンケイない司馬先生を、いったいどう取り扱うべきか？……まさかわがアパートの棚の上に飾っておくわけにもいかないし……。

とつぜん、わが夫ドッコイが、アパートの物置きからビーチ用の椅子《いす》をひっぱり出した。

「司馬先生を、海の見えるアラモアナ・パークへお連れしよう。この椅子に坐っていただいて、しばらくの間一人っきりにしてさしあげよう。僕たちはショッピングに行ってきます、と言って消えればいい」

ビーチ・チェアをかついだ夫ドッコイを先頭に、司馬遼太郎とその楽団の一行はアラモアナ・パークへと向かった。緑のカーペットを敷きつめたような美しく静かな公園には、枝を傘のように広げた見事な大木が点々と涼しげな影を作っている。夫は一番大きい木の下にしっかりとビーチ・チェアを据えた。

二時間後、両手に買物袋をぶらさげた私たちは再び公園に戻った。緑の中に、司馬先生の銀髪が風にそよいでいた。

「よかったよ。一人にしておいてくれて。おかげで次ぎの仕事の構想が全部できた」(あとで伺ったら、この構想が〝菜の花の沖〟という作品に完成されたとのことだった。そして、司馬先生は菜の花が大好き、ということも知った)

ニッコリとした司馬先生を見て、夫もニッコリと嬉しそうだった。

夫ドッコイは司馬先生を「動く百科事典」と呼び、先生と向かいあうと自分がチリ、アクタに思えて身がすくむ、と畏敬《いけい》の念に震えているが、一歩仕事をはなれたときの司馬先生は、やはり人の子、珍談、奇談にこと欠かない。

司馬先生は大阪の郊外に住んでおられ、月に一度ほどは東京へご来駕《らいが》になる。早朝に御出発というときは、前日の夜にみどり夫人が衣服をはじめ用意万端整えておく習慣らしい。

ある早朝、みどり夫人が洋服を着ようとすると、たしかに昨夜出しておいた真赤なスェタアがない。どこを探してもみつからないのであわてて他のスェタアを着用して東京行きの新幹線に飛び乗った。常宿のホテルオークラに落ちつき、司馬先生がトックリのスェタアを脱ぐと、その下にどうしたことか、みどり夫人が探していたスェタアも着こんでいらした、という。よくまァ、暑くなかったものである。

つぎは、新幹線の車中でのお話。

ふっと席を立たれた司馬先生がいつまで経っても戻らない。「トイレか、それとも煙草《たばこ》でも買いに……」と思っていたみどり夫人は、少々心配になってきた。隣りの車両へ行ってみると、先生が窓外を眺めながらお弁当を召しあがっている。

「どうしたんですか」

「どうしたって……弁当があったから喰ってる」

「私たちの席は、お隣りの車両ですよ」

「？」

目の前に年配の男性が立ち停った。

「ここ、私の席なんですが……あッ、それは私の弁当です！」

ほとんどカラになった弁当箱を抱えたまま、さすがの司馬先生も絶句した、という。弁当を買って返そうとしたが、電車は東京駅まで停らない。司馬先生は東京駅のホームへおりてからもその男性に平身低頭してようやく許してもらった、という。

つぎはオランダのホテルにて。

「一足さきに食堂へ行ってる」という司馬先生を追いかけて、食堂に入って行くと、先生は早くも朝食の真最中。なんだか様子がヘンなので、よく見れば、そこらへんに喰べちらしたオムレツの皿とか飲み残したコーヒー・カップなどがちらばっている。どうやら先客が立ち去ったあとのテーブルらしく、司馬先生はスイとそこに腰をおろしてバスケットに残っていたパンをムシャムシャやっていたらしい。こんな事態のときは、どういう朝食代の払いかたをしたらいいものか、とお供の者は頭を抱えたが、司馬先生は口をモグモグさせながら、テンとして動じる様子もなかった、という。やはり、常人を越えた「達人」とでもいうのだろう。

しかし、司馬先生といえども天は二物を与えなかった。頭の中は健康優良児でも、肉体的にはいささかのハンディがある。それは、この世の美味といわれているカニ、エビ、の類《たぐい》を食すと、ただちにジンマシンが起き、鳥料理を見ただけでも気分が悪くなるという哀れな体質を持っていられることだ。だから司馬先生を囲む食卓にはこの三種の美味は断固として出現しない。あのとてつもない銀髪は、先生の体質となんらかのカンケイがあるのだろうか？　と、私はいつもふしぎに思っている。

動物好きの人が、野良犬《のらいぬ》や捨て猫の前にしゃがみこんで、「ホラ、こいこい、おいで」と手をさしのべているときの、こよなく優しく柔らかいまなざしを、誰でも見たことがあると思う。

野良犬や捨て猫は一瞬、身を低くして警戒の体勢をとるが、やがて優しい眼の色にひかれてソロリ、ジワジワとにじり寄る。「お、きたか」とひとこえ、すくいあげるように抱きあげて膝《ひざ》に乗せ、「寒くはないか？」「ハラがへってるんじゃないか？」と、ゆっくりと背中を撫《な》でてやる……。

司馬先生は、犬や猫のみならず、どんな人間にでも常にこの眼で向きあった。ヨロイを着こんだエライさんとか、大先生と名のつく人には、ときおりその眼が鋭くきびしく光ることもあったけれど、いわゆるフツーの人々にははじめから心を大きく開いて、その人の言葉に熱心に耳をかたむけ、ざっくばらんなおしゃべりに時をすごすのが何よりの楽しみのようだった。

昭和五十三年の中国旅行以後、司馬先生は、新刊著書の送りさきのリストに私の名前を加えてくださったようだった。お礼状を書かなくては……と、もたもたしている内に、次ぎの贈呈本が到着する、という、仰天するような勉強ぶりであった。たとえハガキ一枚ほどの礼状にしても、先生の大切な時間をむしり取ってはならない。私にできることはただひとつ、「司馬先生の邪魔をしないこと」それだけだ、と私は思い、下手な礼状を書くことはあきらめて、その代りに、一年に一度だけ、先生のお好きな菜の花を送り届けることに決めた。

花屋の店さきに菜の花が素朴な姿をみせるのは、二月末から三月にかけての、ほんの四、五日の間である。うっかりしているとチャンスを逃がして来年まで待たなければならない。いつだったか、東京の花店から大阪の花店に電話で注文してもらったら、どうしたわけか黄色は黄色でも菜の花がフリージャに化けて到着したらしく、以来、大阪在住の友人の手をわずらわせて、黒門市場に入荷ホヤホヤの活《い》きのいい菜の花を司馬家まで持参してもらうことにした。

しかし、甘ったれの私は、ときおり、恥をしのんで私の雑文本を進呈させていただくこともある。『私の梅原龍三郎』(文春文庫)は、梅原画伯の思い出を綴《つづ》った、というより、写真集のような本である。梅原画伯の絵がお好きだった司馬先生に、せめて写真だけでも御覧いただきたい、と思ったが、先生は文章まで克明に読んでくださったらしく、私へのいたわりとはげましが行間に溢《あふ》れているようなお便りを頂戴《ちょうだい》した。

『私の梅原龍三郎』すばらしい御本でありました。梅原という巨人がよくわかりました。梅原紹介の文章はこの世に多いのですが、この本の右に出るものはありません。絵をかくためにうまれてきて、絵をかくほかは、絵をかく目をやしない、絵をかく体を養い、絵をかく舌をやしない、最初から世俗欲を超越していて、世俗のほうが、あとから息せききってついてきて、世俗が会釈《えしやく》するのをほどほどに無視し、ただ存在するだけでひとに畏怖をあたえ、しかもそういう自分に気づかず、しかものんきぼうずとしてゆるゆると世に生きた人の姿が、この本を読み、かつ見れば、あっと頓挫《とんざ》するようにわかってしまう。というのが、読後の、大いなる感想でありました。

松山さんによろしく。

私の二百三十頁《ページ》の本が、ハガキ一枚に凝縮された文章読本のようなお便りで、「高峰さんネ、ものを書くということは、こういうことなんだよ」と、やんわりとお叱《しか》りをいただいたようで、私は冷汗をかいた。

昭和四十六年からはじまった『街道をゆく』は、司馬先生の体力の続く限り、という予定のもとに、大勢の読者を楽しませた長期連載だった。

さし絵を担当したのは、オニの子供のような須田剋太《すだこくた》画伯である。御自分の考案だというポケットだらけの、御自分では得意らしいけど、他人が見るとかなり妙ちきりんな仕事着を着たヤンチャ坊主《ぼうず》のような須田画伯を、なだめたり、すかしたりしながら眼を細めていらした司馬先生は、まるで、須田画伯のお父さんのようだった。

オニの子供が、とつぜん鬼籍に入ってしまったのは、いまから五年ほど前のことだったろうか。好伴侶《こうはんりょ》を失った司馬先生の頰が、気のせいか少しソギ落ちたようにみえて、私は心配だった。

「司馬先生、やせたと思わない？」

「そういえば、そうだね」

「顔が小ちゃくなっちゃって、白髪の中に埋まっちゃった」

「同じようなトシだもの、司馬先生からみればボクらもいいかげんにしぼんださ」

「『街道をゆく』のさし絵、安野先生をとってても希望されてるんだって、司馬先生。

……そんなこと、チラッと聞いた」

「実現すれば素晴らしいけど、安野先生も秒きざみに忙しい方だしねえ」

「やってみる！」

「なにを？」

「安野先生に、直訴してみる」

安野光雅画伯とは、私の雑文本、七冊ほどの装釘《そうてい》をしていただいたという御縁で、ときたま食事をしたり、電話でノンキなお喋《しゃべ》りをする仲である。大好きな司馬先生の文章と、大好きな安野先生の絵が並んだところを想像するだけで、私の胸はワクワクと沸きかえった。

「とんでもないよ。司馬さんのさし絵なんてサ、おそれおおくって、おっかないよ」

「おそれおおいかも知れないけど、おっかなくなんてありません。とにかく、いい方なんです、安野先生だって一目会えばコロリと惚《ほ》れちゃうから」

「そうお？　そんなにいい方？」

「いい方、いい方。ひたすらいい方」

「秀子サンがそんなに言うんなら……でもさァ、司馬さんて紳士でしょ？　ボク行儀悪いからね、ヘソなんか出してるとこ見たら、司馬さんに嫌われちゃうんじゃないかしら……」

「安野先生のオヘソを見たくらいでビックリするような司馬先生じゃありませんよ。面白がって喜ぶかもしれない」

「ほんとォ？」

「ほんと、ほんと」

みかけによらず、少年のようにシャイでナイーヴな安野先生のお返事は、

「ボクでよかったら」

という、なんだかお嫁にでもいくような一言だった。バンザーイ。

私は飛び立つおもいで、司馬先生に報告の手紙を書いた。


『街道をゆく』のさし絵。安野光雅画伯から「ボクでよかったら」というお返事を頂戴しました。敬愛、私淑する両先生の、共同のお仕事が実現するとおもうと、一読者としてこんなに嬉しいことはありません。

追伸　下手な字の手紙で申しわけありません。司馬先生への手紙だと思うと、金《かな》釘流《くぎりゆう》を通りこしてこんなヒドイ字になってしまうのです。ごめんなさい。

『街道をゆく』のさし絵は安野光雅画伯と決定し、司馬先生からは長いお手紙も頂戴し

て、私はしあわせだった。

……高峰さんの字、いい字ですよ。割れた鐘をついてるみたいで、小生の自筆文字論（いま考えたばかりのネーミングです）としては、理想にちかい字です。小生も割れ鐘文字を書きます。子供のころ、父親からあざけられ、「いまに、日本はタイプの時代になる」と、言いかえしましたが、予言（?）どおり、ワープロ時代がきているのに、無器用で参加できません。ホラは吹かないことです。

安野光雅さんのこと、小生は望外のよろこびです。

「まさかなあ」

と、思い、交渉だけしてくれ、九九パーセントことわられます。といっていたのですが、多忙のなかでひきうけてくださって、これは御両所のおかげであります。このところ、人死多し《ひとじに》。小生の若いころから、変に頭をなでて下さった人はみんな死んでしまいました。桑原武夫、貝塚茂樹《かいづかしげき》、藤沢桓夫《ふじさわたけお》、井上靖《いのうえやすし》、宮本又次《みやもとまたじ》、それに山村雄一、そして須田剋太。

それに、年若の人で、開高健《たけし》（これはこっち側が帽子ぐらいをなでたかな）、近所のお医者の安住新太郎。

安住さんなど、ご自分が末期ガンなのに、小生、かぜがもとでいろいろあって、

尿閉（！　はじめてなり）になったのを、カテーテルでもって導尿して下さって、そのあと、

「あしたから入院します」

で、それっきりでした。故郷の鳥取の山でひろったトチの実を三つ置いて行って下さったのが、かたみになりました。

その後、当方はピンピンしていて、処置してくれた人のお葬式に参列していて、本当に世話はない。三つ年下でしたから、こっちがそこ（祭壇）にいるはずじゃないか、と思いました。

陰気なはなしですね。

陽気なはなしはなし。安野光雅大人《たいじん》が『街道をゆく』をひきうけて下さったぐらいのものです。

あの人、大変ご多忙ですね。近々、アメリカへ行って、スイスへ行って。アメリカでは、安野画伯のブーム相当なものだそうです。当然ですね。

松山医師は、〝尿閉〟ときいて学問的なお顔をなさるかと思いますが、ごく機械的なものなんです。あれはこっけいで痛いものですね。

追伸
追伸でいうのは、大変失礼です。黄色い花のこと、感謝々々。感謝このことであります。黄色い花を見ると元気がでます。黄色がすきな人は色狂《いろき》です、という話をむかしきいたことだけが、いつもかすかに気になりつる。

三月二十五日
司馬遼太郎

松山善三様
高峰秀子様

私の知る限り、いつも颯爽《さっそう》としてお元気だった司馬先生は、座談の中に「死」に関する話題をとりあげることはほとんどなかった。それなのに、このお手紙の中にとつぜん、司馬先生が大切にしていらした、いまは亡《な》き方々のお名前が記されていて、私はびっくりした。そして、「司馬先生はお疲れなのではないかしら？　少し休憩していただきたい」と思った。疲れた司馬先生が、安住医師から形見に残されたというトチの実を眺めていられる姿をおもい浮かべるだけでも、私は不安でたまらなかった。
文中、松山医師とあるのは、松山が岩手医専のおちこぼれということを御存知だったので、余計な心配をかけまいとの御配慮からのことだとおもう。

追伸は、たぶん私が年に一回お届けする菜の花のことで、菜の花のない季節にはしかたなく黄色いバラや蘭《らん》にしていたが、とにかく黄色い花がお好みだったらしい。

平成六年。私は潮出版社から『忍ばずの女』という本を出した。相も変らぬ雑文本だったが、内容は、はじめて書いたテレビの二時間ドラマのシナリオが大半を占めていた。それはどうでもいいとして、その本のあとがきに、私はこんな文章を書いている。

……六月に入って、シナリオ『忍ばずの女』の決定稿が台本になり、七月には総スタッフの本読み、立ちげいこを経て、ビデオ撮りが開始された。

単行本『忍ばずの女』の、安野先生の装丁画も完成した。絹地に画《か》かれた、匂《にお》いたつように優しい絵であった。と、今度は、この美しい絵にしっとりと納まる書き文字の題字が欲しくなった。人間の欲とは限度のないものである。

あたたかい字、素直な字、まろやかな字……。私は突然、寝室に駆けこんで、タンスから「私のお宝箱」を取り出した。中に入っているのは、司馬遼太郎先生から頂戴したお手紙やハガキである。どのお手紙にも、フグの白子みたいな美味《おい》しそうな字が、少しよろめきかげんに並んでいる。

「これ、これ、この字なんだァ」と、私の頭はフグの白子でいっぱいになった。が、司馬先生に「題字を書いてください」と直訴するほど、私は身のほど知らずではない。

司馬先生が、たとえ気まぐれに色紙の一枚でもお書きになったら最後、この世にゴマンといる司馬遼太郎信仰者たちは、小判や金の延べ棒を背中に司馬邸に押しかけ、門前市をなす、ということになるだろう。

青天のヘキレキは、七月二十一日の午後に起った。書留速達で到着した封筒の差出人は司馬遼太郎とあり、『忍ばずの女』という直筆が四通りも書かれた画用紙と、

「下手な字を所望されたご酔狂に感じ入って。同封。

われながらへたです。

四種のうちいづれでも。

司馬生」

と記された原稿用紙が一枚入っていたのである。あまりの驚愕《きょうがく》と感動で、私は腰がぬけて呆然《ぼうぜん》となった。

たしかに、この半月あまり、私は司馬風の書体を探し求めてウロウロと歩きまわっていた。「フグの白子、フグの白子……」と、念仏のようにわめいていた私の声

が、新幹線に乗って大阪へ行き、司馬先生のお耳に飛びこんだのかもしれない。そんなジョークはともかくとして、私の大きな喜びのかげには、大切な時間をさいて筆をとってくださった司馬先生はもちろんのこと、何人かのあたたかい御厚情が動いたことにまちがいはない。封筒の表書きに「書留速達」と記されているのはまぎれもなくみどり夫人の筆跡だ。ただ、感謝のおもいで胸がつまる。

私は毎朝、新聞の「今日の運勢」の欄を必ず見る。

七月二十一日のね年の運勢は、〝天の一角より鳳凰《ほうおう》飛び来《きた》る勝ちを制し喜び多し〟とあった。私はその新聞の切り抜きだけを便箋《びんせん》にペタリと貼《は》って、司馬先生にお送りした。

みなさんのお力を頂戴《ちょうだい》して『忍ばずの女』が誕生しました。ありがとうございました。

フグの白子を頂戴した私は、喜びのあまり、すぐさま新幹線に飛び乗って、大阪は下小阪の司馬邸へお礼にはせ参じたかった。常識からいってもそれが当然、なんのふしぎもない、だが、私は「待てよ」とはやる心を押しとどめた。司馬家の玄関さきで、一言お礼の口上をのべれば、こちらの気持ちはすむかもしれないが、「はァ、さよか」と、それだけで済ませる司馬先生ではない。例によって、お茶だ、食事だと先生をわずらわし、私がもっとも恐れる「先生の貴重な時間をかすめ取る」ことになる。行ってはいけない。礼を失することでお叱《しか》りをいただいても、先生の邪魔をするよりはマシではないか。

私は、単行本『忍ばずの女』と、黄色いバラの花束に、私の感謝の気持ちを託した。

〝忍ばずの女〟うれしく拝受いたしました。映画現場で働くスタッフさんが好きだという著者が、女優として、この人達のなかにノコノコと出てゆけない、というくだり、勢いのいい修辞を感じました。小生は戯曲のことがわかりませんが、こんどの作（こんどというのはアヤマリ、処女作ですね）成功しているように思います。「昭和六年春」に三輪車に乗った福子が、君鶴に〝ふうちゃんのお母ちゃーん〟とよぶくだり、いいですね。

文字のこと、フグの白子とよんでいただいてよろこんでいます。

安野さんの装釘《そうてい》がりっぱで、フグも人心地がついたような気になっています。

司馬生

司馬先生の、東京の定宿はホテルオークラだった。お仕事の打ち合せや面会は静かなバーを利用なさり、お食事は手軽なコーヒー・ショップや地下の日本料理（山里）でおすませになっていた。

　私の家からホテルオークラまでは歩いて十五分ほどなので、私もなにかとホテルオークラを利用することが多い。年に何度かはコーヒー・ショップや山里で、みどり夫人とお食事中の司馬先生をおみかけはしたけれど、テーブルまで押しかけての御挨拶《ごあいさつ》は御迷惑とエンリョして、司馬先生の銀髪をチラリと眺めるだけで「ああ、お元気でよかった」と安心していた。

　二年ほど前の秋、コーヒー・ショップで女性雑誌の編集者たちとカキフライを食べていて、ふと横を見ると、二メートルと離れていないお隣りのテーブルで司馬御夫妻が、やはりカキフライを召上っていた。「あ、司馬先生！」と思うと同時に、私はバネ仕掛けのように飛び上った。

「これはこれは、しばらくでしたねえ。あ、お仕事？」

「はい、もう終って、カキフライ」

「僕たちもカキフライ。高峰サン、このあと、三十分ほど時間ありますかな」

「はい。次ぎの約束までちょうど三十分くらい」

「じゃ、一足さきにバーへ行って待ってますよ。コーヒーはあっちで、ね」

「はい。あとから伺います」

　カキフライもそこそこに、薄暗いバーに駆けこんだ私は、久し振りに御夫妻におめにかかれた喜びで、なにをどうお話ししたかわからぬままに、三十分が過ぎた。

「高峰サン、つぎの約束はどこ？」

「文藝春秋の『ノーサイド』のインタビューです。あ、もう行かなくちゃ」

「じゃ、僕たちもそこまで……」

司馬御夫妻と私は広いロビーに出た。

振り向くと、司馬先生の姿がない。

「あらら、どこへ行っちゃったのかしら？」

「煙草《たばこ》でも、買いに……」

「あの人はね、ときどき理解に苦しむ行動をする人なのよ……」

キョロキョロしていると、私の正面から、「ノーサイド」の編集者らしい二人の男性が近づいてきた、とおもったら今度は私の背後から、

「『ノーサイド』の方ですか？」

と、司馬先生が現れた。ビックリしたのはノーサイドである。なにゆえにここに司馬大先生が現れたのかがとっさに呑《の》みこめず、手に持った名刺を司馬先生に渡したものか、私に渡すべきか、と、棒立ちになったまま、声も出ない。

みどり夫人が笑い出した。

「いまね、偶然、高峰さんとお会いして、お喋《しゃべ》りをしてたんですよ」

「文藝春秋なら、知ってる顔かな？　とおもって、あっちの方を探してたのよ僕……これからインタビューですってね。高峰サンを、よろしくネ」

司馬先生は、二人に頭を下げた。いや、私のために頭を下げてくださった。ありがたいことである。

「じゃあね、僕たち失礼するよ。高峰サン、またネ」

司馬先生は、私に軽くうなずいた。その温顔が、ストップ・モーションのように停止して、いまも私の眼の裏に貼りついている。

司馬先生のお元気な姿に接したのは、それが最後だった。

『週刊文春』二月二十九日号のグラビアに、びっしりと菜の花で囲まれた、司馬先生のお通夜《つや》の写真が載っていた。

先生が逝《ゆ》かれてから、十日余りが経《た》っている。もう大丈夫（なにが大丈夫かわからないが）と思ったとたんに、鼻の奥がツーンと痛くなり、眼の中が熱くなって涙が溢《あふ》れだした。メソメソはビショビショとなり、ワアワアとなってとめどのない号泣となった。

「ところで、司馬先生はいま、どこにいられるのですか？　菜の花は、来年も、さ来年も咲きます。

来年の菜の花は、どちらへお届けしたらいいのでしょう」

人間スフィンクス

私たち日本人の姿態容貌は、おしなべて、かなり貧相にして粗末な出来だとおもう。

いまから五十年も昔のことだけれど、半年あまりパリをウロウロしていた頃のある日、シャンゼリゼの大通りを歩いていたら、向うからひどくチンチクリンで貧相な女がヨタヨタと歩いてきたので、ありゃいったい何者だ？　と思ったら大鏡に写った私自身だったのでビックリ仰天したことがあった。当時、しゃれた洋服屋、帽子屋、靴屋などは通りに面した壁面を総鏡張りにした店舗が多かった。

以後、私は鏡の中の自分をにらみながら、めいっぱいにカッコよく歩くように努力し、パリから帰国早々に美容体操教室に通って、正しく（？）美しい歩きかたを習ったものだった。頭でっかち短足はもはや修復不可能でも、内股のチョコチョコ歩きはいくらか矯正されたようである。

女優という職業柄、フツーの人よりはずいぶんと大勢の人間に出会ってきたが、ときおりハッとするようないい顔をみたこともある。が、それらの人は、あるときは漁師のおじさんだったり、農家のおばあさんであったりして、優美端麗とはいえないけれど、与えられた人生を、あるがままに素直に生きてきた一種の気品のようなものがそのシワに刻みこまれていて、静かな、いい顔だった。美しく老いることは不可能だけれど、静かないい顔に近づくことはできる。人間の顔が「顔」になるか、単なる「ツラ」に終ってしまうかは、当人の心がけ次第、というところだろう。

私が今日まで生きた七十余年の間には、もちろん途方もなく立派で美しい風貌の男性にも出会った。作家の志賀直哉、画家の梅原龍三郎、中国の周恩来、映画の小津安二郎の諸先生である。

私がはっきりとこの目で小津先生を見たのは、昭和二十五年の小津作品『宗方姉妹』に出演したときだった。小津先生は四十六歳、私は二十六歳だった。小津作品には、私がまだ五、六歳のころ『東京の合唱』その他の何本かに子役として出演したけれど、なんせ半世紀も前のことなので、記憶のかけらも残っていない。

『宗方姉妹』の顔合せの日、小津御大はズシン！　という感じで会場中央の席にいて、「よう、しばらくだったね、でこ、元気かい？」とニッコリし、じっと私をみつめた。その眼は、ただ不用意に女優を見る眼ではなく、私の皮膚を突き破って内臓まで見通し、脳みその重さまで計るような奥深い眼だった。それでいて、鋭さやきびしさなどみじんもなく、慈愛に満ちた柔和な微笑が浮かんでいた。

骨太でガッシリとしたその体軀、その上に乗った、大きく、立派な顔……どこからどこまで見事な容姿に、私はただ呆然としてみとれていた。考えてみると、私はそれまで鑑賞に値するような男性を見たことがなかった、ということだろう。

『宗方姉妹』の撮影現場は、聞きしにまさる厳しさで、スタッフや俳優の肝っ玉は終始硬直状態、シンと静まりかえったステージの中で、セリフにダメが出、動作にダメが出、十回、二十回とテストがくりかえされ、息づまるような緊張感の中で、撮影はワンカット、またワンカットと進行した。けれど、小津先生の演出は私にだけは呆気ないほど寛容だった。たぶん、私の役柄が明朗なおてんば娘だったので、ヘンに緊張させてギクシャクしないように、という小津先生の配慮だったのだろう。が、それはそれで、私にとってはなんとなく空おそろしく、仲間はずれにされたようでかえって居心地が悪かった。

撮影の休日には、連日緊張気味の私をリラックスさせるためか、小津先生はたびたび私を食事や観劇に誘ってくれた。観劇は「能」が主で、とくに、はじめて水道橋の能楽堂で「安宅」をみせられたときは、文字通り腰がぬけるほど感動した。薄暗い自然光の中で演じられる、これが私と同じ人間かとおもわれるような演者たちの気品と迫力に満ちたその舞台……。当時の能楽堂は椅子席ではなく、畳敷きの大広間だったが、私は足のしびれるのも忘れて、正座したまま眼を皿のようにして舞台に見入っていた。

一見、のっぺりと平坦な女性の仮面（小面《こおもて》）が、ひとたび舞台に立って静かに顎をひくだけで、切々とした哀感が表現され、上を仰げば晴れやかな喜びの風情が素直に観客の胸に伝わってくる……。その簡潔さにくらべて、私たち映画俳優の、百面相のようにセカセカと小うるさい演技の、なんと薄っぺらで雑駁なことか……。俳優のクローズアップの目ばたきの回数にまでこだわる小津演出へのナゾが、真夏のシャーベットのように私の胸の中で解けていった。

「でこ、今日はちょいと出かけようか、映画がいいか？　お茶の水（能楽堂のこと）かい？」

「お茶の水」

そう答える私を、小津先生はタクシーに乗せてお茶の水に向う。「松風」「弱法師《よろぼし》」「葵の上」……。能見物で私がいちばん好きだったのは、シテ（主役）が本舞台での所作を終え、退場のための橋がかりを七分ほど歩んでふっと踵を返し、本舞台に名残りを惜しむように軽くひと舞いしたあと、吸いこまれるように揚げ幕に消える「入り舞い」の、ぞっとするほど美しい瞬間だった。無人になった橋がかりから本舞台へと目を移せば、後ジテ、ワキ、そして能管、小鼓、大鼓などの囃方のことごとくが何時の間にか消え去っていて、残っているのは舞台背景に画かれた、ひなびた松の古木が枝をひろげているのみ……ただ見事としかいえない演出である。喜多六平太、野村万之介、という名前をおぼえたのもその頃だった。

能鑑賞のあとは、きまって築地のしゃれた料亭で宴会になる。お相伴に連らなるのはいつも笠智衆さんや佐田啓二さんで、女っ気はなかった。凍りつくような雰囲気の撮影現場からはなれた酒席の小津先生は、深川生まれのべらんめえ口調で冗談をとばし、飲めば唄のひとつも出るという陽気で楽しいお酒だった。「芸術」という言葉が大嫌いで、「オッチャン」または「親分」と呼ばれると、目尻を下げて上機嫌だった。お酒が入って座が盛りあがっても、「能」をみたあとの私は妙に無口になって賑やかにはしゃぐ気にはなれなかった。そんな私を小津先生がどう思っていたか知らないけれど、「どんなに野放図な演技《しばい》をしてもかまわない。ただし、品格という二字だけは忘れちゃいけないよ」という小津先生の、声にならない教えをじっとかみしめるばかりだった。

人間には好き嫌いがある。小津先生の映画を、すべての観客が好むとは限らない。移動車やクレーンはほとんど使用せず、カメラはローアングルの据えっぱなし。俳優の演技も、余分な枝葉はすべて取り去り、台詞《せりふ》は正確に、勝手なアドリブは許されない。観る人によっては、俳優はデクの坊としか見えず、静かすぎる画面はただ冗漫で退屈だと感じるだろう。

これは私だけの思いこみかもしれないけれど、小津先生は、人間のすべてを浄化凝縮し、品格と清廉、そして静寂な能の世界を、映画の画面で表現したかったのではないか？　とおもう。そして、そのすべてが小津先生の人柄そのものであった、と、私はおもう。「能」に興味をもつ人は、小津先生の映画に好感を持つだろうし、小津映画のファンはその画面の中に能のたたずまいを感じるにちがいない。

脚本を執筆するときの小津先生は、茅ヶ崎の海岸にある「茅ヶ崎館」という、旅館というより宿屋風の質素な日本家屋の部屋に、名コンビといわれていた野田高梧氏と何カ月も籠っていた。「でこ、遊びにおいでよ」と声がかかると、私は小津先生の顔がみたさに大喜びで押しかけた。二間続きの襖を取っぱらった広い部屋には、脚本の資料が山積みになり、大きな座卓の上には輸入品の罐詰め類やリプトンの紅茶、盆点《ぼんだ》ての茶道具一式。そして愛用の湯飲み茶碗、灰皿、パイプなどの日用品がぎっしりと、しかも整然と置かれ、床の間の違い棚には高価そうな洋酒の瓶や一升瓶が、これもキチンと並べられていて、チリひとつみえない。それは全く小津安二郎の世界であった。

「先生はなんでもキチンとしてるねぇ。小津親分はキッチリ山の吉五郎だ」

「そうかい、キッチリ山の吉五郎か。……でもねぇ、でこ、吉五郎はやっぱり吉五郎の映画《しゃしん》を作っていくよ。……だってそうだろ? 長年豆腐ばかり作ってた奴に、とつぜんハンペンやがんもどきを作れったって、そうはいかないよな。俺はやっぱり、豆腐だけ作る……」

小津先生の中に何が起こっていたのかしらないけれど、意外に真面目な目つきとその口調に、私は何と答えていいのかわからず、ただ黙った。

映画の、数多い演出家の中で、小津先生ほど人々に敬慕された人はいない。

私が小津先生に可愛がってもらったのは、昭和二十五年から、先生が六十歳で亡くなった十余年間の、それも日数にすれば半年足らずであったが、何十年のつきあいでも印象の薄い人もいれば、ほんのみじかい間でもこちらの心にしっかりと住みついて忘れられない人もいる。小津先生は現在ただいまも、私の心の中に、エジプトの大スフィンクスの如くどっしりと居据って、堂々たる威容を発揮している。

小津先生の死去から、もう三十五年の月日が経った。七十五歳の、じわじわと死にかけの自分の顔を鏡の中に見て、チイとも静かでいい顔にならないのが口惜しいけれど、これは自業自得でしかたがない。

おしまいに、小津先生作の、私の大好きな即興詩を披露させていただくことにする。

雪はこんこん
ストーブだんだん
外はしんしん
山はがいがい
炬燵ぽかぽか
たばこぷかぷか

ぼくはうとうと
ねるばかり。

薔薇

梅原龍三郎先生が亡くなって、もう五年余りが過ぎた。わが家の居間に飾ってある先生のパレットと絵筆を持ったブロンズを、私は毎日眺めて暮らしている。思い出は日々遠くなる、というけれど、日が経つにつれて先生が懐かしくてならない。

梅原先生との四十年間のおつきあいは、私が母と暮らした歳月よりも、夫と過ごした歳月よりも長い。先生の思い出もまたいちばん多く、そして深く、私の心の中に大きな石のようにどっかりと座りこんでいて動かない。

とくに、私の眼に貼りついているのは、男性にしては小ぶりだが肉厚で、爪の間に油絵の具がこびりついた梅原先生の左手である。

「ボクは両刀づかいでネ、どっちの手も使えるんだ」

と、おっしゃりながらも、お仕事のときは必ず左手に絵筆を持った。が、私の思い出にあるのは、仕事中の、おそろしい速さと力強さで動きまわる左手ではない。梅原先生を知る人ならあるいは気づいたかもしれないけれど、先生の左手は仕事以外のときも、ほとんど間断なく動いていた。左の手首が、指が、右から左へ左から右へ、ゆっくりと、あるいは速く、丸く、丸く、丸く円を描くように動いていた。よく、テーブルの上や膝に置いた手を神経質に動かす癖のある人がいるけれど、そういう動きとは全くちがう独特な動きで、その指先に「ハイ、先生」と、コンテを持たせたくなるような動きかただった。卓上のバラの花に目をやるとき、または話し相手の顔を見ているとき、いや、ぼんやりと首をかしげているようなときでも、左手だけはひそかに円を描いていた。つまり、先生の眼は、何も見ていないようなときでも「何か」を瞠《みつ》めている、ということだったのだろう。だから私は、先生の手首の動きに気づいたときは、なるべくお喋《しゃべ》りを控えるようにしていた。「先生はいま、話をしているのではなくて絵を描いているのだ」と思ったからである。

梅原先生は九十七歳で亡くなられたが、その三年ほど前から急に体力を失いはじめ、もっこりと肉厚だった掌まで小さくなって、絵筆を握る元気もなくなった。そして以来、先生の左手はとうとう空に円を描くこともなくなってしまった。

ベッドの上や椅子の上、膝の上に、投げ出されたように静止している左手を見るたびに、

「画《え》かきはネ、画が描けなくなったら死んだほうがマシだ」

と、口癖のようにおっしゃっていた梅原先生の魂が、少しずつ肉体から抜け出してゆ

くのをみるようで、私は心底悲しかった。

わが家の居間の大理石のテーブルの上に、まだお元気だったころの梅原先生のブロンズの左手がある。先細りの指の先の丈夫そうな爪。ジャンボハンバーガーのように厚い掌。三本の指にはさまれた絵の具筆は、いまにもカンバスの上を走りまわりそうだ。

さて、絵筆の先から生まれてくるのは何の絵かしら？　細く、太く、薄く、濃く、微妙に円の重なった、真紅のバラの花かしら？

梅原先生が絵をお描きになるときに発する「ウッ、ウッ」という掛け声が聞こえてくるような気がする。

「アンノー」という人

　世の中、麻の如く乱れ、人心荒れ果てて、毎日が砂を嚙むようで味けない。その上、自分がトシをとって鈍感になったせいか「やったァ」とVサイン（これもやだねぇ）を出すような心たのしいニュースなどめったに聞かない。

　外へ出れば出たで不愉快なことばかり、狂言の台詞よろしく、「ええい、腹立ちゃ、腹立ちゃ」と、じだんだ踏んで舞い戻り、家の中でジッとしゃがんでいるより他はない。猫でもいれば蹴とばしてやろうか、と思うけれど、我が家に猫はいないし、最近めっきり体力の落ちた亭主を蹴とばして骨折でもされたら、他にかけがえがないからこれは止めておく。

「アンノー」

「安野先生、へえ珍しい。日本国にいらしたんですか」

「いなかったけど、帰ってきた」

「その後、ギックリ腰はどうですか？」

「まだ痛いのよォ。あのね、今日はちょっとニュース。高峰サンは喜んでくれると思って、第一番にご報告」

「なんですか？」

「司馬遼太郎先生のね、『街道をゆく』のさし絵、ボク、画くの」

「よかったなァ、楽しみだなァ、近頃バツグンのニュースです」

「高峰サン、司馬さんのファンでしょ？　ボクもなんだァ、ウヒヒ」

受話器の向こうで、少年のようにはにかんでいる安野画伯の顔が見えるようで、なんとも嬉しい電話だった。Ｖサインである。

当代ピカ一、私の敬愛する両先生が、ひとつの仕事を一緒に作り上げる……。しがない一ファンの私にとって、こんなに楽しいことはないけれど、いや、待てよ、である。

司馬遼太郎先生は美男である（いささか蒙古風）。例の銀髪は、床屋のトリートメントのおかげとやらで何時もプラチナの如く輝き、白いタートルネックに替上衣、または背広の三つ揃いとバッチリきめていて、私は、スポーツシャツのボタンを外した司馬先生を一度も見たことがない。相当なおしゃれ紳士である。

安野光雅画伯も美男である（いささかインディアン風）。しかし、髪はモジャモジャ、シャツはよれよれ、今様のすり切れジーンズにはズボン吊りがついているが、肩が張るのかズボン吊りを外すクセがある。ズボン吊りを外すと大きなお腹がせり出してきて、シャツがはじけておヘソが現れる。あまり長いとはいえない足でアグラをかいて、丼めしなどカッ喰らう姿は、年をとった金太郎のようで、まあ、愛らしいといえば愛らしいが、一見して紳士というわけにはゆかない。

そういえば、以前に『街道をゆく』のさし絵を担当なさっていた須田剋太画伯も、オカッパへアスタイルに、御自分がデザインなさったという、十個余りのポケットがついた奇妙なデニムのつなぎがトレードマークになっていたのだから、安野画伯のおヘソを見たくらいでビックリなさる司馬先生でもない。ゆったりじっくりの司馬先生と並んで、セカセカチョコチョコと歩いている安野画伯を思い浮かべるだけで、なんとなく楽しくなってしまうのは、やはり人徳というものなのだろう。

安野画伯との初対面は、十余年も前のことである。昭和五十一年に、朝日新聞社から『わたしの渡世日記』という、私のヤクザな本が出版された。『週刊朝日』に一年間連載された、私の半生記のような雑文で、上下二冊の単行本として出版されたのだが、たまたま、当時、NHKに番組のコーナーを持っておられた安野画伯のお目にとまったらしい。安野光雅著『空想工房』（一九七九年、平凡社）の「秀子の幻影」という文章の中に「……わたしは新幹線の中であれを読みなおしていて、大阪でおりるところを神戸まで行ってしまったことがある……」と、ちゃんと書いてあるからウソではない。そして、NHKから、画伯のお相手としてお声が掛かった、という次第である。

「安野光雅ちゅう方は、島根県津和野の出身。以前は教師をしていて、最近、日本人ばなれしたユニークな画家として、めきめきと台頭中。素晴らしい方ですよ」と、NHKのプロデューサーが教えてくれた。

そう言われれば、私も書店で『ABCの本』とか「だまし絵の本」の、これまで見たことのないような、一種独特の画風に心ひかれたことがあったっけ……。

さて、NHKのビデオ撮りの当日。「光雅」というやんごとなき名前と、モダンで優しくてユーモアの溢れた画調から、イメージとしては立原正秋、宮本三郎風のスッキリとした美《い》い男かも?……と想像していた私の前に、「アンノでーす」と、ズバリ言わせてもらうなら背広を着た熊の子みたいなオッチャンが現れたのにはビックリした。ヘアスタイルは現在《いま》ほどひどくなく、モジャモジャの「モジャ」くらいだが、上衣のボタンが一個かけちがっていてネクタイがひん曲がっている。私は自己紹介もそこそこに、思わず駆け寄って上衣のボタンを外してネクタイを直した。

安野画伯のほうも、いくら五十すぎのバアさんとはいえ、いきなり飛びつかれて仰天したのだろう、「ドーモドーモ」と頭に手をやった。熊の子なんて、失礼なことを書いたかもしれないが、安野画伯の眼は丸くて愛らしくてまっすぐで、本当に熊の赤ん坊の眼に似ているのだからしかたがない。

初対面が少々常軌を逸していたので、かんじんの対談では何をどう喋ったのやらまったくおぼえていず、ただ安野画伯の含羞《がんしゅう》をたたえた柔らかい笑顔だけが記憶に残っている。

その対談がキッカケとなって、熊の子と、古狸のような私の、マンガチックな交流がはじまった。

我が家には「電話」がある。が、その電話を私は、仕事に関する用件と、よほどの必要がない限りめったに使ったことがない。これは私の人づきあいの悪さ、素気なさ、無愛想な性格によることもあるだろうが、私は、電話を一種の凶器だと思っているからだ。入浴中、または天プラを揚げている最中、トイレでお尻をまくったとたんとか、風邪ひきでベッドに転がりこんでいるときの「ルルルル」は、悪魔の来訪だと思っているから、「こんにちは、いいお天気ねぇ、その後どうォ？」などという電話はいっさい掛けないことにしている。

今は亡き有吉佐和子女史は、相当の電話魔だった。私どものような自由業は、年中フラフラと外をほっつきまわっているから、夜の十一時前後は在宅の確率が高い。十一時から十二時の間の「ルルルル」は、たいてい有吉女史からの電話だった。

有吉さんの電話に「モシモシ」は無い。

「私、アリヨシ。あのねぇ……」

という声が聞こえると、私はドッコラショとベッドから起き上がって、寝巻きの上にガウンなど羽織って態勢を整える。長期戦に備えるためである。

「娘がね、一日中ガンガン音楽をかけてて、私、仕事ができないの。どこかにアパート借りようと思うけど、どこかいいとこないかしら？」

「私、立ちくらみがするの、もうすぐ眼が見えなくなるんじゃないかなァ、高峰サンどう思う？　私の眼」

「週刊誌がね、私のこと江青《ジャンチン》だなんて書いたのよ、腹が立って腹が立って。どうして私、こんなにイジメられるの？　え、高峰サン」

「私、睡眠薬が無くなっちゃった。睡眠薬がないと私、眠れなくて仕事ができないわよ、どうしてくれる？　高峰サン睡眠薬持ってたら頂戴よ、百錠でいいから」

というような話がまず三十分以上は続く。どれもこれも簡単に即答のできない問題ばかりだから、私はなんとかお茶を濁そうとして「フーン」とか「アラアラ」とか生返事をしていると、「高峰サンッ！　聞いてるのッ？」と、突然、ボルテージが上がって、怒声になる。

「でも、私には解決できませんよ、どれもこれも」

「できますよ、できると思うから電話を掛けてるんでしょ？　ホラ、いつかメキシコへ行ったとき、飛行機の中で私が〝仁丹ちょうだい〟って言ったら、サッと仁丹出してくれたじゃない。メキシコのホテルで私が熱出してひっくり返ったとき、あんなに親切に介抱してくれたじゃない、忘れたの？　私、あれ以来高峰さんを信用してるんだから、しようがないわよ」

他人《ひと》に親切にするのもホドホドにしておくべし、という教訓である。

私は、仕事部屋を借りる代わりに、ホテルオークラの一室を推薦し、信濃町の病院の眼科へ案内し（老眼と乱視だった）、あちこちへ手をまわして睡眠薬をかき集め、と、電話のたびに有吉女史に振りまわされた。

しかし、いま考えてみると、有吉さんは意外と淋しい人だったのかもしれない、と思う。若い頃から文壇の才女などと騒がれて、一見華やかには見えても、有吉さんの中の孤独の芽は坂道を転がり落ちる雪ダルマのように大きくなるばかり、根が育ちのいいお嬢さんゆえに意識して自分を低きに置く、という才覚もなく、満たされぬ思いを仕事でとすぐに向けようと思っても、精神状態が不安定であれば仕事にも自信が持てなくなる……。そうしたイライラが、ダダをこねる幼女のような、夜中の「ルルルル」になって私の耳に飛んできたのかもしれない。

いつだったか、道の真ン中でパッタリとゆき会ったので、喫茶店でお茶を飲んだことがあった。胸もとに、小粒のダイヤをちりばめた金のくさりが光っていた。

「これ、買ったの。有吉佐和子がこのくらいのもの買ってもいいと思って……でも、誰も褒《ほ》めてくれないの。有吉佐和子はこんなものを買っちゃいけない？　高峰サンどう思う？　でも、これ綺麗でしょ？　高峰サン、褒めて」

「綺麗よ。有吉佐和子だもの、何を買おうと勝手じゃないの。有吉さんがつきあうのは編集部の男性くらいでしょ？　ネックレスなんか気がつきゃしないのよ。野郎たち……」

私は、喋っているうちに、なんだか涙が出そうになった。おどおどして、正直で、可愛らしい、有吉さんのこんな面を、いったい何人の人が知っているだろう？　それにしても、有吉さんの神経がちょっと疲れているのではないか？　と、少し心配だった。

有吉さんからの電話は、もう掛かってこない。少し……じゃなく、とても淋しい。

「ルルルル」と、電話が鳴る。

「ハイ、松山です」

「アンノー」

「おや、スペインだって聞いたけど」

「帰ってきたばかりなんだけど、おみやげを早く渡さなきゃ、って気がせいて」

「なんだべ？」

「サフラン」

「サフラン？　あれ高いのよねえ。でも、サフランライス大好き……今、どちら？」

「仕事場」

「忙しいんでしょ？　運転手サンに取りにいってもらいますから、渡してね、どうもありがと」

黄金のスパイスと珍重される「サフラン」は、スペイン生まれである。

サフランは「クロッカス」といううす紫色の花のめしべから垂れ下がる、三本の赤い糸クズのようなもので、これをそうッとつまみ取って乾燥させてスパイスとして用いる。独特な芳香と、あざやかな黄色のサフランは、ブイヤベースやパエリアには欠かせないスパイスだが、小指の先ほどの瓶の底に十五、六本のサフランがへばりついているだけで二千円もするのだから、ビックリするようなお値段である。

『ハーブ事典』をひもどけば、なるほど高価なのは当然で「四百五十グラムのサフランを作るには約二十万本以上の「柱頭」が要る」という。サフランの開花期間は一年のうちのたった二週間、その間に見渡す限りの紫色の畑を走りまわって花をつみ取り、柱頭を採集して乾燥する人々の労力は大変なものだろう。日本では、カレー専門店でサフランライスと注文しても、たいていは味も香りもなく黄色に着色された御飯で、私はいつもガッカリする。でも、スペイン帰りの「アンノー」のおみやげは絶対に本物のサフランに違いない。そうだ、今晩はチキンカレーを作って、サフランライスを炊こう。私は早速、人参や玉ネギ、じゃがいもを刻みはじめた。

一時間後、運転手サンが帰ってきた。手渡された袋を開けてみると、チューリップの球根と、ハーブの種の入った袋が出てきて……かんじんの「サフラン」が見当たらない。なんせ彼《か》の人は、スケッチブックを持つのを忘れてスケッチ旅行に行ってしまう人だから、チューリップの球根を袋に入れている間にサフランのことはポンと忘れてしまったのかもしれない。「もう一度使いを出すのもヘンなものだし……」とぶつくさ言っているところへ「ルルルル」ときた。

「アンノー。もう運転手サン帰った？」

「帰ったけど、サフランありませんでした」

「サフラン、ここにあります。エヘヘ。今ね、何だかゴロゴロするものを踏ンづけたんで、机の下を覗いたらサフランの瓶が転がってたのよォ」

あーあ。サフランライスはひとまず中止にして、ありあわせのオカズで夕食を、というところへ、「アンノー」がふうふう言いながら現れた。キンカンくらいの瓶に赤い絹糸のようなサフランがギッシリとつまっている。私は一瞬にしてサフラン大尽になった。ちょうど、ご飯が炊き上がるところである。「サフランを置いたらトンボ帰りで仕事場へ戻らなきゃ」というのをひき止め、無理矢理食卓にひき据えて、私はアツアツのご飯をよそった。

安野画伯の仕事場は、新宿の繁華街にある。一歩外へ出れば何でも食べられる便利な場所だが、早朝に仕事場へ入ったら最後、食事の時間も忘れて、というより、食事をする間もないほど、仕事に追われっ放しのようである。だから「アンノー」はいつでもおなかをへらしているのである。

松山と向かいあって、ハフハフとご飯をかっこんでいる「アンノー」を横目で見ながら、私は急いでお弁当を作った。これから仕事場に戻れば徹夜になるに決まっている。ご飯の真ン中に梅干をギュウと押しこみ、そこら辺にあるものをチョコチョコとつめこんだ粗末な弁当でも、無いよりはましかもしれず、朝食の役に立つかもしれない、と思ったからだ。

夕食のあと片づけを終え、NHKのニュースでも見ようかな？　と思ったところへ「ルルルル」である。

「アンノー。今、弁当食っちゃった。一粒残さず。梅干もタネまで噛んで、ホラ、中に白いチビっとしたものあるでしょ？　あれまで食っちゃった、美味かったァ」

「あのお弁当は明朝の……」と言いかけて、私は口をつぐんだ。やっぱり、夕食を二度続けて食べられるほど、お腹が空いていたにちがいない。

今後も、折あらば、私は「アンノー」の給食のオバサンになろう、と思っている。

櫛

「秀子ちゃん、これをあげましょう。お仕事の役に立つかもしれないから……」

そう言って、私の掌に三枚の櫛《くし》を並べてくれたのは、いまは亡き女優の田中絹代《たなかきぬよ》さんである。ところは、鎌倉山の「絹代御殿」と呼ばれていたスキヤ造りの絹代さんの寝室、秀子ちゃんと呼ばれた私は、そのとき十二歳だった。

菊池寛《きくちかん》原作、五所平之助演出の、映画『新道』前後篇、『花籠の歌』と、三本たてつづけに彼女の妹役をつとめた、貧しい少女俳優だった私を、当時、二十八歳、日本映画を代表する「銀幕の女王、日本一の人気女優」であった絹代さんは、ほんとうの妹のように可愛がってくれた。私もまた絹代さんが好きだった。撮影所の中ではもちろんのこと、撮影が終わって鎌倉山の自宅へ帰るときも、「お願い、秀子ちゃんを貸してね」と、私の母に手を合わすようにして、黒塗りの自家用車に乗せて私を鎌倉山へ連れ帰った。家にはいつも二人の女中さんの他には誰もいなかった。私たちはまずお風呂に入って撮影所のほこりを洗い流したあと、向き合って夕食のお膳に向かった。檜《ひのき》の風呂桶は蹴とばせば底が抜けるほど薄く優しく、お膳も食器もすべてがお雛様《ひなさま》の道具のように愛らしく、それにも増して私の眼の前にいる絹代さんのつぶらな瞳はもっと美しく愛らしかった。夕食のあとはファッションショーであった。洋服ダンスや和ダンスの並んだ納戸《なんど》に私を連れこんだ彼女は、サテンのワンピースや外国製のセーターなどを次々に取り出しては私に着せ、「私より、秀子ちゃんに似合う」と言って、小さな掌をパチパチと叩いた。いったい私はどれほどの服や着物を彼女から貰《もら》ったことか、いま考えても思い出せぬほどの数であり、どれもこれも当時の私がサカダチしても買えないような上等品ばかりだった。けれど、育ち盛りの私の背丈はぐんぐんとのび、みるみるうちに五尺に満たない絹代さんの背を越した。ウエストのボタンはとまらず、セーターの袖もつんつるてんになった。絹代さんの手から私の掌に三枚の櫛が渡されたのは、くれるほうも貰うほうも途方に暮れていたそんなある日のことだった。櫛は、朱色の地に金で菊の花が画《か》かれたもの、金地に密な蒔絵《まきえ》がほどこされたもの、もう一枚は渋くおさえた金一色のもの、と、まるで女の一生を物語るような三枚だった。絹代さんは、遠からず少女役から桃割れの娘役に、島田から丸髷《まるまげ》にと成長する女優としての私を夢みて、三枚の櫛をくれたのだろうか？　私には未だにその意味はわからない。

その後、間もなく、私は松竹映画から東宝映画に籍を移した。そしてさらに新東宝を経てフリーランサーになって現在に至っている。「松竹から東宝に移るとき、私は絹代先生に相談に行ったのだよ。絹代先生はじっとうつむいて考えていたけれど、東宝へゆくことで秀子ちゃんが立派な女優さんになれるなら、いえ、しあわせになれるのなら、私にはとめる権利はありません、と、キッパリとおっしゃったのだよ」という、母の思い出話を聞いたのは、すでに絹代先生が黄泉《よみ》の世界に旅立たれたあとだった。遅すぎる言葉は何の役にも立たない。その愛情のこもった彼女の言葉に感謝したくても、相手の姿はもうこの世に無く、今さらながら思慕のおもいが胸に溢《あふ》れた。

三枚の櫛は、あまりに上等すぎて、私の頭に乗せるには分《ぶ》にすぎた。つまり私は、彼女が私の上に夢みたような立派な女優にはなれなかったということである。私は三枚の中の金一色の櫛を、私の最も尊敬する杉村春子先生に贈った。怠け女優の私よりも、名優杉村先生の舞台姿を飾るにふさわしい、と思ったからだった。櫛は、二代にわたって日本を代表する女優の髪を飾る運命を持ったことになる。

いっときスクリーンから遠ざかっていた絹代さんは、昭和四十九年に再びスクリーンの上に姿を現わした。映画『サンダカン八番娼館』に主演して、見事に演技賞を獲得した。

文字通り終始「女優」を全うした人だったけれど、個人的には結婚にも恵まれず、子も無く、孤独な生涯をおくった人であった。晩年は、もと田中家につとめていた女中さんの家で、飼猫を膝にのせてお茶づけをすするのを唯一の楽しみにしていた、と聞く。

四十余年前、私と向き合ったお膳の前で静かに箸を動かしていた大スターの彼女に、少女だった私はふと孤独の影を感じたことがあったけれど、彼女は終始その孤独を道づれにしたまま、静かに地下に消えてしまった。

それにしても、戦争や、何度かの引越しを重ねた四十余年の間に、絹代さんに貰った衣類はかげも形もなくなったのに、三枚の櫛だけは不思議にいつも私の鏡台の引き出しにあった。古い櫛には女の魂や怨念が宿っている、といわれるけれど、私に残された二枚の櫛は、私を愛してくれた絹代さんそのものと思って、生涯、私のお宝にしていたい、と思っている。

秋さんの清潔な眼

私の女優生活は、かれこれ五十年近くになる。

なにしろ、顔を撮られるのが商売だから、その間ずいぶんと多勢のカメラマンに数えきれぬほどのポートレートを撮られたことになる。ちょっと思い出しても、十本や二十本の指では間に合わぬほどの、カメラマンの名前が浮ぶ。

カメラマンからみれば、こちらは単なる被写体かもしれないけれど、こちらも生身の人間であるから、やはり撮られ心地のよいカメラマンとそうでない人がいるのはしかたがない。写真は真を写すと書くが、私の経験からいえば、出来上がった写真に、撮られたときのこちらの心情が微妙に現れているような気がして、ときどきギョッとなるときがある。

秋さんこと秋山庄太郎さんとは、三十年来の古すぎるほどのおつきあいだが、けれんのない優しい人柄は、十年一日、いつ、どこで会ってもかわらない。芸能界の浮沈もはげしいが、写真界のうつりかわりもまた激しい。多勢のカメラマンが現れては消えてゆくその中で、彼の仕事がぬきん出て立派で、しかも息が長いのは、やはりその人柄によるものだろうと思う。何の仕事でも最後のきめ手になるのはその人の人となりなのだろう。

秋さんの撮る「おんな」の姿は、いつも瞬間に、あるがままの自然の美しさをとらえている。女をオブジェ扱いにせず、嘘や作りものの嫌いな秋さんの清潔な眼が、私は好きだ。

メモに記された美しい文字

美智子さまに私がお目にかかったのは、昭和三十七年のことだった。当時、夫、松山善三が監督して私が出演した『名もなく貧しく美しく』など、いくつかの映画を皇太子さまと美智子さまがご覧になる機会があった。私もその場所に居合わせたが、両殿下が身を乗り出すようにして画面をみつめておられたのを覚えている。

数ヵ月後、宮内庁の皇太子の侍従と名乗る方から、わが家へ電話が入り、「お夕食後、一時間ほどお遊びにいらっしゃいませんか」という。そこで、松山と共に赤坂東宮御所へ参上させていただいた。

飾り気のない部屋へ通されて長椅子へ腰を下ろすと、皇太子さまと美智子さまが入ってこられた。皇太子さまはお持ちになられていた世界地図をテーブルの上へ広げられ、「松山さんはお仕事柄、あちこちの国をご存じでしょう。私たちは明朝出発して、この国とここ、そして、ここへも行きます。どんなことでも、御意見があったら教えてください」とおっしゃった。その指先を目で追ううちに、部屋の中は一瞬にして和やかな雰囲気に変わった。

話をはじめると「夕食の後で」という話だったのだが、次々と御馳走が運ばれてきた。白木の折敷に載ったぎんなんや小鯛ずし、黒塗り椀のお吸い物。皇太子さまは相当なスピードで御馳走に箸を伸ばし、美智子さまもそれにならっておられる。私たちは実は夕食は済ませていたのだが、野暮なことも言えないのでせっせと口に運んだ。気がつくと約束の一時間はとうに過ぎていたが、皇太子さまはすっかりリラックスされたご様子で、各国の話題や映画の制作過程など話は尽きない。皇太子さまはよくジョークをおっしゃり、その都度笑い声が起きる。美智子さまもよくお笑いになった。「ワハハハ」とバンザイをなさったり、二本の足が宙に浮いてしまったり、お笑いになること自体を楽しんでいらっしゃるようで、そこにはなんの屈託もない、明朗な素顔の美智子さまがおられた。

私たちは結局二時間半ほどお邪魔して帰途についた。おもえばふしぎな夜だった。

数年後の夏のある日、偶然両殿下と同じ列車へ乗り合わせたことがある。東京駅から軽井沢へ向かう列車に乗ると、窓外のホームがやけに慌ただしい。やがて静かになると、皇太子さま、続いて美智子さまがホームを歩いて来られた。美智子さまのお顔が見えたとき、チラリと視線がこちらに動いたようにも見えたが、すぐにお姿が消えた。

ところが発車してしばらくすると、二つに折られたメモ用紙を持った背広姿の中年男性が私のところへ来て、私に手渡すと一礼して戻っていった。そこには、こうあった。

「おそばに伺ってお話をしたいと思いますが、そうもいきませんので。美智子」

ペン書きの、美しい文字だった。

編者あとがき

美しい恐れの感情──まもなく白寿を迎える亡き母・高峰秀子に捧ぐ

斎藤明美

高峰は口数の少ない人だった。できれば人とも付き合わず、「深い穴の底でじっとしていたい」が理想の人だった。

もしも彼女がエッセイというものを書いていなければ、人は彼女を『二十四の瞳』の大石先生、『浮雲』のゆき子、あるいは『喜びも悲しみも幾年月』のきよ子のような人と想像したかもしれない。どれも違い、またどれも違わないのだが、高峰自身がそのどれと思ってもらってもかまわない、悪くすれば「どうせ女優なんて知れている」と思われたって気にしないと考えていたところが、私には危険に思えた。

つまり、誤解されようが曲解されようが、正しもしなければ説明もしない、「この人には他者とコミュニケーションをとろうという気がないんじゃないか」とさえ思える、どこか捨てばちな感じがあったからだ。

もしも彼女がエッセイというものを書いていなければ、そして事実、その公算は高かった。五歳から続けていても好きになれない女優業、群がる怪しげな人々、年々確執が強くなる養母との関係……それら己をがんじがらめにする縄目に悲鳴を上げるようにして二十六歳でパリに逃げたのがきっかけで、当時の映画世界社から「せっかくパリに行くのだから滞在記を書け」と言われ、それが初の著書『巴里ひとりある記』となり、最終的に二十六作の著作につながったのだ。

あの時、半年パリに逃亡しなかったら……。

「女優も書くことも自分から望んだものじゃない。私が望んだのは松山善三との結婚だけ」と言った人である。

だが「演じることと書くことと、どちらか選べと言われたら？」と私が問うた時、「そりゃあ書くほうがいい。人に見られず、黙って一人でできるから」と答えた。

おそらく、きっかけはどうあれ、書いてみて、そう居心地は悪くなかったのではないかと推察する。それどころか、少なくとも「名文家」と呼ばれるようになる前の、まだ稚拙ささえ残っている初期の執筆作業は、彼女にとってある種の〝救い〟になったのではないだろうか。

自らが言った「外では仮面をつけ、家では鎧をつけていた」若い頃、コミュニケーションの極致と言える結婚を決意する前、仮面と鎧の狭間で、高峰秀子の〝私〟はどうやって息をして、生命をつないでいたのか……。

その答えが彼女が著したこれら随筆群にあるのだが、なかでも「小僧の神様」という短い随筆の中に顕著だと、私は思う。

学校に行けず、友だちもなく、自分を金銭製造機としか考えていない肉親と馴染めない女優業。孤独。そのなかで初めて志賀直哉の『小僧の神様』を読んだ時、「私の眼から涙があふれ出して困ったことを覚えている」と書いている。

読んだのは早くても十三歳以降だろう。なぜなら、当時同じアパートに住んでいた大学生とたまたま一緒に駅に向かう時、大学生が駅前の書店に入った。だが十二歳の高峰は外で待った。「秀子ちゃんもお入りよ」とその大学生に促されるまで、高峰は店に入らなかった。「私みたいなバカが入っちゃいけない所だ」、そう思っていたからだ。

結婚してまもない頃、やたら新聞や雑誌をひっくり返している高峰を見て、松山が「何をしているの?」と訊くと、「字を探してる」。本を読んでいて読めない漢字があると、新聞や雑誌で同じ漢字を探し出し、その前後のつながりから読み方を類推していたのだ。

驚いた若き夫は「辞書というものがあるんだよ」と自分が中学時代に使っていた古びた辞書を三十歳の妻に与え、引き方を教えた。

「もちろん辞書ってものの存在は知ってたけど、私みたいなバカが触っちゃいけないと思ってた」

当時を述懐して私に語った、七十三歳の高峰の言葉である。

そもそも読み書きができなかった。小学校には六年間のうち延べ一カ月も通えず、養母は自分の名前を書くのがやっとという目に一丁字もない人だったから、八歳頃まで、台本は、助監督が音読した内容を養母が丸暗記して、それを口移しで高峰に教えていた。「秀ちゃん、これ」。幼い高峰が地方ロケに発つたびに駅のホームまで走ってきて、自身の子供が使っていた絵本を汽車の窓から差し入れてくれたのが、本書の随筆「神様が渡してくれたもの」に登場する指田先生である。

汽車の中で高峰はその絵本を見ながら字を覚えた。

「読めないのに、どうやって覚えたの？」と私が訊くと、

「象の絵のそばに「ゾウ」と書いてあれば、キリンと読むはずはないから、あ、この字は「ぞ」「う」と読むんだなと思うじゃない」

高峰はこともなげに答えたが、私は胸がつまった。

この人は、こうやって一字一字、独りで文字というものを覚えていったのだ……。

絵本を与えてくれた指田氏を、高峰は終生「私にとって〝小僧の神様〟みたいな人だった」と言った。

まず「読む」という行為が高峰を救った。

たとえ養母が、寝る前のわずかな時間に布団の中で本を読んでいる高峰に「私への当てつけか！」と怒鳴って頭上の電灯を消しても、撮影の細切れの待ち時間に本を読んだ。そこで初めて高峰の感情は流れ出し、思考が会話を始めたと思える。そして読書は、その死の床まで続いた。

次に「書く」行為が彼女を救った。

どれほど困っても、辛いことがあっても、誰にも打ち明けず愚痴も言わず、すべて胸の内にしまっている人間。しかもカメラの前では「私」を消して「役柄の人物」に成り切り、家に帰れば、「つまりとは何だ！」「親の私に口応えするのか！」と金切り声を上げる養母が待ち構えている。

己の思いや感情を共有する相手を持たず、思いを発露する機会も手段さえも持たない人間は、どうなるのか。どんな思いで成長していくのか——。

「辛いとき、悲しいとき、自分にふるまわれたおりおりの厚意を思い出すだけで、私の心に温かい灯がともったように和むことも、また仙吉と同じだった」

これこそが、答えだ。

この慎ましい気持ちが高峰秀子を支え、彼女の〝私〟を死なせなかったのだと、私は考える。

だからこそ、五十年の女優人生で「自分からこの役を演《や》りたいあの役を演じてみたい

と言ったことは一度もない」高峰が、

「当時少女俳優だった私は「もし、自分が少年俳優だったら、この仙吉という小僧の役を演ってみたい」と思った。きっとうまく演れるという自信があったからである」

と明言したのだ。

私はこの高峰の「演ってみたい」を読んだ時、正直驚いた。しかもこれほど積極的に。また自らが書いた通り、「そうした厚意につけ上がることを、私も極端に恐れていた」点でも、高峰は仙吉に共感している。

「私は肉親の愛情には恵まれなかったけれど、撮影所の人達にたくさんの愛情をもらった」と語ったことがあるが、高峰は人の厚意をこの上なく有難く受け取り、だが決して自分からは求めず、一度「ふるまわれた厚意」を宝物のように胸にしまって、辛い時悲しい時に、まるで山椒大夫に苛めぬかれた安寿と厨子王が密かに観音像を拝んだように、そっと手を合わせたのだ。

晩年、こんなことがあった。

「安野（光雅）先生、お元気かしら……」

ポツリと高峰が呟いたので、

「お電話してみたら」

と私が言うと、

「いいえ。お忙しい先生に電話なんかしちゃいけません。人の時間を奪うことは罪悪です」

私は返す言葉がなかった。

安野氏だけでなく、梅原龍三郎、谷崎潤一郎、司馬遼太郎……高峰が敬愛し、先方も高峰を好もしく思ってくれていた方々、彼ら誰一人に対しても、高峰は自分から連絡したことはない。

『小僧の神様』の著者である志賀直哉とも交流があった。

対談のために志賀邸を訪問した帰り際、志賀氏が、

「坂道が危ないから、これをお持ちなさい」

そう言って、自身愛用の杖を高峰に差し出したという。まだ二十代前半だった高峰に。そして「谷崎（潤一郎）にでも返しておいてくれればいいから」と。

二大文豪が登場する凄い逸話である。

主人公の仙吉だけでなく、作者についても、

「『小僧の神様』は、志賀直哉独特の、むだのない簡潔な文章で、「人間のもつ、美しい恐れの感情」をテーマにサラリとまとめられている」

そのラストについては、

「志賀直哉という人の「小説」に対する恐れのようなものを感じることの出来る、貴重

なしめくくりだと思う」

こう書いた高峰に、学歴はない。

書き手の人間性を隠しおおせようもない随筆というものを書くことによって、高峰は紛れもない〝私〟と対峙し、文字で意思を表明した。それがなければ、たとえ他者の厚意を心の灯に己を励まし続けても、高峰の精神は、いつか瓦解していなかったか――。

黙って人を想いながら生きた八十六年だった。

〝神様〟には、偶然出逢うものではない。

令和四年　初秋

帯に「おそるべき随筆」と記した編集者・永田士郎氏のセンス。感謝申し上げます。

出典一覧

旅のはじまり（『わたしの渡世日記』上巻、文春文庫、一九九八年）
ラスト・ダンス（『わたしの渡世日記』下巻、文春文庫、一九九八年）
ヘチャプリ大王（『おいしい人間』、文春文庫、二〇〇四年）
整理整頓芸のうち（『瓶の中』、文化出版局、一九七二年）
卵・三題（『コットンが好き』、文春文庫、二〇〇三年）
高峰秀子の酒の肴（『類型的なものは好きじゃないんですよ』、河出書房新社、二〇一九年）
一位の箸（『コットンが好き』、文春文庫、二〇〇三年）
風呂敷（『コットンが好き』、文春文庫、二〇〇三年）
私の花ことば（『あぁ、くたびれた』、河出書房新社、二〇一八年）
骨と皮（『わたしの渡世日記』下巻、文春文庫、一九九八年）

つながったタクワン（『わたしの渡世日記』上巻、文春文庫、一九九八年）
血染めのブロマイド（『わたしの渡世日記』上巻、文春文庫、一九九八年）
勲章（『わたしの渡世日記』上巻、文春文庫、一九九八年）
小さな棘《とげ》（『にんげん蚤の市』、河出文庫、二〇一八年）

午前十時三十分（『にんげんのおへそ』、新潮文庫、二〇一一年）
アコヤ貝の涙（『にんげんのおへそ』、新潮文庫、二〇一一年）
クロさんのこと（『にんげん住所録』、文春文庫、二〇〇五年）
お姑《かあ》さん（『おいしい人間』、文春文庫、二〇〇四年）
『小僧の神様』（『おいしい人間』、文春文庫、二〇〇四年）
ミンクのコート（『類型的なものは好きじゃないんです』、河出書房新社、二〇一九年）
神サマが渡してくれたもの（『ダンナの骨壺』、河出書房新社、二〇一七年）
コーちゃんと真夜中のブランデー（『コーちゃんと真夜中のブランデー』、河出書房新社、二〇一七年）
のっぺらぼう（『にんげん蚤の市』、河出文庫、二〇一八年）
時計（『コットンが好き』、文春文庫、二〇〇三年）
鏡（『コットンが好き』、文春文庫、二〇〇三年）
ダイヤモンド（『コットンが好き』、文春文庫、二〇〇三年）
雀の巣（『コットンが好き』、文春文庫、二〇〇三年）
ピエロの素顔（『わたしの渡世日記』上巻、文春文庫、一九九八年）
ただ今自分と出会い中（『にんげんのおへそ』、新潮文庫、二〇一一年）
夏のつぎには秋がきて（『おいしい人間』、文春文庫、二〇〇四年）
私の顔（『まいまいつぶろ』、河出文庫、二〇一五年）

役づくり（『忍ばずの女』、中公文庫、二〇一二年）
高峰家から松山家へ五年の歳月がかかった（『つづりかた巴里』、中公文庫、二〇一四年）
小さな辞典（『いいもの見つけた』、中公文庫、二〇一五年）
しょうゆの国ニッポン（『コットンが好き』、文春文庫、二〇〇三年）
死んでたまるか（『にんげんのおへそ』、新潮文庫、二〇一一年）

菜の花（『にんげん蚤の市』、河出文庫、二〇一八年）
人間スフィンクス（『にんげん住所録』、文春文庫、二〇〇五年）
薔薇（『おいしい人間』、文春文庫、二〇〇四年）
「アンノー」という人（『おいしい人間』、文春文庫、二〇〇四年）
櫛（『いいもの見つけた』、中公文庫、二〇一五年）
秋さんの清潔な眼（『コーちゃんと真夜中のブランデー』、河出書房新社、二〇一七年）
メモに記された美しい文字（『ダンナの骨壺』、河出書房新社、二〇一七年）

本書は文庫オリジナルです。

本文中には、今日の人権意識と照らし合わせると不適切な表現が含まれている個所がありますが、著者がすでに故人であること、執筆当時の時代背景および作品の文学的価値とに鑑み、そのままとしています。あらゆる差別を助長する意図はありません。

本文中の〔 〕内は編者による註をあらわします。

おいしいおはなし　高峰秀子編
向田邦子、幸田文、山田風太郎……著名人23人の美味な思い出。文学や芸術にも造詣が深かった往年の大女優・高峰秀子が厳選した珠玉のアンソロジー。

旅日記
ヨーロッパ二人三脚　高峰秀子
34歳の高峰秀子が自ら書き残していた、夫とふたり「一番大切にしていたヨーロッパの旅」のすべて。秘蔵写真を加え、文庫で登場。（斎藤明美）

高峰秀子の
捨てられない荷物　斎藤明美
肉親との壮絶な確執の果てに訪れた夫の松山善三との穏やかな生活、女優・高峰秀子が心を開いて打ち明けた唯一の評伝。（皆川博子・松山善三）

高峰秀子の流儀　斎藤明美
「動じない」「甘えない」……否定形の中に映す、大女優にして名文家、高峰秀子の「人としての矜持」とは？　明日からの生き方が変わります。（楠木建）

片想い百人一首　安野光雅
オリジナリティーあふれる本歌取り百人一首とエッセイ。読み進めるうちに、不思議と本歌も頭に入ってきて、いつのまにやらあなたも百人一首の達人に。

わたしの三面鏡　沢村貞子
七十歳を越えた「脇役女優」が日々の暮らしと、一喜一憂する心を綴ったエッセイ集。気丈に、しかし心おだやかに生きる明治女の矜持。（近藤晋）

老いの道づれ　沢村貞子
夫が生前書き残した「別れの手紙」には感謝の言葉が綴られていた。著者最晩年のエッセイ集。巻末に黒柳徹子氏との対談を収録。（岡崎栄）

向田邦子
ベスト・エッセイ　向田邦子／向田和子編
いまも人々に読み継がれている向田邦子。その随筆の中から、家族、食、生き物、こだわりの品、旅、仕事、私……、といったテーマで選ぶ。（角田光代）

吉行淳之介
ベスト・エッセイ　吉行淳之介／荻原魚雷編
創作の秘密から、ダンディズムの条件まで。「文学」「男と女」「紳士」「人物」のテーマごとに厳選した、吉行淳之介の入門書にして決定版。（大竹聡）

色川武大・阿佐田哲也
ベスト・エッセイ　色川武大／阿佐田哲也／大庭萱朗編
二つの名前を持つ作家のベスト。文学論、落語からタモリまでの芸能論、ジャズ、作家たちとの交流も。阿佐田哲也名の博打論も収録。（木村紅美）

井上ひさしベスト・エッセイ
井上ひさし
井上ユリ編
むずかしいことをやさしく……幅広い著作活動を続け、多岐にわたるエッセイを残した「言葉の魔術師」井上ひさしの作品を精選して贈る。（佐藤優）

開高健ベスト・エッセイ
開高健
小玉武編
文学から食、ヴェトナム戦争まで――おそるべき博覧強記と行動力。「生きて、書いて、ぶつかった」開高健の広大な世界を凝縮したエッセイを精選。

殿山泰司ベスト・エッセイ
殿山泰司
大庭萱朗編
独自の文体と反骨精神で読者を魅了する性格俳優、故・殿山泰司の自伝エッセイ、撮影日記、ジャズ、政治評。未収録エッセイも多数！（戌井昭人）

杉浦日向子ベスト・エッセイ
杉浦日向子
初期の単行本未収録作品から、若き晩年、自らの生と死を見つめた名篇までを、多彩な活躍をした人生の軌跡を辿るように集めた、最良のコレクション。

柴田元幸ベスト・エッセイ
柴田元幸編著
例文が異常に面白い辞書。名曲の斬新過ぎる解釈。そして工業地帯で育った日々の記憶。名翻訳家が自ら選んだ、文庫オリジナル決定版。

田中小実昌ベスト・エッセイ
田中小実昌
大庭萱朗編
東大哲学科を中退し、バーテン、香具師などを転々とし、飄々とした作風とミステリー翻訳で知られるコミさんの厳選されたエッセイ集。（片岡義男）

森毅ベスト・エッセイ
森毅
池内紀編
まちがったって、完璧じゃなくたって、人生は楽しい。稀代の数学者が放った教育・社会・歴史他様々なジャンルに亘るエッセイを厳選収録！

妹たちへ
矢川澄子ベスト・エッセイ
矢川澄子
早川茉莉編
澁澤龍彥の最初の夫人であり、孤高の感性と自由な知性の持ち主であった矢川澄子。その作品に様々な角度から光をあて織り上げる珠玉のアンソロジー。

山口瞳ベスト・エッセイ
山口瞳
小玉武編
サラリーマン処世術から飲食、幸福と死まで。――幅広い話題の中に普遍的な人間観察眼が光る山口瞳の豊饒なエッセイ世界を一冊に凝縮した決定版。

中島らもエッセイ・コレクション
中島らも
小堀純編
小説家、戯曲家、ミュージシャンなど幅広い活躍で没後なお人気の中島らもの魅力を凝縮！ 酒と文学とエンターテインメント。（いとうせいこう）

ちくま文庫

高峰秀子《たかみねひでこ》ベスト・エッセイ

二〇二二年十月十日　第一刷発行
二〇二四年八月三十日　第五刷発行

著　者　高峰秀子（たかみね・ひでこ）
編　者　斎藤明美（さいとう・あけみ）

発行者　増田健史
発行所　株式会社　筑摩書房
東京都台東区蔵前二―五―三　〒一一一―八七五五
電話番号　〇三―五六八七―二六〇一（代表）
装幀者　安野光雅
印刷所　株式会社精興社
製本所　加藤製本株式会社

ISBN978-4-480-43840-9　C0195